城乡
文化

文学关系研究文丛

城市时代的
诗歌与诗学

许道军　著

复旦大学出版社

本书是国家社科基金重大项目

"世界创意写作前沿理论文献的翻译、整理与研究"

（项目编号：23&ZD294）阶段性成果

前　言

　　从栖居/穴居、乡村居住到城市居住，人类的生活方式发生了划时代的转折，新的生活形态逐渐形成，而对于新的生活形态的感知也在发生变化。表现这个正在变化的现实并采取相应的审美范式，已经是包括诗歌在内的当代艺术的重要使命和创新点，城市诗因此应运而生。

　　中国是个诗歌大国，但从生活方式与艺术形式之间的关系来看，中国更像是一个农业诗歌大国，在如何处理天地已有的事物，比如日月星辰、山川河流、动植物、气象以及建立在上述种种之上的经济生活、政治生活等方面，积累了丰富的经验，建立了成熟的意象系统、技巧规则以及诗学理论，并以此来反映生活，表现内心，协调身体与心灵，健康而舒适地生活。但今天，人类在整体上已经逐渐从对农业的依赖转向了对矿物、对工业的依赖，在技术上实现了粮食的完全供给、财富的极大丰富、体力的解放，人们越来越集中在城市，时时刻刻与钢筋混凝土、玻璃、塑料、光、数字、速度等人类生产之物、发明之物、想象之物打交道，城市时代已经来临。丰富多彩、异质纷呈的城市生活，许多方面已经在根本上超越农业文明、田园审美的范畴，并对当代艺术的表现力提出了挑战。

20世纪二三十年代，已经有诗人开始表现这个正在变化的事实，80年代在上海就读大学的宋琳、张小波等开始了城市诗创作实践，并明确提出了要为中国城市诗的发展提供一个"温床"的口号。越来越多的诗人加入了这个大合唱，自觉或不自觉地去正视"城市化"这个最大的现实。但这一切只是一个开始，在大面积"乡愁"的今天，包括许多诗人在内的城市人，身子进入了城市，心灵却依旧停留在乡村和农业时代，长时间处于文明不适、"魂不守舍"的状态。关心城市诗人，研究城市诗与城市诗学，其实是在关心现代人自己的心理状态，兑现"城市，让生活更美好"的诺言。

一个时代有一个时代的问题、难题、天花板，但同样有一个时代优先存在的理由。相对于农业文明与乡村时代的物质条件，现代城市生活有着难以比拟的便利。这种便利，对于这个时代绝大多数人来说，身体先于心灵感受到了它，少数人诚实地说了这个事实，甚至以审美的方式表现了它，城市诗就是这种艺术形式之一。但接受一个新生事物，没有那么容易，因为惯性，因为惰性，更多时候我们以表现农业文明、乡村生活的感知方式、审美方式来表现这个时代。当然，其中也有能力原因，因为我们很难在过往的艺术中获取成熟的经验和现成的方式来表现这个已经变化的事实，因此，我们看到了诗歌写作中大量时空错乱现象。比如，明明看到的是外滩，写出来的却是南山；居住在城市，享受着城市生活的便利，下笔时却不可抑制地批判城市、诅咒城市，以此为荣，以此为"先锋"。批判城市，反思现代文明，是现代主义诗歌的传统，但如此娴熟的路径依赖和夸张的过激反应，也会让我们怀疑那些诗歌写作者的真实感知力与内心诚实度。新时代已经来临，大变革已经是事实，表现新时代的生活内容与生活方式，并以是其所是、恰如其分的方式去表现，应该是城市诗与城市诗学存在的前提，也是包括诗歌在内的当代文学所应坚持的"现实主义"的基本内容。

何为"城市诗""城市诗派"和"城市诗学"？这些概念何时出现？除了本书涉及的一些诗人与诗学论断，已经有许多研究者对此作出了详细的研究，比如李劼、朱大可、孙玉石、王光明、吴思敬、王珂、孙琴安、金谷、周佩红、陈圣生、燎原、孙文波、卢桢、常立霓、铁舞、翟月琴、安琪、王书博、李棠、姜超等，他们或在城市视野下重新考量中国现当代诗歌，或是聚焦"打工诗歌""北漂诗歌"等这些异质诗歌形式，或是比照中外类似诗歌现象，或是直接研究这个已经存在的诗歌事实，从不同角度逼近这些对象。但是，在人类生活划时代转折背景下，聚焦当代人物质生活与精神生活的协调与健康，进而尝试建立一种新的审美范式与诗学，还有许多工作要做。

就我们所知，"城市诗"这个概念的出现似乎有一个试探的过程。《中国现代主义诗群大观 1986—1988》中使用了"群体"概念——"城市诗人群体"。随后的《中国现代主义诗群大观》收录了张小波、孙晓刚、李彬勇、宋琳四位诗人的作品和《城市诗：实验与主张》一文，这里使用了"城市诗"概念，没有使用"派"。朱大可在《城市人》序《焦灼的一代和城市梦》一文中，默认了"城市诗"这个事实，没有使用"城市诗派"。李劼在《城市诗人与城市诗》中直接使用了"城市诗"概念，但是没有详细阐释它的内涵与外延。1987 年，《当代诗人》杂志刊发了五位"城市诗"派诗人的诗作，宋琳发表了《城市派的部分艺术主张》，使用了"城市派"。刘波在《"第三代"诗歌研究》中谈到同类诗歌现象，思路与结论也大体一致，但没有使用"城市诗"派概念。王书博在《上海"城市诗"派研究》硕士学位论文中直接使用"城市诗"派，而城市诗研究专家卢桢开始系统使用"城市诗人"和"城市诗"。"中国诗歌流派网"也收录了"城市诗"，但它们或是以"思潮",或是以"流派",或是以"派"等命名。总体来看,"城市诗"等相关概念的产生与使用,仍旧处于模糊状态和磨合之中,但学界已经接受了这个事实,心照不宣地在讨论同一个事物。

除却现代时期郭沫若,"新月派""现代派""新感觉派""象征派"等部分诗人,以及新中国成立后许多表现城市发展面貌、歌颂祖国建设成就的"城市题材"诗歌之外,还有哪些诗人可以被归到"城市诗人"或"城市诗""城市诗派"当中呢?从上述研究及其他前期成果来看,当代的撒娇派、海上诗群、打工诗人(包括"北漂诗人"等)、上海城市诗人社、新城市诗社、"新世纪诗典"城市诗人群等,基本上被默认为"城市诗人"或"城市诗派"成员。但实际上,当代绝大多数诗人自觉或不自觉地书写了城市,甚至许多长期生活在城市的诗人,他们的日常书写就是城市书写,这样的名单很长很长。"城市诗"在很多时候是一个考量视角,他们的许多作品我们既可以当作城市诗来接受,也可以当作其他诗歌,比如先锋、都市、现代主义、口语诗等来认知,更多的时候被当作后者。

本书对这些核心概念的处理方式是存而不论。如此处理也并非完全"耍滑头"、避重就轻。将研究对象限制在固定的、熟悉的、可控的领域,的确是有用的学术经验,但是,我们面对的是一种新兴的诗歌现象，这种"新"，在很多时候与过往的同类事物纠缠在一起，比如现代主义诗歌、现实主义诗歌、先锋诗歌、都市诗、城市题材诗歌等，似乎不存在一种纯粹的"城市诗"与"城市诗学"，就像我们很难找到一个纯正的"城市诗人"一样。与此同时，当我们说到"城市时代"与"城市生活"的时候，面对的事物更加不确定，"农业文明"与"乡村生活"的印记无所不在，我们很难把一个时代与另一个时代、一种生活与另一种生活截然分开，况且，我们今天的城市生活，哪怕是在一个城市化程度很高的城市，其内容与农业文明、与乡村藕断丝连，更不用说一个人的精神生活，包含人类文明的诸多记忆。即使在中国城市化程度最高的城市之一的上海，在"城市"意识最敏锐的诗歌流派——上海城市诗人社与新城市诗社，他们的创作与诗学理念也谈不上完全自觉。因此，我们这里所说的"城市诗"与"城市诗学"更多是一个指向性、召唤性的概念：指向的是一种变化的物理事实，召唤的是一种新的艺术感知与艺术形式。这种"变化的物理事实"指的是我们这个时代、我们所处的空间、我们的生活内容与生存方式，已经在整体上告别了传统的农业文明，跨进了"新时代"，只不过有些地方率先一步，有些地方拖拖拉拉，有些人为之鼓呼，有些人不情不愿。它外在显眼的标识是"城市景观""城市生活""城市人"，内在深层的逻辑是"差异""变化"：正是因为自觉或不自觉意识到了"城市文明"与"农业文明"的不同，"城市"才成为艺术的奇观、诗歌的表现对象。"新的艺术感知与艺术形式"指的是我们应该在理智上认识到这种跨时代之变已经是不可逆转的大势，在感情上接受与习惯这个新的事实，在创作上把握这个"新旧文明"大规模对峙与转换时期所呈现的无数对比与差异——它们恰恰是艺术"戏剧性"的物理和情感来源——的契机，进而走出自己诗歌审美的"舒适区"，是其所是地去观察、感受、理解与表达，并在这个过程中努力开拓出一种有别于"田园"和"现代主义"的新的诗歌形式。这是一种理想的创作状态和诗歌形式，因而我们很难用自己理想的概念去"规训"已有或者并未完全发生的诗歌现象，去判定城市诗是什么，应该如何去写，哪些诗一定是城市诗，哪些人一定是城市诗人。何况，还有许多诗人，尤其是成名诗人、著名诗人，并不以被冠名"城市诗人"而格外欣悦，把他们拉进自己开列的名单，反有多此一举之嫌。

　　本书的研究内容是城市诗的研究与批评，研究对象是城市诗歌与城市诗学，在逻辑上，本书分研究与批评两部分（当然二者不可分开），结构上分为"上、中、下"三编，"研究"部分安排在上编和中编，"批评"部分安排在下编。上编选择了上海城市诗人社、新城市诗社两个诗歌团体为研究对象，中编选择谭克修、徐芳以及"新世纪诗典"城市诗人群为研究对象。从目前来看，他们未必是中国最优秀的城市诗诗歌流派和城市诗诗人，但在某种意义上，说他们是中国最自觉的城市诗诗歌流派和诗人群体，并不过分，因为他们不仅有自觉的城市诗歌创作，也有自觉的城市诗诗学探索。因此，著作收录了对他们的部分采访，这些采访，有些已经发表，个别采访引起了很大的反响。多数情况下，实践总是走在理论与研究之前，难得的是理论与自觉意识指导实践，他们的城市诗创作也是如此。因此，了解他们真实的实践意图，梳理他们的学理与创作资源，对于探索新型城市诗学的创建有十分重要的帮助。下编收录了一系列关于当代诗歌、诗人、诗歌活动与诗歌现象的批评文章，这些批评文章有些并未直接指向"城市诗歌"与"城市诗学"，但总体上，它们依旧可以总括在"城市时代"这个大背景下的"诗歌批评"之中，整体上呼应"城市时代的诗歌研究与批评"这个目标。

从逻辑上说，本书没有严格界定"城市诗"的概念，也没有系统梳理"中国城市诗"的源流，完整描述中国城市诗的创作与研究图景，但整体上，著作依旧有自己的考量。首先，选取了几个最具代表性的"城市诗"派为研究对象，收录和研究了上海两个"城市诗"派的当下资料，包括新的诗学主张、存在状态、作品创作，为中国现代诗歌研究及现代城市文化研究，提供一些新材料。其次，在城乡文化建设、城市与人的和谐关系视野下重新考察中国城市诗的价值，展望未来城市诗学的可能性，思路有可取之处。再次，著作在某种意义上为海派文化研究和海派精神研究提供了新对象，具有较强的问题意识。在相当长的时间里，海派文化研究缺失当代上海城市诗人、城市诗研究这一块，具有全国影响的上海"城市诗"实际上已经给当代海派文化、上海精神提供了新的时代内容，但是我们过往的研究却并未充分意识到这点。

一种新的艺术形式、诗歌形式的出现，对于艺术发展、诗歌丰富繁荣很重要，但借此缓和、调整人与城市的关系，建立一种健康的城市生活，却是当务之急，着眼未来。发现城市诗文本、梳理和建立一种城市诗学，由此改善一种精神状况，或许这是本书的目的所在。"城市，让生活更美好"，不应只是一种物质理想，同时应该也是一种精神现实。

许道军

2018 年 6 月 3 日

目　录

上编　中国城市诗派研究

第一章　"忘却的飞行"：上海城市诗人社　　2

第一节　上海城市诗人社的历史、活动与诗歌观念　　3

第二节　"忘却的飞行"：不应被忽略的努力　　16

附录1　铁舞访谈：《关于城市诗，我们能说些什么

　　　　——关于中国"城市诗"和"城市诗派"的

　　　　问答》　　26

附录2　《对上海城市诗歌的一种观察》　　50

第二章 "行走的先锋":新城市诗社 69

第一节 新城市诗社的历史、活动与诗歌观念 70

第二节 "行走的先锋":《新城市》诗刊的探索 82

附 录 《"城市诗":作为类型和全新诗意衍生现象的

结合——关于中国城市诗和城市诗学的对话》 92

中编 中国城市诗人研究

第三章 谭克修与《万国城》 108

第一节 建立新的城市诗学审美秩序尝试 109

第二节 从"古同村"到"万国城" 122

附 录 《谭克修访谈:城市塑造着我们现实命运的具体

形态——关于中国"城市诗"和"城市诗派"

的问答》 132

第四章 徐芳的城市诗学与城市诗歌 161

第一节 新的城市诗学的探索 162

第二节 生活化的城市书写 168

第三节 徐芳的诗歌与诗学引发的思考 173

附 录 《徐芳访谈:城市诗必须具有当下的城市的形态,

城市生活的形态——关于中国"城市诗"和

"城市诗派"的问答》 180

第五章 "新世纪诗典"城市诗人群与城市诗创作 203

第一节 "新世纪诗典"城市诗人群的成立 204

第二节 "新世纪诗典"城市诗人群的城市诗创作概貌 211

下编 城市时代的诗歌批评与研究

第六章 城市时代的诗歌批评 252

第一节 "我不知道怎样爱你"——叶匡政的
《城市书》 252

第二节 "城市好远":一个人与一座城的"胶着"与
"抗衡"——梁平的《重庆书》 263

第三节 城市精灵,见诗如晤:徐电诗集《到马路对面去》
270

第四节 "梨花是我的假想敌"——陈先发的《黑池坝
笔记》(第一辑) 275

第五节 "用言词留住瞬间":耿占春的《新疆组诗》 282

第六节 当代中国实力诗人点将台——读《新世纪先锋
诗人三十三家》 293

第七章 城市时代的诗人研究 298

第一节 语言的隐身术及医疗术:陈先发的诗学和
诗歌 298

第二节　无碍春天的大局：吴少东诗歌中的"美"
与"痛"　312

第三节　从"幻象的死亡"走向"真正的死亡"
——论海子的死亡哲学　318

第四节　女诗人的画像：小议李之平　334

第五节　诗人点评：晏榕、周瑟瑟、何冰凌、马行、路云、
孙启放　340

第八章　诗歌本体研究　348

第一节　"诗"是一种怎样的文字艺术　348

第二节　如何证明一首"诗"是诗——论"诗意"的
产生　356

第三节　"老干部体"的文化自信及其"天敌"
——漫谈作为社交礼仪的诗与作为文字艺术的诗

362

第四节　当代诗歌的"常态"与"新常态"：从余秀华
热说起　371

第五节　"先锋"的实质及当代诗歌的创新空间
——中国百年新诗发展的来路与去路　375

第六节　从"读不懂"现象看诗歌审美的公共空间　387

第七节　叙事的选择与抒情的契机、技巧　392

后记　396

上编

中国城市诗派研究

第一章　"忘却的飞行"：上海城市诗人社

　　上海城市诗人社是继"城市人"诗派后又一有着鲜明城市书写意识、理论追求并有较丰富创作实绩的诗歌团体。与许多易聚易散、易反易复的诗人群体相比，它有着相当长的发展历史，至今仍旧充满活力："作为一个松散的文学社团，上海城市诗人社近40年的坚持被很多人称为奇迹。"[1]但这个诗歌群体在占据了"城市诗"美学制高点和"上海"题材优势后，却在相当长的时期内处于一种声名不远播甚至默默无闻的状态。究其原因，或许与这个社团的组织属性、成员身份、集体性格（包括城市性格）等因素有关，根本原因可能在于它的诗歌观念与创作实践存在着许多不一致现象，整个团队的工作难以形成真正的合力。跟"城市人"诗派四位大学生的呼喊与创作相比，他们的工作并未获得足够的关注，这种状况正如这个群体

---

[1]　曲铭：《城市诗人：追寻灵魂的"约会"——穿越上海城市诗人社35年》，《城市诗人》2016年卷（内部交流资料），第9页。

作品结集的著作名《忘却的飞行——上海现代城市诗选》一样：他们在工作，然而他们的工作在很大程度上被忽略。

第一节 上海城市诗人社的历史、活动与诗歌观念

作为一个诗人社团，上海城市诗人社的确存在，但是它包括哪些成员，却一直是一笔"糊涂账"。它"'以观念性的社集'为主，而非强调实际之聚会，目前诗社的成员涵盖了全市大部分民间社团，只要你自己认可就可以算我们的'城市诗人'，来去自由"[1]，甚至很多成员自己都不确定是否属于这个群体。然而，它的核心成员、社团传统、仪式交接等方面又十分明确、规范，人员结构也保持了稳定，跟后来的"新城市"诗人社相比，它有着相当稳固的"组织"和指向集中而又富有弹性的诗歌观念，而这个诗歌观念与群体的创作的缝隙也使它保留了更大的包容性。

一、诗社历史

上海城市诗人社成立于 1990 年，但在诗社正式成立之

1　《上海城市诗人社郑重声明——与〈上海滩诗坛各大"帮派"一览〉一文的作者"上海领导"商榷》，2009 年 10 月 26 日，http://www.shigebao.com/html/articles/15/3089.html。

前，已经有频繁的活动，其前身是黄浦区文化馆诗歌组，因此它的历史可以大致分为两个时期。[1]

1. 黄浦区文化馆诗歌组时期。据上海社科院文学研究所《城市文化视角下的当代上海民间文艺报刊研究》记载，早在1978年，王宁宇（宁宇）、赵丽宏、王成荣等人就已经发起成立了黄浦区文化馆诗歌组，并且开始频繁的活动。此时的诗歌组组长为赵丽宏，负责创作组工作的是该馆干部王玉意。诗歌组成员赵丽宏、桂兴华、陈放、董景黎等都不断有作品问世，在社会上形成一定的影响。时任《萌芽》月刊诗歌组组长的王宁宇，也经常来文化馆作辅导，并在1984年的《萌芽》上推出"城市诗"专辑，并配发了他撰写的评论《都市风》，呼唤"城市诗"派的出现。这篇文章将城市诗概括为两种声音：一是来自基层企业的声音，从生活底层仰望城市和城市生活；二是大学校园诗人的声音，站在校门口来看待城市和城市生活。在黄浦区文化馆诗歌组向城市诗人社转变的过程中，王宁宇起到了重要的作用，在某种意义上，他的确是"发现和推动了城市诗的写作"。[2]

2. 城市诗人社时期。1990年6月16日，黄浦区文化馆

1　铁舞：《〈城市诗人〉简史》，见张清华主编：《中国当代民间诗歌地理》（下卷），东方出版社2015年版，第740—741页。

2　铁舞：《关于城市诗，我们能说些什么——关于中国"城市诗"和"城市诗派"的问答（二）》，《雨花》2017年第4期。

诗歌组成立 12 周年暨上海市城市诗人社成立大会一并举行,黄浦区文化馆诗歌组正式"升级"为上海城市诗人社。第一任诗社名誉社长为黄浦区文化馆领导刘健,社长为缪国庆,副社长为赵国平、梁志伟,秘书长为钱蕴华,理事有桂兴华、陈放、王成荣、董景黎、俞聪、王玉意、陈柏森等。正式成立后的城市诗人社当时的全称是"上海市黄浦区文化馆城市诗人社",到铁舞接手以后,对外一律宣称为"上海城市诗人社"。早期成员有会员证,将"热爱诗歌,辛苦耕耘,相互爱护,促进上海城市诗歌发展"作为诗社的使命。铁舞说:"将诗歌组更名为'城市诗人社',自然是因为诗社成员是城市人,也就是'上海人'的城市人身份,同时也因为'城市人'是一个大概念,能够罩得住整个上海,也用于区别那时候的市宫诗歌组,长宁区、杨浦区等区一级的文化馆诗歌组,反映了初创者的雄心,想成为上海诗坛的一面独特的旗帜。"[1]

二、刊物与作品

诗歌组时期,上海城市诗人社编印过《黄浦文艺》《黄浦

---

[1] 铁舞:《关于城市诗,我们能说些什么——关于中国"城市诗"和"城市诗派"的问答(二)》,《雨花》2017 年第 4 期。

诗叶》《黄浦江诗会》和《城市诗人》报等多种油印和铅印报刊（内部交流），举办过多种大型诗歌朗诵会。1986 年和 1989 年，黄浦区先后举办过两届"黄浦艺术节"，诗歌组出版了两本合集，即《浦江魂——献给首届黄浦艺术节的诗》和《花的长街——献给上海市第二届黄浦艺术节的诗》，分别由赵丽宏、桂兴华作序，收录抒情诗 45 首和 70 首。

诗社成立后，活动更趋规范，交流也更广泛，其社刊《城市诗人》报最初只有 4 个版面，后来发展为一期 12 个版面，一共出版 34 期。从第三期（1991 年 5 月）起，由诗人白桦题写刊头，作品质量也不断精进，且不限于诗社成员的作品。自 2002 年起，《城市诗人》由报纸改为刊物，在文化馆领导的放手支持下，坚持"实验·守正·出新"和"开放的表达"的主张，努力将传统融入于先锋，体现创作和学术研究并举的特色。

《群聊》（*Group Chatting*）创刊于 2016 年 4 月，主要是上海铁舞学院微信群诗歌讨论的记录，发起人与主持人均为诗歌教师铁舞。刊物内容选自那些被"聊"过的话题，栏目包括《议厅个性》《旧诗古道》《新诗表达》《小诗品鉴》四个部分。许多议题十分生活化、口语化，如《议厅个性》栏目中，有这样一些题目：《既然来了，就不要退了么》《评判诗歌好坏的标准是什么》《假如认同一个观点，设法用自己的话说出来》《群里学术味是不是过浓了》《我觉得中国各种诗刊上的所谓诗，90%都不是诗》，等等。虽然这个民刊服务于诗歌教学，但是因主持人与大多参与者是城市人诗社成员，讨论话题紧紧围绕着诗歌，因此可以看作是城市诗人社的外围刊物。

三、主要成员

城市诗人社结构十分松散，时间跨度长达几十年，因此来来去去的诗人有许多，我们根据它的活动时期来逐一梳理。

黄浦区文化馆诗歌组，除赵丽宏外，"之前，曲铭从报刊上隐约得知城市诗人社的不凡，比如赵丽宏等上海诗人就是从那里走出的"。[1] 这个时期的成员主要有桂兴华、缪国庆、陈放、刘国萍、董景黎、赵国平、梁志伟、陈柏森、谢聪、沈晓、史益华、王成荣等，他们也愈来愈受到诗坛瞩目和关注。

城市诗人社时期，这个时期的成员与上海市许多民间社团有交集，创办的核心人员有缪国庆、梁志伟、赵国平、陈柏森、王玉意等，另有成员铁舞、曲铭、王晟、李天靖、叶

---

1 曲铭：《城市诗人：追寻灵魂的"约会"——穿越上海城市诗人社35年》，《城市诗人》2016年卷（内部交流资料），第6页。

青、缪克构、杨绣丽、芜弦、宗月、费碟、灵子、肖倩、裘新民等。2009 年 2 月，在华东师范大学帮助创建"丽娃诗社"，作为诗社的学院分社，在九派诗歌网站上开辟"城市·广场·海岸线"专地，并将其视为诗社的网络分社，以通过网络扩大诗社在全国的影响。"90 年代后期，诗歌组的老的骨干成员随着社会变化和年龄增长，渐渐忙于本职工作和营生。'铁打的营盘流水的兵'，更多的诗歌爱好者为城市诗人社这块品牌吸引而陆续加盟，如张健桐、玄鱼等，其中市政建设局企业报编辑朱铁武（铁舞）钟情诗艺乐此不疲，他和缪克构、杨绣丽等新生代诗人成为诗社中坚，引来生机活力。"[1] 缪克构、杨绣丽等年轻诗人的加入，的确提升了诗社的整体实力，但他们很少以城市诗人社身份活动，而玄鱼则在后来另成立了新城市诗社。

四、活动方式

黄浦区文化馆诗歌组时期，"诗歌组活动的主要特点一是讨论，二是引导，三是点评，四是编印刊物和组织参与大型活动"。在城市诗社时期，活动包括："一、不定期举行'文

1　曲铭：《城市诗人：追寻灵魂的"约会"——穿越上海城市诗人社 35 年》，《城市诗人》2016 年卷（内部交流资料），第 7 页。

学清谈'活动，批评切磋，学术探讨；二、办好月半'我们'特色朗诵会，广泛吸引诗歌爱好者；三、围绕《城市诗人》办刊，开展各种征诗、征文和城际交流活动。"[1] 最近一期的活动是评选上海 2016 年度"十佳城市诗人"，杨绣丽、古冈、李天靖、铁舞、宗月、瑞箫、缪克构、曲铭、於志祥、梁志伟等当选，报道称，诗歌桂冠奖授予杨绣丽，表彰其长期以来对诗歌写作的坚持不懈，并在 2016 年荣获首届上海国际诗歌节一等奖。诗歌贡献奖授予古冈，表彰其长期来在城市诗歌题材写作方面的不断探索，并在 2016 年荣获首届上海国际诗歌节二等奖及北京文艺网第三届国际华文诗歌奖。诗歌创作奖授予李天靖，表彰其长期来在诗歌写作上的坚持与探索，并在 2016 年荣获首届上海国际诗歌节三等奖及多种奖项。诗歌教育奖授予铁舞，表彰其长期在诗歌教育领域的坚持与努力及取得的成绩，并在 2016 年正式挂牌"TW 诗歌工作坊"。诗歌理论奖授予宗月，表彰其在诗歌理论方面所坚持的努力与探索，其 2016 年发表的《现代诗就是散文诗》一文，对现代诗歌的写作具有全新的意义。诗歌活动奖授予瑞箫，表彰其近年来所组织的一系列中外诗歌交流活动及所获得的成果，其所倡导组织的"草地诗歌节"成为新的城市名片。诗歌传

1　裘新民：《附：裘新民在会上的发言》，《城市诗人》2016 年卷（内部交流资料），第 5 页。

播奖授予缪克构，表彰其长期来一以贯之地在各种媒体积极地对诗歌和诗歌活动的大力宣传推介，并在 2016 年荣获"大众创业，万众创新"优秀新闻作品编辑奖。诗歌风格奖授予曲铭，表彰其所提出的"超薄状态"诗歌写作理论并多年来保持这一诗歌风格及其在 2016 年在这一诗歌理念指导下所创作的具有独特个性的"纯诗"。诗歌题材奖授予於志祥，表彰其多年来在国际题材诗歌写作上的探索与实践，并形成具有鲜明时代烙印的诗歌特色。诗歌回归奖授予梁志伟，梁志伟是城市诗人社创始人之一，在沉寂 20 年后的 2016 年又重新回归诗歌写作，并创作出大量优秀诗歌。[1] 从名单上看，这些诗人多是广义的"城市诗社"诗人，作品曾集中收录进《忘却的飞行——上海现代城市诗选》诗集。

上海城市诗人社的活动方式带有鲜明的地域性格和体制特色。

首先，它虽是一个民间诗社，但走的是一条"官助民办"道路，而且许多"社员"另有工作，比如赵丽宏、杨绣丽、缪克构等人，还同时担任体制内的诗歌指导职务，分管文学或上海诗歌工作，因此诗社的活动就十分温和，许多诗歌写作也与主旋律有关。比如，《世纪的云》，它就是"上海城市

---

1 牧诗：《上海评出 2016 年十佳城市诗人》，"中国诗歌网"，http://www.zgshige.com/c/2017-03-10/2748320.shtml。

诗人社打造的主旋律作品集结"，[1] 内分"人间正道——献给中国共产党建党纪念日""外滩，外滩……""上海书——写在改革和建设的岁月里"三个版块，杨斌华、葛忠分别作序。

其次，因为城市诗人社成员基本上都是上海市人，他们的活动也打上了深刻的"海派"特色。无论是在"南京路的楼房"，还是黄浦区文化馆的屋顶花园，浦东张杨路咖啡馆、巨鹿路上海作家协会门口的咖啡吧、70后诗人叶青的"松溪草堂"，他们的活动来去随意、温和节制，尤其是饮茶喝酒费用 AA 制，这就跟绝大多数诗人群集方式大不相同。铁舞这样描述道："1996 年年底，回到从小生活的上海。一点也没有欣喜的感觉，仍像是从异乡回到异乡般痛苦，陌生，迷茫而抑郁之后，由铁舞介绍参加了城市诗社的活动。陆续认识了城市诗社的诗人们。第一次在张杨路第三空间二楼的情景令人难忘！AA 制，自己给自己叫一杯咖啡或一杯热茶，来不及吃晚餐匆匆赶来的，叫一份点心。等诗人差不多到齐了，就依次轻柔地朗读自己带来的新作，或聊一点有关诗歌的话题。"[2]

1　葛忠：《世纪的云》，上海市作家协会，华文文学网印刷（内部交流资料），第 5 页。

2　李天靖：《"城市诗人社"的诗人们》，http://www.shigebao.com/html/articles/15/3326.html。

五、诗社观念

上海城市诗人社倡导以理论为先导，提高站位。他们认定，上海的诗人应该立足于太平洋此岸，背靠整个中国，面对太平洋，放眼全世界。20 世纪末，诗社曾经先后发起过"关于手稿时代和遗失手稿的时代""极简主义写作"等专题的讨论，新世纪初，诗社先后就"在城市怎么做一个诗人""行动诗章——对南方的'新现代'的响应""网络全球化语境下中国当代汉语诗歌""关注女性主义诗歌"等理论问题作了一些探讨。2005 年，铁舞与严力曾经做过一个主题为"诗歌：上海诗人和纽约对话的可能性"的对话，试图在诗歌交流和理论方面有所突破。这样的活动，的确视野开阔、引领时尚，但这样"高高在上"的站位，在乡村时代向城市时代转换时期，注定会引起诗社内部的分化与重组，比如诗社曾先后裂变出"新城市""海上风"等新的诗社。

城市诗人社的早期理论代表是王宁宇，如前所述，主要集中在《都市风》一文中。诗歌组更名为"城市诗人社"后，主要理论代表是铁舞、缪克构二人。但二人对城市诗的考察、研究、立场与结论却有很大的不同，缪克构的观点主要集中在《城市诗：对城市的多元体认》《对上海城市诗歌的一种观察》这两篇文章里，作为个人研究成果发表。铁舞因为是城市诗人社社长的缘故，他的理念在很多时候被当作了社团的集体意见。他的研究主要集中在《城市诗歌和现代主义》《现代主义这只猫》以及《关于城市诗，我们能说些什么》这两篇文章和一个采访中。《城市诗歌和现代主义》这篇文章被收进《中国民间诗歌地理》丛书，带有诗社"官方宣言"性质（或者说，被当作类似性质的宣言）："终于写到最后一家，《城市诗人》，原来是上海诗人群落，主编铁舞和我有微信互动，确乎是一个愤世嫉俗的人。曾认为我微信转的某人诗作低俗，会对社会起误导作用。收入本书的《城市诗歌和现代主义》由铁舞撰写，在铁舞看来，我们的城市诗歌并未真正现代主义起来。"[1] 根据安琪观察，铁舞认为城市诗的本质应当归于现代主义，城市诗的写作应坚持城市的有根性写作，而这方面的创作范本，有曲铭的《墙上的鱼》、缪克构的《过道灯》、杨绣丽的《门诊的午后或者一张药方》、铁舞的《号喊》。我们结合上述文献，以铁舞为代表，来梳理上海城市诗人社的城市诗观点。

1. 现代主义诞生于城市，因此城市诗应该是现代主义诗，城市诗的本质应归于现代主义。"以诗歌为例，大量的

---

[1]　安琪：《为民间诗刊立传——读张清华主编〈中国当代民间诗歌地理〉》，"诗人安琪的博客"，http://blog. sina. com. cn/s/blog _ 48c557e20102x3y4. html。

朦胧诗（且不说这种命名是不科学的），大量的先锋诗，大量的第三代、第四代的诗，仿佛都以现代主义面貌出现的。其实表现了明显的中国'农村化'的地理特征。——这只要看一看中国现代主义的城市诗歌贫瘠到何等地步就可以了。"[1] 铁舞对当代诗歌，尤其是以"现代主义"面貌出现的农村化诗歌十分不满，认为这是中国现代主义诗歌的贫瘠的缘故，基于上述理由，他得出城市诗等同于现代主义诗的结论。

2. 中国城市诗的写作已经存在，但是也在现代主义这一点上做得不够好。"就我所看到的三本诗集——《城市人》（宋琳、张小波、孙晓刚、李彬勇著）、《城市之梦——中国南方城市诗选》，还有一本就是已故上海青年诗人赵国平的《一座城市和它的影子》，如果我们以现代主义视点观照这三本诗集，就会感到不满足。"[2] 因此，城市诗虽然不是开天辟地，但也有严重不足，应该在"现代主义"这一点上补足。

3. 城市诗的写作要有城市人意识，要写出城市的现代气息，反对小城市的缩影，"我们去读读《中国南方城市诗选》中的《这一个城市》《水果店》，完全是一个小城市的缩影，

---

1 铁舞：《现代主义这只猫》，《鸭绿江（上半月刊）》2011 年第 11 期。
2 同上。

一种反古典的散乱的语言看上去是现代的，其实像'摆摊头'一样暴露出一种'小业主'的毫无穿透力的情状"。反对"非城市化"倾向，反对"农村人口城市化"倾向，反对"身份变迁"、职业转换和地狱变动三位一体的"五万块钱进北京"的"伪现代"倾向，因为他们只是换上了"现代主义的爪子"，本质上还是"农民写诗"。在修辞上，铁舞也反对古典散乱的语言以及琐碎的日常，甚至连《尚义街6号》这样的诗他也难以忍受："琐碎的描述令人生厌，毫无抽象意味的自然满足，无聊的扯淡（诗的内容和诗的形式都是如此）——固然，以日常语入诗无可指责，重要的是能透视出真正的现代气息，否则的话，就会让人嗅出腐草的气息。"所有这些，都导致"美学的成见和道德的成见像一层层厚厚的裹布意义缠绕住我们的手脚和灵魂，这使我们不能真正走向现代"。[1]

4. 城市诗本质上属于现代主义的范畴，但现代主义也是来自现实的根部，而不仅仅是来自外部的刺激与影响，城市诗的写作是"有根的写作"。"城市诗也可以是现实主义的，这话当然不错，不过，当我们这样说的时候，现代主义和现实主义都只是一个手段；当我们说现实主义是无边的，这个

1　铁舞：《现代主义这只猫》，《鸭绿江（上半月刊）》2011 年第 11 期。

现实主义就不只是手段，而是全息性质的'大盖帽'了。"[1]

5. 城市诗之所以成立，因为它的确有自己的独特性，能够区别于"别种诗歌"："城市诗歌和别种诗歌的根本区别就在于直接、实际地表现人的存在，表现自然的诗意是如何受到物质环境的逼迫，而人性如何在这中间寻找释放的通道，这种释放的过程并不是一个赏心悦目的过程，传统的审美观念在它面前崩塌瓦解了。"这种表述是不严谨的，但将"直接、实际地表现人的存在""自然的诗意遭受到物质环境的逼迫""传统的审美观念的崩塌瓦解"几个事实并置思考，的确是城市诗面对的问题和身处的语境。

第二节　"忘却的飞行"：不应被忽略的努力

由铁舞选编的《忘却的飞行——上海现代城市诗选》于2006年在大众文艺出版社出版，其大多数作品出自城市诗人社成员。2009年，上海社科院文学研究所编辑的《画说上海文学——百年上海文学作品巡礼》将《忘却的飞行》列入其中。李天靖认为它是上海"城市诗人社"创建二十余年来的一次丰硕成果的展示，是一部具有先锋性质的现代诗选。其

1　铁舞：《现代主义这只猫》，《鸭绿江（上半月刊）》2011年第11期。

中 36 位上海诗人"没有浮出水面"，回应了某些人认为"上海既没有诗，自然也谈不上什么诗坛"的论调，因此"这本诗集的意义是非凡的"。[1]

这部诗集的选编体现了城市诗社诗歌理念，激进但又不乏矛盾。《凡例》说：

> 这是一部现代诗选，我们把它出版合乎时代潮流。
>
> 城市诗歌是现代主义的别称，因为现代主义产生于城市。
>
> 现代诗强调先锋性，语言姿态各异，是源于时代。
>
> 本选集所选诗作都有城市特质，但非地域性写作，而是反映人类普遍的生存感。
>
> 本选集所选诗作坚持人的情感和诗意，并凸显这两者在城市中的突围状态。
>
> 本选集所选诗作都为自由体诗，新锐、陌生。
>
> 上海曾是现代主义文化之都，诞生中国历史上

---

1 李天靖：《一个城市的心灵镜像——〈忘却的飞行——上海现代城市诗选〉》，选自《森林中的一棵树（李天靖随笔访谈评论集）》，上海文艺出版社 2010 年版，第 157 页。

第一批现代主义诗人组合，新时期上海也曾有诸多
先锋诗人。

我们还特别关注了沪上的"新上海人"——他
们写诗，并有实力，如韩高琦、汗漫等，以体现海
纳百川的上海精神。

很明显，编者想编纂一部真正的"城市诗"作品集，"城
市"与"现代主义"应是核心关键词，附录中的"作品入选
理由"对此做了阐释与回应。比如，

丁丽英：相信她说的诗是无用的，借无用而能
得以安宁，透出一种中间代城市女性的生活品位。

杨绣丽：身体语言和城市繁复意象的对位，由
于生命的注入，诗具内力。

沈杰：香水和虚拟的苹果，上海女人缺什么？

芜弦：城市的夜行者，一个游吟诗人的本真。

缪克构：敏感、抒情，表现诗意在城市遭遇到
的逼迫。

吴跃东：诗歌的取景犹如摄影，无论是街景还
是人物，高明之处在于有意或无意。

雪庄：一个城市人的哀歌、哑语，弥漫着寒意。

胡建平：大市中的一个隐者，内心却有浩浩不绝长河般的话语。

王晟：城市涂鸦。

阿角：带着自然的亲情以及隔不断的思乡情绪，观察城市的角度和方式别有意味。

陈忠村：不愿意归宿城市的灵魂，可爱的新上海人。

有些"城市诗人"的入选针对的是"现代主义"，比如"新新人类""叠现或变形""非诗性""虚无"等。如：

任晓雯：语感好，自由，在学院与媚俗之间，有新新人类的特征。

杨宏声：一个哲学工作者对生活世界做"透视"方式的观照，以叠现或变形的意象呈现日常事物的蕴涵。

弓戈：题材内容上的金融性和时尚性，以及语言表达上的非诗性。

陈惠兴：虚无诗针对现实的手段。

但有些诗人的入选，"尺度"则要宽得多。如：

海岸：一双雕像的手，以诗的努力，寻找失落的技艺。

李天靖：虔诚如一条在语言的泥土里耕耘的蚯蚓。

曲铭：绚烂归于朴素，另类，一个小布尔乔亚。

古冈：以叙事者的身份，通过诗行来叙述他和她的事，实现潜意识的解放。

韩高琦：人在生活里寻找意义，诗意则在物象里显示。

叶青：语言像镜子般的平静，遮隐了内心的浮华。

汗漫：一种好诗主义的表现是：深沉、开阔的抒情美感和驳杂的人生经验。

刘敦：一种飘忽不定的情绪、一种积思而突发的冲动，依赖于一种灵性袭来的火花。

孙孟晋：一个音乐人的生活手记，诗意也驳杂。

韩博：有限制的放松。

玄鱼：地上行走的"磨难主义"。

虞昕：直面生活，犀利的美刺。

钱玉明：极简、明白的处理。

吴明琪：回归自然，逃离抑或反正。

小鱼儿：口语，一条非常智巧的鱼。

师心舟：内心的家园感，敦实温婉。

蒋鼎元：有点侠气，送别该成为本土的一个现代元素。

高鸿文：现代人的终极关怀是大海和星空。

但整体上看，这部选集中的尝试基本实现了编者的意图。它们具有如下特点：

1. 这些诗人基本上都是上海人，或者已经取得"上海户口"，或长时间居住上海，如陈惠兴自称的那样："将近40年的生活，一直是和'上海'两字相联系的"[1]，已经开始认同这个城市，"城市人身份"不自觉地流露出来。像杨绣丽描述的那样，"这是些隐秘的词汇/她们曾经，或者现在是/你身体中某个相同的存在"（《地铁上的少女》）。城市元素与"上海意识"成为身体与意识自然的一部分，比如大城市的"时钟"更像是"魅幻时钟"（杨绣丽《魅幻时钟》）；日常生活乃至对日常生活的感知已经与这个城市和时代浑然一体："一辆汽车在窗前戛然而止""一架飞机在它体内缓缓地开过"（丁丽英《昨夜，春雷滚过》）；"傍晚的天空，这只少妇的衣橱大开着/幽暗，充满着奇装异服的云彩"（丁丽英《傍晚的天空》）。

---

1 铁舞：《忘却的飞行——上海现代城市诗选》，大众文艺出版社2006年版，第137页。

2. 对城市有种天然的亲近感，也就是说，这些诗人居住在城市，过着城市生活，同时也具有了"城市人心态"。比如：吴跃东笔下的"时尚周刊"（《时尚周刊》）、"消费"（《消费》），"像杯中的咖啡 黯然神伤/在面包的夹层里/我重新打理着/一天的口味"（《一天的心情》）。林剑笔下的"橱窗"（《致命武器》）、"殡仪馆"（《殡仪馆》）、"广场"（《花裙子》）等。诗人们描写它们，充满善意。

3. "景观"是日常生活的一部分，而不再作为农业文明、乡村生活视野下的"夺观"，它们不再不被理解，或者不可理解。如缪克构笔下的"过道灯"（《过道灯》、"从外滩到中山公园"（《此夜漫长》）、"最后一班地铁"（《最后一班地铁》）；李天靖笔下的"茂名南路之南端"（《茂名南路之南端》）、"德加的舞女"（《德加的舞女》）、"音乐广场坐满节日的男人女人/孩子像音符四处弥散"（《等待之虚》）；弓戈笔下的"失踪的蓝领"（《失踪的蓝领》）、"美元和日元"（《美元和日元》）。

4. 城市生活也是现代生活，"日常"中折射出划时代的人类生活转变。如："我，一个上海女人，一手的乱掌纹/关于恋情，职业非职业看相者都意味深长"……"人们都说我不像个——上海女人/并明确暗示这是恭维，更多时候，这是/一种被判决为处女的尴尬"；"我并不认定自己是个什么什么上海女人"；"把时尚武装到牙齿（沈杰《我是个兴许去过南方的上海女人》)。

5. 某种标志性地方性和时代性,比如时尚:任晓雯"口红"所蕴含的"高调的人性"(《口红——一种或多种》组诗,包括《弟弟关于口红的十种比喻》《关于性质与身份鉴定报告》《心理体验及情感剖析》《口红的文化内涵及购买时注意事项》《关于口红的两个梦》);李天靖茂名南路"低调的奢华",支持了"有根的现代性"命题。

6. 一种新的审美形式油然而生:"当我的双手交叉护住双肩"——这是一种典型的广告、时尚杂志主流的现代女性性感标志(沈杰《我是个兴许去过南方的上海女人》),诗人以此为美。

7. 新城市人由于进城,获得了"城市"与"乡村"的双重视野,因而在某种程度上双向发现了"城市"和"乡村"。城市视野下的乡村呈现出另外的面貌,不再是农业文明视野下的乡村,这使一些不成问题的问题成了问题。作为外乡人,由于城市的存在反而激发了强烈的"乡土"和"故乡"意识。比如安徽诗人陈忠村进城后,像"大树移植"(《大树移植》),出现"水土不服"(《水土不服》),那"不愿意归宿城市的灵魂"(《不愿意归宿城市的灵魂》)更加激发了乡村情感和乡村意识。韩博"沐浴在本城"(《沐浴在本城》),虽人已进城,但心依然是"异乡人",遇到家乡的异乡人(服务员),感觉她们的工作，一如在家乡，只不过"田埂"变成了"沙发"。而"城里人"高鸿文独处野外（《一个城市人在大明山望星空》）反而反向激发了城市意识，像第一次发现了城市。

8. 一种较为明确的创作"城市诗"意识，如杨宏声《街头景物纷纷呈现文字之脸》写到："具有双重视力的诗人，以城市为观察对象"，"这经久不变的注视/如此醉心于词语/街头景物纷纷呈现文字之脸/一切最终变得如此亮堂"，等等。

这部诗集命名为"忘却的飞行"，传递出的信息意味深长。它可以指向对过往工作的肯定，那些"没有浮出水面"的诗人与创作终于露出了水面，得到了肯定，反驳了上海"既没有诗"，"也没有诗坛"的论点。作为上海这个城市的本土诗人，爱"城市"等于爱"家乡"，城市诗的创作等于书写自己的生活与家乡，因此他们对上海城市诗、先锋诗歌的创作带有特别的感情，敝帚自珍。但这种情绪化的命名又似乎包含另一个相反的信息：这些努力，将来或许注定被人遗忘？

中国的城镇化、城市化方兴未艾，城市生活早已成为我们中国日常生活的常态，表达这种划时代的变化以及借此赋予中国诗歌审美的结构性转换，应是中国城市诗的使命。上海城市诗社无疑在这个大转折时代具有得天独厚的优势，它也恰逢其时地亮出了自己的旗帜，开始了自己的创作实践，然而由于种种原因,它对自己工作的意义估计不足,对自己的使命也估计不足,导致它的创作观念、诗歌理论长期处于混乱状态,比如,社长铁舞与另一个核心骨干缪克构,关于城市诗的理解有很大不同,难以形成稳固的凝聚力。这种理论与创作实践的"两张皮"状态,大大削弱了它的影响力和穿透力。我们注意到,作为一个团队,上海城市诗人社"人才济济",其中赵丽宏、缪克构、古冈、瑞箫、李天靖、杨绣丽、铁舞、任晓雯、叶青、小鱼儿等,均具有全国性的影响力,各自取得了相当的成就,但是他们,除了缪克构、铁舞等少数几个人敢于且乐于亮出"城市诗人社"身份来,其他更多的人更安于自己各种"体制内"的名分,沉浸于各种"主流"的工作,这对于上海乃至中国城市诗的整体创作来说,的确是一个不小的遗憾。

这种情绪的纠结与理念的纠缠,的确影响到了上海城市诗人社的努力和这部诗集的命运。实际上,多年过去,《忘却的飞行》这部诗集很少被人提及,似乎被人"忘却"。但是这部诗集的整体质量、开拓性,尤其是这些诗人的共同努力——"城市书写"——的确不应被人遗忘!

附录1 铁舞访谈

关于城市诗，我们能说些什么

——关于中国"城市诗"和"城市诗派"的问答[1]

铁舞　许道军　魏宏

许道军　魏宏：铁舞老师您好。中国有悠远深厚的诗歌传统，说中国是"诗国"也不为过，但这个诗歌传统在很大程度上是农业诗歌传统。在城镇化加速、城市生活成为时代生活主流的今天，表现城市、书写城市生活的诗歌就难能可贵。贵社是中国第一个鲜明的以"城市诗人"命名的诗社，长期坚持在城市写作，写城市生活，在题材开拓和诗学探索各方面做出了相当的成就，但是也引起了更多的好奇与期待。受《中国作家研究·雨花》杂志社委托，我们想对您做一个书面采访。谢谢您的配合。

贵社命名"城市诗人社"，是因为诗社成员的城市人，也就是"上海人"的城市人身份，还是因为大家致力于书写现代城市生活即"城市诗"上的共同诗学追求而走到一起呢？或是因为其他？

1　本文刊发于《雨花·中国作家研究》2017 年第 4 期。

铁舞：我是诗社正式成立时最早的成员，但不是创办者。那是 1990 年，创办的核心人员有缪国庆、梁志伟、赵国平、陈柏森、王玉意等，我是后来接手的。在之前还有一段历史，据上海社科院文学研究所一本《城市文化视角下的当代上海民间文艺报刊研究》记载：早在 1978 年，王宁宇（宁宇）、赵丽宏、王成荣等人发起成立了黄浦区文化馆诗歌组，时任《萌芽》月刊诗歌组组长的诗人宁宇发现和推动了城市诗的写作。他将城市诗概括为两种声音：一是来自基层企业的声音，从生活底层仰望城市和城市生活；二是大学校园诗人的声音，站在校门口来看待城市和城市生活。1990 年，诗歌组正式更名为城市诗人社（当时的全称是"上海市黄浦区文化馆城市诗人社"，到我接手以后，对外一律宣称为"上海城市诗人社"）。早期成员有会员证，将"热爱诗歌，辛苦耕耘，相互爱护，促进上海城市诗歌发展"作为诗社的使命。与此同时，"以城市人写诗，写城市的诗"为主导思想的民间季刊《城市诗人》问世。1990 年的时候，将诗歌组更名为"城市诗人社"，自然是因为诗社成员是城市人，也就是"上海人"的城市人身份，这一点是不可否认的，同时也因为"城市人"是一个大概念，能够罩得住整个上海，也用于区别那时候的市宫诗歌组，长宁区、杨浦区等区一级的文化馆诗歌组，反映了初创者的雄心，想成为上海诗坛的一面独特的旗帜。大家致力于书写现代城市生活即"城市诗"上的共同诗学追求一开始是有的，特别是诗人宁宇利用《萌芽》的诗歌版面大力提倡和推进，他本人身体力行，写了组诗《大上海奏鸣曲》，来鼓励青年诗人们跟上。这样的想法，与对当时的全国诗坛形势的把握也有关，与上海这座城市在全国的地位有关，其实还有更深层的世界性眼光在内，我记得宁宇说过，上海这座城市顶像日本的新宿。当时，我们还未必理解到这一点。这就是我后来接手城市诗人社工作以后之所以会提出"定位"问题的缘起："上海诗人应该面向太平洋，背后有整个中国"，"城市诗是现代主义的别称"。

许道军　魏宏："城镇化"和"城市生活"是今天最大的现实，但是我们感觉到直接表现这个现实的诗并不多，似乎与这个现实不太匹配，您怎么看这个现象？这个现象在上海这座城市也存在吗？

铁舞：我理解你说的"城镇化"和"城市生活"是今天最大的现实，指的是当下的整个中国，说"直接表现这个现实的诗并不多"可能是从整个诗坛涌现出来的量来说的，说不多，其实还是很多的，只是我们看得不多，能够看到的不多，因为被淹没了。有时候，表现"城镇化"和"城市生活"的，至少是城市现象的折射，我们不以为是城市诗。说"似乎与这个现实不太匹配"是一种"不满足"，很正常。但这个"不满足"，不能等同于"城市有什么，诗歌就要有什么，有了东方明珠塔，就要有东方明珠塔的诗，有了地铁就要写地铁的诗……"从全中国看，我觉得曾有几个代表性的城市诗歌写作者，叶匡正是其中一位，他的《城市书》笔下的城市物象，情致表现观察得很细腻，中小城市的诗人可能心思比较集中，把对乡村敏感的细腻转移到城市里来，没有大的浮躁；他后来去了北京，做了生意，情况就发生了变化，没看到他写出新的城市诗来（也许是我没看到）。与他相反的风格，我们上海的梁志伟，他的诗集《觉醒》，又名《瞄准毕加索》，属于野兽派风格，至今未为人注意。在某种程度上，上海诗人的城市诗写作与这座大都市也是不够匹配的。很大程度上是我们挖掘不够，像我，你们以前也不知道。我还有另一层意义上的不够匹配，是指我们的城市是世界级的，但没有拿出有分量的诗篇称得上是世界级的，也还没有一个诗人也真正堪称世界级的。但这只是我的看法，我是从代表中国诗歌这个角度看，没有以上海为中心影响世界的一种诗歌，比如现代主义，有没有我们的标识？问者可能不是这个意思，可能是指我们城市诗歌的实际气场没跟上城市发展的气场。这的确值得我们思考。像惠特曼、桑德堡的诗，似乎跟他们那个时代的美国工业发展，人文精神，贴得很近的。在这方面，城市诗人社的人其实是做过一些努力的。据创始人之一梁志伟回忆，诗社起初受黄浦区文化局重视，曾花20万元打造《东方一条路》歌舞剧（由诗人梁志伟执笔）。上海蓬蓬勃勃的城市建设，被世人关注，我身在建设者队伍里，写了大量劳动者的诗，集中体现在长篇组诗《上海书》里。但这类诗很少得到关注。当然，"城市生活"是一个很宽泛的概念，城市人写诗，不一定要写城市，在城市里，人还是自然人，他们也会有向往大自然、想要逃逸城市的倾向，即使公开举旗写城市生活的诗人，如徐芳，她的《上海：带蓝色光的土地》，诗里的"蓝色光"大多是用自然物象来修饰呈现的。都市之变不能改变心灵之常。赵丽宏的长诗《沧桑之城》以个人的家世为抒情起点进入。当城市物象写入诗篇的时候，对人的自然性是一种"硬伤"，当年美国诗人弗罗斯特《路边一瞥》中首次使用了"火车"这一意象时，人们就想到了生态危机，对田园生活的向往与丰富物质生活的渴求，这是一对矛盾。生活是现实的，而现实总是物质多于精神，人们不可能在大街上大谈诗歌，人们写诗的时候依然很物质的话就非常痛苦了。宣传口号"城市，让生活更美好"，事实上城市也有很多不美好的地方，为什么"人群意味着孤独"呢？比如空气污染、地铁车厢人情的冷漠、商务办公楼里无声的商战、许许多多不公正不平等的现象……你如何去写？

第一章 "忘却的飞行"：上海城市诗人社

的确，"城镇化"和"城市生活"是今天最大的现实，我觉得应该更多地研究这一现实怎样影响了诗歌语言，这还会牵涉到地理因素。

许道军 魏宏：您是否认同"城市诗"这个概念，是有了许多自发性质的城市诗创作才有"城市诗"的命名，还是由于匮乏开始对一种全新审美范式、审美机制的呼唤？

铁舞：可以认同。但认同一个概念，不一定认同别人对这一概念的解释。我对概念还是挺感兴趣的。概念是对对象事物的概括。要是一个概念对象既可以命名为 A，也可以命名为 B，那么这个概念不应该是 A，也不应该是 B，而应该是既包含 A 又包含 B 的另一个概念，它可以是 C。因此，讨论这个话题，我想从我的两首具体诗作说起。"火车从城市的腹地里抽出/抽出，像一根茧线/在广袤的土地上拽拉//蠕动一节一节车厢/我没能感受到摧枯拉朽的伟力/和火车头扑面而来的威慑/却能感受到一根线的柔软/当我这样想时，火车已经远去/那车厢与车厢的撞击/却乘着风驰电掣的速度/迫来/这时候，我感受着另一座城市"（《火车》），这是我在上海中山北路旁 11 层高楼上看火车从新客站开出去的情景，在这座高楼里我还写了"坐在阳台上/我被隔在雨雾之外/城市就在环城道那边//灯火闪烁/星星点缀满我一身/灵感洒落 那桥上的车灯/在流动//雨雾无声/我深入雨雾 或说/雨雾弥漫我心城/城区的每一盏灯都被濡湿//忽明忽暗/睁大眼看时那桥上的车灯/在嘀鸣"(《环城道外》)。我想,这两首诗,没有人会说是山水诗,也不会有人说是乡土诗,如果不辨流派的话,把它们命名为城市诗是不会有反对意见的,可以说是纯粹的城市审美。城市诗首先回答的一个问题是:"我在什么地方?"其次是"我为什么在这个地方?"再次是"此时此刻我的感受如何?"至于"我从哪里来?""我是不是城市人?""我想要什么?"这些都是边缘性的问题。一个外省的乡下人,他要是站在上海中山北路环城道旁的高楼的阳台上俯瞰这个城市,要是他又有足够的敏感和文化意识,他也可以写出城市诗的。城市诗这个概念的要素就这两个:城市物象、诗的语言。问题复杂在诗的语言上,所谓审美的差异就表现在这个上面。弗罗斯特《路边一瞥》中"火车"这一意象,被认为是对抗美国文学传统田园理想的意象,和生态反思挂起钩来。那么,怎么看待我所举的这两首诗呢? 首先,没有人会因为《路边一瞥》有"火车"这个意象而把《路边一瞥》视为城市诗的,它的元素不足以撑起"城市诗"这个概念。而我的《火车》《环城道外》与《路边一瞥》相比较,那简直可以说是彻底的"生态危机"了,当然这是传统的田园诗视角,不是今天我们说的"城市,让生活更美好"的视角。面对城市物象,有人大唱颂歌,有人看到异化和危机,究竟哪一种是好的城市诗呢?我的态度是中庸的,《火车》《环城道外》,没有歌唱,也没有直说危机,它用克制的语言,把情绪和思考掩藏在文字背后,这是我的一种审美态度,是个人的,不是群体性的,谈不上由于匮乏而开始的对一种全新审美范式、审美机制的呼唤。这种"高大上"的认识,我们谈不上,我们只能从一首首具体的诗来谈起。

许道军 魏宏:您曾提出"城市诗就是现代主义诗歌"这样的观点,也呼吁现代主义诗歌的创作,但有人也认为城市不仅诞生了现代主义,它自身也是一个需要被诗歌表现的现实,在持"无边的现实主义"论者看来,城市诗也可是现实主义的。这个问题您怎么看?

铁舞:现在想来我当时提出还是从逻辑概念出发的,与我现在对现代诗的认识稍有不同。当时有当时的背景,先说说当时吧!2001 年我在《鸭绿江》上发表《现代主义这只猫》,那时候我的感觉"现代主义"作为一个国际性的思潮已在中国漫延,像桑德堡的《雾》所描述的那样,这只"猫"还没有完全蹲下来,作为一种时髦,仅仅是一种时髦,现代主义在中国的无根情状的尴尬。这个想法一直延续到编《忘却的飞行》的时候,其间 2004 年在《上海文学》上写了一篇

《有根的写作》，2006 年我把两篇文章合起来，再加了一篇小文章，总题《现代主义这只猫》。那时候各种各样标榜为现代主义的先锋诗风靡中国，要捍卫先锋诗歌的少数性和纯洁性，必须正本清源，我在诗社里推荐两篇文章，一篇是马尔科姆·布雷德伯里的《现代主义的城市》，另一篇是 G. M. 海德的《城市诗歌》。G. M. 海德说："我们可以认为现代主义文学产生于城市，而且是从波德莱尔开始的——尤其是从他发现人群意味着孤独的时候开始的。"我认为这句话具有经典意义，当时我就这样简单地判断，既然现代主义文学产生于城市，那么在中国，真正的现代主义诗歌就应该产生在像上海这样的城市。马尔科姆·布雷德伯里在《现代主义的城市》说，现代主义作为现代大都市的文化现象，从全球范围看，其中心自然是在欧洲、北美几个中心城市，如柏林、维也纳、布拉格、芝加哥、纽约、巴黎、伦敦等。以德国为中心形成超现实主义，以英国为中心形成意识流文学。据此，我推演出这么一个问题，以中国为中心的又是什么样的现代主义呢？我认为当时在我们中国刮起的现代主义的风，是没有根的。我们应当有自己的现代主义，且能够影响世界，我的理想是如此，是理性的推断，于是我就强调"有根的写作"，希望我们的现代主义是从现实的根部产生的，而不是仅仅受时风的吹拂影响。这样说来我的现代主义写作，与现实主义一点不矛盾的了，是有现代感觉、现代理性的现实性写作，它可以被包含在现实主义内。正如你说的，现代主义它自身也是一个需要被诗歌表现的现实。城市诗也可以是现实主义的，这话当然不错，不过，当我们这样说的时候，现代主义和现实主义都只是一个手段；当我们说现实主义是无边的，这个现实主义就不只是手段，而是全息性质的"大盖帽"了。

许道军 魏宏：您觉得所有描写城市，或是以城市为背景、为对象，或涉及城市的诗都可归为城市诗吗？或者说一首"纯正的"城市诗与非城市诗区别在哪里，它的内涵与外延是什么？

铁舞：不管我们在理论上怎么解说，人们总是会把那些描写城市，或是以城市为背景、为对象，或涉及城市的诗都可归为城市诗的。以我编的那本《忘却的飞行——上海现代城市诗选》为例，入选的就是这样的一些诗，它们有的直接描写城市的，如古冈的《老北站》、缪克构的《过道灯》，有的仅仅是以城市为背景，描写个人生活、个人情绪的，这方面的诗占绝大多数，它们从不同侧面涉及城市，如杨秀丽的《门诊的午后或一张药方》、王乙宴的《花神咖啡馆》、汗漫的《有风神感的女人》，等等，都是。还有许多不被我们入选的以地理名称为题材直接描写城市的诗，我们也不能说它们不是城市诗,当我们说写城市诗更重要的是以诗写人的灵魂时,我们只是对城市诗的写作的品位提出了某种要求,对其思想艺术做出了某种标准的期待。当我们提出"纯正的"城市诗这个概念时,它一定是与非城市诗是有区别的。比如说,它一定诞生在城市,不可能诞生在边远地区的农村里,所写所感的一定是属于城市人的。"纯真的"城市诗与非城市诗区别在哪里?我想一定是区别在诗意栖居的方式上。城市诗是人对抗技术栖居的诗意表达,非城市诗(如乡土诗)是人在乡土背景下对自然栖居诗意的领悟和浸淫(在乡土日益城镇化的今天,这种自然栖居的诗意方式开始不再单纯)。我们以具体诗作为例,如庞德的《地铁站》,"幻影的这些脸,在人群里,/花瓣缀着湿,黑黝黝的树枝",描写的完全是主观的印象,脸、花瓣、树枝,这都是主观的自然意象,已经不是客观的自然物,然而诗人还是需要这些自然物象来制造诗意,用来对抗技术栖居。这个写作现象令人回味,人在表达在城市的感受时,是离不开自然物象的,这种词语的依赖性来自人的本性,在城市里人是一种自然物,被物质的异化又本能地抵制这种异化,诗人在写诗时采取的语言态度充分证明了这一点。再看看桑德堡的《雾》:"雾来了——踮着猫的脚步//它静静地弓腰/蹲着俯瞰/港湾和城市/再向前走去",没有"雾"和"猫"这两个软性的词语出现,这首诗不知道会是怎么个模样。我也写过一首《雨雾中城市》："湿漉漉的橘瓣，犹如一片片灯盏/切碎了给人看，雨雾中的城市温馨如橘/雨雾中的城市温馨如橘，我们在阳台里品尝/一根根黑的枝条伸进了城市的风景……"城市人，作为人，他总是向往自然的，城市诗某种意义上可以说是城市里的自然人表现城市自然的诗，这个城市自然与乡村自然完全是两种生态。这样说一首纯真的城市诗它的内涵与外延稍许有点清晰了。若城市自然物在诗文本里全部消失以后，还剩下人本身，那会是一种什么情景呢？且看下面这首《地铁车厢里的意绪》："他们定知道要去什么地方，/不必奇怪他们谁也不看谁，/每个人都有自己的目的地；/虽然有时差一点嘴对着嘴。/什么想法也没有，彼此陌生，/（不可能产生想法，除非有病）；/因为他们马上会——离散，/列车飞驶如箭有规定使命。/最终的目标也许只有一个，/但是现在人们要去哪儿啊——/却是不由自主的，远或是近——/不过人心都如透明的玻璃花。/任凭春风夏露或冬雪皑皑，/这条土地里的虫子绝无伤悲。"这应该算是一首纯粹的城市诗了，但还会有"花""春风夏露或冬雪皑皑""虫子"这样的词儿出现，所以人的自然性是根深蒂固的，某种意义上，城市诗着力表现的不是城市，而是城市里人的生存意识和困境。

许道军　魏宏：城市诗对诗人身份有什么要求吗？对于城市诗创作而言，城市人身份、城市人意识、城市居住者身份重要吗，或者说谁更重要？

铁舞：诗人身份本身就是身份，如果我没有理解错的话，你可能指的是诗人身份以外的身份。诗人身份以外的身份，如记者、律师、教授、企业主、保险公司白领，也有做传销卖仙妮蕾德的、职业炒股的……也有什么都不是的流浪者，我认为这些职业身份对写诗都有好处，职业身份并不重要，重要的是诗人素养，有了诗人素养，做什么工作都能写诗。有一个现象是，现在人写作有一种趋同性，大家都在写同一种类型的诗，比如：口语＋分行的诗，大家都在写嘲讽现实，大家都在表达不满，却看不到扎扎实实来自你生存体验的至少要带点具体情境的特别一点的诗，你写妃子笑，他也写妃子笑，你写花开的地方，他也写花开的地方，微信圈里同题诗泛滥，真看不过去！这话也有点大而化之，跑题了。我觉得诗人可以有身份，也可以什么身份也不要，只要能写出不同样式的诗就可。对于城市诗创作而言，城市人身份、城市人意识、城市居住者身份重要不重要呢？我的观点大致可以从我以上所说推断出来。既然我不强调身份，那么这个问题中"城市人身份""城市居住者身份"可以不考虑，因为一个没有"城市人身份"、没有"城市居住者身份"的人，在今天信息发达的环境下，他们也可以通过种种途径获得城市意识，他们也可以走进城市，不一定居住下来，可以观察、可以考察，获得对城市的感觉，写出一些城市诗来，他们完全可以用非城市人的眼光来写城市，我相信也是能够写出一些城市诗来的。事实上，具有城市身份的人，他们居住在城市里，他们的眼光可能还是非城市人的眼光，写出来的诗未必算得上是城市诗，这类例子是很多的。我感慨我们上海这座城市很少有人写出真正现代主义的诗来，就是这个原因。这样说来，有没有城市意识，这一点是至关重要的了。何为城市意识，应该认定它是一种社会发展意识，一种生命随物质进步又时时可能被异化的忧患意识，写诗就成为一种被围城而后左冲右突的生猛行为，城市诗人应该是勇敢的、超越常规思维的，他们理应把城市里的一切物象看成为自己的生命密码，把城市看成一个隐喻，这一点很重要，这在一个具有城市人身份的人的眼里和在一个非城市人的眼里，隐喻的意义随他们体验到的内容不同而不同。有一个外地朋友到上海来，他的第一件事就想去看海，在上海待了几天，他对上海的感觉是一个字：大。他是外乡诗人，他的"海"和我身处的"海"是不一样的，他的"大"和我认识的"大"也是不一样的。我会写：海已不是原来的样子。没有蔚蓝/我在它的包围中，灰色的/喧嚣把我淹没。/鱼群在我开口时游上我的嘴唇/又从我的嘴里游了出去/我静静地坐在水泥石柱上吐纳浊流/……他可能不会写。他要是写他对大上海的感受，你不能说他写的不是城市诗。只有当我们对城市诗提出某种超乎寻常标准的时候，如现代主义呀、野兽派呀、抽象诗呀，等等，我们才会说城市意识如何重要，要获得城市意识，城市人的身份有多重要。

许道军　魏宏："城市诗人社"与"城市诗"派有诗学或组织、个人交往上的联系吗？作为在时间序列上的后来者，你们怎么看待城市诗派？你们认为与他们的区别在哪里？

铁舞：我真的不知道有城市诗派，请告诉我举这面旗帜的是哪些人？我还是想先知道这个，为什么他们的诗属于城市诗派，城市诗派的"他者"又是谁？对这我顶感兴趣。我问天津南开大学的卢桢（他是研究城市诗的学者），他告诉我："就知道 86 年那个《城市人》（以及你们城市诗人社及新城市等），城市诗派倒没关注和听说过呢"。城市诗人社没有想过做"城市诗派"。前面我已经回答过了。第一任社长是缪国庆，以前是黄浦区（文化馆）诗歌组，"城市诗"是倡导过的，宁宇一直很支持的，但那是写城市题材而已，到我主持城市诗人社的时候，在我眼中的"城市诗"应该是"现代主义"的别称，理由是：现代主义产生在城市，而我对上海的现代主义诗歌是不满意的，它没能取得一个中心地位。许多人也不这么看。在我编《城市诗人》报纸的时候，那时候还不是刊物，是八版、十二版的晚报那样的篇幅，我做过"城市诗档案"，连续做过几期，在报纸的中缝里还刊登过"中国城市诗征稿"的广告，曾有过这样的想法，要编一本《中国城市诗选》，想法很好，但没做。在我脑子里是有城市诗概念的，前面也已经说过，在一本《现代主义》的书里，有一篇《城市诗歌》的文献。后来，我编了一本《忘却的飞行——上海现代城市诗选》，前面也提到过的，我有一篇跋——《现代主义这只猫》，在这篇文章中，我提了一个很高大上的问题，我说，现代主义作为现代大都市的文化现象，全球范围看，其中心自然是在欧洲、北美几个中心城市，如柏林、维也纳、布拉格、芝加哥、纽约、巴黎、伦敦。以德国为中心的超现实主义，以英国为中心的意识流文学。那么，以中国为中心的又是什么样的现代主义呢？我认为现代主义这只猫的爪子才刚刚伸进中国，这只猫的屁股还没蹲下来，如桑德堡的《雾》所描述的那样。我脑子里的城市诗就是现代主义，城市诗是现代主义的别称。我在那篇文章里说了三个观点，一个就是"现代主义这只猫"的观点，一个是坚持城市诗歌的有根性写作，这个观点最早发表在《上海文学》上，还有一个是城市诗歌写作的源头气脉，一直追溯到《诗经》。正因为这样，我后来才跟严力有了一个对话，《上海和纽约对话的可能》，提出了上海诗人的定位问题，我说，上海的诗人不号召中国，想号召中国的到北京去，上海诗人面对太平洋，背后有整个中国，要和纽约对话，我在城市诗人社里说这个想法，在作协里也说这个话，和诗人季振邦联名写过一篇文章发表在《上海作家》上，但说是说，做是做，做的人不行，大部分写作者没有我所说的那个高度的意识。《城市人》里的作者站在校园门口看城市，还有人写了很多城市诗，只是一片生活而已（已经不错了），去年暑期评论家杨斌华申请到一个项目，要编一本《新世纪 15 年上海城市诗选》，我们的征稿通知写清楚了，把城市诗认定为"现代主义的别称"，大量来稿够格的就很少，所以我不知道，城市诗派究竟是什么样的；我始终认为，举旗是容易的，说出理论也是容易的，但要名副其实不容易；有人公开出版了一本《新海派诗选》，我写了一篇长文《名不副实的"新海派诗"》，发在天津《文学自由谈》上。最近在我们诗社的群里，翻译家黄福海说，城市诗是欧洲的产物，80 年代在中国的阐述已经变异了，他的意见是，在中国没有西方意义上的"城市诗"。这个意见有点和我相通。去年天津《文学自由谈》我发过两篇长文，除了《名不副实的"新海派诗"》外，还有一篇《假若你也想雷人》，2015 第 5 期《上海作家》发过一篇《民间是伟大的，也是可诅咒的》，我要说的都是名实之争。在中国大地上应该有一场名实之争。我不喜欢抱立场，这也是我不想做"城市诗派"的原因，"城市诗"可以有多种立场的定义，我愿意从不同立场去看。在一次《群聊》创刊的晚宴上，大家对同一问题，比如汉诗，比如城市诗，不同的立场有不同的想法，这说明什么呢？你要把世界看完整，必须从一个立场转到另一个立场。我非常欣赏哲学家赵汀阳的"无立场"的哲学思维。所以我也不反对别人做"派"。我现在不再具体主持城市诗人社的工作，他们如果也要做个什么派的话，我也不会反对，而且我会帮他们设计，但我不愿意定义自己是什么派的。

许道军 魏宏：非常有意思的是，在"城市诗人社"之后，同城又出现了一个"新城市诗社"，这个诗社与你们有联系吗？您怎么看待他们的诗学和创作？

铁舞：新城市诗社是从我们城市诗人社里裂变出去的，这可以从他们早期第一本《新城市》的署名和联络方式可以证明。从城市诗人社中裂变出去的还有海上风诗社，最近又出现了一个"海派诗社"，组织者也是我们城市诗人社的人。这个诗社标明"新"，以区别于老"城市诗人社"，他们一开始也不是诗社，是沙龙，因为起初还是在城市诗人社内的嘛，据我观察，他们的成员以新上海人为主，骨干还有外省市的，如庞余亮。手边有一本《诗·城》，主编陈忠村，是一个新上海人，玄鱼是我们以前城市诗人社的骨干，这个诗社是他创办的，《诗·城》庞余亮作序，后附一篇《新城市诗社简述》，大致可以了解他们的诗学和创作。他们提出三大诗歌主张：一是磨难主义写作，此乃针对汉语诗坛绮靡奢巧、贵族矫情以及浮滑口水等现象；二是激活大民间的真正内涵，是针对误以为民间就是粗俗不堪、或槽口或颓废的乌合之众的偏狭认识，弘扬民间诗人的尊贵、自由和傲骨；三是倡行地面上行走的先锋，宗旨在提倡和实践关注现实的探索创新、反对蹈空凌虚。这些主张还是不错的。这是 2009 年的事，提出一个"主义"似乎行动更为有底气一些，不过还是要看作品，要看理论和实践的匹配，也就是名实的问题。我没有好好研究过他们的作品，也没有看到他们有什么影响的磨难主义代表作品，（因为诗人都是磨难的产物，哪个人的诗歌算是磨难的代表，不好说。）或许是有，我没看到，或许是被淹没了。在我看来，这三条主张立意还不高，作为大都市的一个诗社，又标榜为"新城市"的，照理应该提出一个"新城市"的概念，这个"新城市"新在哪里？组织者没有想清楚，或者说还没有觉悟到，其实他们是完全可以觉悟到的，当我们在一起的时候，我们就曾说起过，要有一座诗意理想的"城市"，我在不同场合都引用过惠特曼的诗句："我梦到一个地球上别的一切都不能击倒的城/一个属于朋友们的城/在那里没有东西比雄健的爱的素质更伟大……"这应该是所有写城市诗的城市诗人们的共通的愿景。

许道军 魏宏: 城市诗诞生在上海, 您认为上海的城市诗是更具有"海派"的特色还是具有整个时代的烙印?"海派的范畴"还是更具普遍性的范畴? 城市诗是否天然带有上海的烙印?

铁舞: 说城市诗诞生在上海, 这个话能证明吗? 我缺少历史知识, 包括我对城市诗的认知, 都不敢做这一判断。城市诗作为现代主义的别称, 我认为它应该诞生在上海, 这是我认同的。我感叹, 上海, 作为东方一个大都市, 未能成为世界现代主义文化的中心, 这是由我们这座城市本身的现代情状决定的, 我们这座城市日益多起来的形式上具有现代感的建筑, 从其命名的隐喻性来看还是充满了保守的本土精神, 再加上歌手们流于表象的歌唱, 就显得有点尴尬。放弃这个标准, 就一般意义上的城市诗来说, 上海的城市诗是否具有"海派"的特色, 这对我来说简直是一个套子, 因为在我看来, 有几个问题要辨析: 一、上海的城市诗是哪一些人的城市诗, 是宋琳他们的《城市人》吗? 还是我们的《忘却的飞行——上海现代城市诗选》, 还是指其他人的诗? 二、海派特色是什么？三、说"更具有"必须有"已具有"为前提，这个前提有吗？2015年在《文学自由谈》上我发表了一篇文章《名不副实的"新海派诗"》，我说，何谓海派诗？在假定存在的前提下，我的意见是，不管新海派、老海派，只要你是海派，必须是：作品要有上海味道。现在，这个上海味道是很难辨别出来的。普通话是全国通用的"粮票"，随着交通、电脑、微信的发达，人们的意识和语言，几乎消失了地理差别了，像余秀华这样一个农妇她操持的语言与我们上海人有什么区别呢？她的意识开放的程度恐怕比我们上海的女诗人更开放。说哪个上海诗人的诗更具有时代烙印，现在很少有人这样去评价，这种社会学意义的评价，不知叫人怎么说才好。看到报纸上有一篇时评的标题，中国取得的是史上最伟大的发展成就，我们的城市诗有这个时代的烙印吗？也许，诗歌这个东西根本不应该用"时代烙印"去评价，换句话说，这个时代的每一首诗歌都不可避免地带有时代烙印，毕竟我们不是唐朝，不是宋朝，不是民国，也不是前三十年，更不是"文革"时期。因此，评价城市诗，应该具体作品具体分析。有些明显带有时代烙印的作品很可能算不上艺术作品。所以当我们讨论起这类问题时，常常会显得尴尬。关于这个问题，我只能说这些。

许道军 魏宏：作为中国第一个以"城市诗人"冠名的诗社和诗歌群体，大家对你们的创作充满了期待，能谈一谈诗社的近年整体创作情况和未来发展打算吗？您作为"城市诗人社"前任社长，对"城市诗人社"的未来有什么样的期待？

铁舞：不能评价过高，期望太大。即使我们有走向世界的愿望，宣告面向太平洋，背后有整个中国，仍有历史局限；不仅是历史局限，更是我们有能力上的局限，我们能用什么样的诗歌面对世界，我们有些诗人连写好一篇文章的耐心都没有，仅满足于餐桌边上的即兴，大量段子类型的诗歌没有艺术鉴定的价值，更有些人随着国门开放的便利，不负责任地带着自己的诗歌走向国际了，他们能代表中国诗歌吗？作为中国第一个以"城市诗人"冠名的诗社和诗歌群体，大家对我们的创作充满了期待，落实到个人身上，会有所失望。"实验 守正 出新"这一直是我对诗社的要求。我们是一个个人，很松散，不可能有整体的创作规划，即使有也是不切实际的，在这里我不可能谈我自己，若是谈我自己可以说出许多设想，谈一个整体，我就不能多说什么了；上海诗人都不抱团，这一点也是和外地诗人有区别的。在上海抱团的大多是新上海人。何况，我现在不做社长了，我可以策划，可以创意，但不能代办。"城市诗人社"在未来还是要定期办好自己的核心期刊《城市诗人》，这是最主要的，坚持在沉默中探索，不搞热闹，走包容发展的道路，什么都不能证明，这本刊物能证明我们的价值。两位，要是想真切地理解城市诗人社的价值，希望不要看我们曾经提出了什么主张，要看我们做了什么，一本《城市诗人》刊物，代表了我们的核心价值，白纸黑字，可以和上海任何一本民刊作比较，我可以毫无愧色地说，我们有一种专业精神在里面，我们一点不凑热闹！我相信，有人要研究城市诗歌，有两样东西绕不过去。一个是宋琳他们那本《城市人》，80年代有全国影响。第二个就是"上海城市诗人社"的刊物《城市诗人》。前者是公开的，后者则是潜在的。《城市人》是短暂的，不是持久的，只是几个大学生的能量，他们只是站在校园门口看城市，沾了学院派的光；后者可能是草根，却是持久的，是整个社会的，不只是几个人的能量，铁打的营盘流水的兵，一拨一拨的人，经过不断地替代、裂变，由于我们的观念不再以实际聚合为准，以观念集合为主导，所以我们的人、我们的影响几乎覆盖了整个上海的民间社团。而且我们近几年的做的活动表面上默默无闻的，但都是几个社团联合一起做的，所以很有影响，比如，2015年的"老码头"系列活动，以及今年的城市诗人社、陆家嘴金融城、闵行诗社、新声诗社的四社联动现代诗讲座探讨，我们不借助名人，我们不借助报刊，我们根本不需要宣传，我们就是这样存在着。诚如许教授以前说的

"城市诗社取得的成就不低于城市诗派，但是在传播与接受上，城市诗社处于非常不利的状态，这对城市诗的研究，包括对上海诗歌的探索，都是不全面的，相关的文章也不多。"这种不利，换个角度看也是有利的。我们曾经编过一本《忘却的飞行——上海现代城市诗选》，号称是继《城市人》之后的第二本《城市人》，被列入上海社科院编的《画说上海文学百年巡礼》一书里。这就是"东方不亮西方亮"，只要做得有意思，总有一天会冒头的。不要以为我们是在社会上，那些大学生在学院里，我们的思考深度不比他们浅。因为我们中间很多人也都是从学院里出来的，我们队伍里也有大学教授，有博士，有翻译家，我们最近印制的《群聊》创刊号，所涉及的话题非常广泛，我们众筹出版，不卖不送。这不是我亲自做的，我提了一个想法，有人就去做了，而且做得非常认真，我第一次看到小样，就感觉热血沸腾。于是我们开始众筹，我们对众筹概念理解与众不同，我们认为，众筹是一种自愿做事的游戏，众筹不是买和卖，众筹是共同享受投入和获得的平等，众筹是为了一种愿景的实现。我们还确定了一件事：与上海欧美亚艺术文化学校一起挂牌做诗歌工作坊。这是一个全新的工作。我们已经在微信圈里预热，有效地开展了 TW（技术智慧）诗歌微课程活动。我们会有与一般诗社不一样的前景。

附录 2

对上海城市诗歌的一种观察[1]

缪克构

2000 年 8 月，我在一篇题为《城市诗：对城市的多元体认》（《鸭绿江》2001 年 6 月）的长文中提出了城市诗的概念："按照我的理解，城市诗是指诗人在城市生态中的精神活动所化作的诗行。这个概念选定了城市诗写作者的地域：在城市中；框定了描述的范围：城市生态中的事物和状态，而且必须是一种精神活动。这个概念至少具备以下几个层面的意思，首先，它带有城市明显的特征，就如乡土诗中呈示的麦子、泥土一样，它有地铁，高架等。就是说，它描述的是城市；第二，城市诗注重的是对城市的内心体认，焦虑的、亲和的、迷恋的、批驳的或兼而有之的都可。"有评论家认为，这是诗人中较早提出城市诗概念的。

在我，这倒也不是有意为之。那个时候，我刚从华东师范大学中文系毕业不久（华东师大的宋琳、张小波和复旦大学的孙晓刚、李彬勇，四人合著诗集《城市人》1987 年由学

---

[1] 本文刊发于《诗歌月刊》2017 年第 5 期，发表时有删减，这里是完整版本。

林出版社出版，被视为城市诗创作的一种标志），同时又是上海城市诗人社的一个重要成员（1978 年，王宁宇、赵丽宏、王成荣等人发起成立了黄浦区文化馆诗歌组，1990 年，诗歌组正式更名为"上海市黄浦区文化馆城市诗人社"，集结了一大批城市诗的写作者）。可以说，身处这样的环境中，我对城市诗的创作和命名的关注，不仅是自然而然的，而且是充满"野心"的。

现在看来，这样的命名仍有它的意义。如果要我做些补充的话，从广义上讲，我仍认同这样的区间概念，而从狭义上讲，我认为城市诗应该是"城市特质 + 城市意识"。何为"城市特质"恐怕无须解释，指的是内容和题材；"城市意识"指的是审美表达，后文中将谈及。

一、城市诗的命名

迄今为止虽然说没有一个大家公认的城市诗的概念，但对城市诗的命名，却不鲜见，甚至引起学界的讨论和争议。

1986 年，上海城市诗的创作已经引起广泛关注，上海诗界开始讨论城市诗现象。当年的 4 月，中国作协上海分会诗歌组召集了 70 多名上海诗人、诗歌评论工作者、部分业余青年诗作者，探讨城市诗创作问题。作协上海分会副主席罗洛指出，上海诗歌的特点是城市诗。关于城市诗的概念，与会者大多数认为，作品应该反映城市背景下现代文明的审美观念，描绘和刻画现代人的心理状态、思想情感、工作生活以及诗人对城市生活的独特感受等，而绝不应该仅仅是写一些具有城市特征的地域性或职业性表象。另有一些青年同志认为：城市诗的定义，不仅仅是一个题材上的问题，恐怕更重要的是一个人在现代文明中的种种思考和感受，这种思考和感受后写的诗，即使不是城市的题材和内容，也应视为城市诗。[1] 在这个会议上，大家认为题材并不是为城市诗歌命名的依据，更重要的是在于对现代文明的思考。周佩红在《城市诗发展走向漫议》中，也提出类似的看法，即"城市诗的起源及其创作实绩表明，城市诗的本质，乃是物我关系变化中城市人心态的外射"。[2] 在我看来，这次探讨，其中的一些观点已经兼顾了"城市意识"和"城市特质"。"反映城市背景下现代文明的审美观念"这样的认识，在我是十分认同的，而且窃以为此后种种之讨论，并没有超出这个范畴，而对"一些青年同志"认为的，一个人在现代文明中的种种思考和感受"即使不是城市的题材和内容，也应视为城市诗"的观点，则实在难以苟同。

在同一时间，因写作城市诗而受到关注的宋琳等人的

1　金谷：《上海诗界探讨城市诗创作问题》，《诗刊》1986 年第 7 期。
2　周佩红：《城市诗发展走向漫议》，《文学自由谈》1987 年第 6 期。

"城市人"，在"1986年现代诗群体大展"的《艺术自释》中
有这样的话："那种不是产生于逃避而是产生于向往的孤独，
便是城市诗得以出现的肇始。"具体来讲就是："我们生活在
城市。作为诗人，我们对发生在城市中的一切怀有特殊的敏
感是天经地义的。当我们在广场上看着来往的人群像灰尘一
样慢慢堆积，又四散开去，那些生动的、木然的、狡黠的脸，
由不同的个性或宿命构成，又都在物质的重压下显示一个相
同的平面，我们开始处在一种境地：渴望'全面卷入'，又被
一只手不客气地推出。""我们不是回到历史，复制过去的经
验，我们将在对未来的每一瞬间的高度疑虑、恐惧、思念和
狂想中把握自身存在的现代特性，从而实现对生命本质的真
实占有。"在这些诗意的表达中，对城市诗的界定仍然是指向
精神层面的，但框定了题材和内容："发生在城市中的一切"，
同时提出了一个重要的概念："现代特性"。

这个时候，尽管"城市诗"已随城市文学的发展进入研
究者的视线，但对于这一概念本身的存在，以及界定方式仍
有质疑。"大量的讨论性文章在1986年之后频繁地出现，不
能掩盖的是学界对于这个概念本身仍心存疑虑。"[1]

在这之后，一些评论家对城市诗的思考逐渐开始深入，

1　翟月琴：《失语与发声——构建城市诗歌的理论框架》，《文艺评论》2011年
　　第9期。

城市时代的诗歌与诗学

例如，陈圣生在《城市诗的反思》一文中，从文体手法、作者的态度和视角选择方面分析了城市诗的特点，并提到"'现代诗'主要是城市精神所激发和孕育的文学创作体裁（不仅仅指以城市生活为题材的文学样式），因此，称这为城市诗比较恰当"。[1] 评论家燎原认为，城市诗"绝不只是城市场景和生态的一般性描述，而是城市日常生存中内在的心理体认，是诗人与城市生态的相互容纳中，一种城市化了的情感立场、艺术方式和审美趣味。体现了城市文化与诗人的心灵叠合后，一种独立的精神文化生态单元"。[2] 这一观点几乎被评论家刘士杰全盘接受，他认为："如果把描绘城市的面貌、表面的生活现象和生态环境的诗称为城市诗，就太肤浅了。城市诗的内涵要丰富深刻得多。城市诗要写出城市人在城市日常生存环境中的心理反应，要表现诗人城市化的情感立场、艺术方式和审美趣味，要表现城市特有的精神文化生态。"[3] 可以说，这些观点既提出了城市诗的表达方式，即"城市精神所激发和孕育""精神文化生态"，也兼顾了城市诗的内容和题材，即"城市生活""城市生态""城市日常生存环境"。

曾主持上海城市诗人社工作二十余年的诗人铁舞则提出：

1　陈圣生：《城市诗的反思》，《文学评论》1997 年第 2 期。
2　燎原：《城市诗与智能信息空间》，《星星》1998 年第 7 期。
3　刘士杰：《走向边缘的诗神》，山西教育出版社 1999 年版。

54

"我脑子里的城市诗就是现代主义，城市诗是现代主义的别称。"这与陈圣生提出的"称这（现代诗）为城市诗比较恰当"，是几乎相同的意思。但铁舞在所编的《忘却的飞行——上海现代城市诗选》的跋《现代主义这只猫》一文中，又说道："现代主义这只猫的爪子才刚刚伸进中国，这只猫的屁股还没蹲下来"，"我认为中国刮起的现代主义的风，是没有根的。我们应当有自己的现代主义，且能够影响世界，希望我们的现代主义是从现实的根部产生的，而不是仅仅受时风的吹拂影响"。这就陷入一个悖论：既然城市诗是现代主义的别称，而中国又没有真正意义上的现代主义，那哪里会有城市诗？这似乎验证了燎原在《城市诗与智能信息空间》一文中开宗明义提到的观点"中国从来没有过本质意义上的城市诗"。铁舞后来又做了补充："我（提出）的现代主义写作，与现实主义一点不矛盾，是有现代感觉、现代理性的现实性写作，它可以被包含在现实主义内。"在《关于城市诗，我们能说些什么——关于中国"城市诗"和"城市诗派"的问答》一文中（《雨花》，2017 年第 2 期），他有一个更加明晰的看法："'纯真的'城市诗与非城市诗区别在哪里？我想一定是区别在诗意栖居的方式上。城市诗是人对抗技术栖居的诗意表达，非城市诗（如乡土诗）是人在乡土背景下对自然栖居诗意的领悟和浸淫。"他的观点试图廓清城乡两元背景下写作的不同，同时又指向城市诗表达方式的现代性。

2005 年，洪子诚、王光明等人在北京大学第六届"未名"诗歌节圆桌论坛中以骆英的《都市流浪集》为讨论对象，试图澄清城市诗歌的界定标准以及书写内容，其中提到"谈论'城市与诗'绝非为了一种狭隘的基于题材的命名和确认（譬如'城市诗'）。尽管城市的确赋予了诗歌写作某种全新的视野、题材、意象乃至境界，但这只是问题的一个方面。另一方面，文化（文明）意义上的城市、作为人的生存境遇的城市，对于诗歌究竟意味着什么？有目共睹的是，随着城市化进展的持续加速，在给人类生存不断带来新的机遇和挑战的同时，也使得诗歌写作不断遭遇新的课题。"诗人孙文波在这次讨论中提出："一首诗若能被称为'城市诗'则必须符合我们称之为现代文明进程中所包含的很多东西，比如都市化色彩，现代工业发展后人对自己面临的生存处境的种种理念及种种困惑。如果没有包含这些东西，就纳不进'城市诗'的范畴。"[1] 在我看来，这次讨论努力界定了城市诗歌与都市影响下的诗歌之间的区别，从而提出了城市诗的一些标准。但是，关于城市诗的界定，如果脱离了城市的生活和生态背景，而只是聚焦于城市意识，我觉得不免太大而化之了，特

---

[1] 孙文波：《城市与诗——北京大学第六届"未名"诗歌节圆桌论坛实录》，《江汉大学学报（人文科学版）》2006 年第 2 期。

别是有一种观点认为"大量的诗歌文本，尽管不是以表达城市内涵为旨归，但其呈现出来明显的城市意识，也应该被认为是城市诗歌"，实在过于宽泛。这与 1986 年上海诗界探讨城市诗创作时，"一些青年同志"认为的"城市诗的定义，不仅仅是一个题材上的问题，恐怕更重要的是一个人在现代文明中的种种思考和感受，这种思考和感受后写的诗，即使不是城市的题材和内容，也应视为城市诗"的观点惊人地相似。而我个人最认同的城市诗的概念，是兼顾了"城市特质"（或者说城市内涵）和"城市意识"的诗歌。

二、上海城市诗的两个源流

在我的视域里，有两个自觉的城市诗团体，差不多在同时期出现在上海这座城市。一个是城市诗人社，一个是"城市人"。

据上海社科院文学研究所编的《城市文化视角下的当代上海民间文艺报刊研究》记载：早在 1978 年，王宁宇（宁宇）、赵丽宏、王成荣等人发起成立了黄浦区文化馆诗歌组，时任《萌芽》月刊诗歌组组长的诗人宁宇发现和推动了城市诗的写作。他将城市诗概括为两种声音：一是来自基层企业的声音，从生活底层仰望城市和城市生活；二是大学校园诗人的声音，站在校门口来看待城市和城市生活。

从现有的材料看，这是对上海城市诗最早的倡导。

1990 年，黄浦区文化馆诗歌组正式更名为上海市黄浦区文化馆城市诗人社，核心人员有缪国庆、梁志伟、赵国平、陈柏森、王玉意等。早期成员有会员证，将"热爱诗歌，辛苦耕耘，相互爱护，促进上海城市诗歌发展"作为诗社的使命。与此同时，"以城市人写诗，写城市的诗"为主导思想的民间季刊《城市诗人》问世。90 年代中期开始接手负责城市诗人社的诗人铁舞说："大家致力于书写现代城市生活即'城市诗'上的共同诗学追求一开始是有的，特别是诗人宁宇利用《萌芽》的诗歌版面大力提倡和推进，他本人身体力行，写了组诗《大上海奏鸣曲》，来鼓励青年诗人们跟上。这样的想法，与对当时的全国诗坛形势的把握也有关，与上海这座城市在全国的地位有关，其实还有更深层的世界性眼光在内，我记得宁宇说过，上海这座城市顶像日本的新宿，他特别提倡读惠特曼和桑德堡的诗。当时，我们还未必理解到这一点。这就是我后来接手城市诗人社工作以后之所以会提出'定位'问题的缘起：'上海诗人应该面向太平洋，背后有整个中国'。"

上海城市诗人社以城市诗命名，自觉意识毋庸置疑。诗社长期出版有《城市诗人》报，后来出版《城市诗人》年刊，另刊行有《浦江魂》《海上风》《都市虹》《广场鸽》等诗歌小册子。虽然城市诗人社也做过"城市诗档案"，发起过"中国城市诗征稿"这样的全国征集活动,但始终没有出版过有影响力的诗集,铁舞后来编选了一本《忘却的飞行——上海现代城市诗选》(大众文艺出版社 2006 年版),在《凡例》里指出:"这是对已有的先锋诗人的回应和发扬,也可以说是继宋琳、张小波他们的《城市人》之后的又一部《城市人》,并希望有所超越。"

由于王宁宇等人的倡导,也由于上海作协诗歌组(后改为诗歌委员会)、《萌芽》等杂志的推动,在八九十年代的上海,上海本土诗人的城市诗写作蔚为壮观,当时的上海作协"青创班"(1990 年开班,只办了唯一一届),上海市工人文化宫诗歌组,黄浦区、长宁区、杨浦区等区一级的文化馆诗歌组,出现了一大批活跃的诗人,成为上海诗坛的一面独特的旗帜。此后,这一源流始终没有断过,甚至可以说渐成燎原之势。2017 年 2 月 18 日,由上海城市诗人社、白领诗社、新声诗社、闵行诗社联合举办的迎春茶话会在黄浦区文化馆举行,参加的就有十余家诗社、诗歌团体、诗歌网站的诗人,包括城市诗人社、萱作诗社、白领诗社、浦东诗社、《诗歌报》网站、闵行诗社、温馨诗社、美兰湖诗社、顾村诗社、海派诗社、长衫诗社、新城市诗社、海上风诗社、中国诗歌网上海站、TW 诗歌工坊等。

另一个源流是"城市人",因曾是华东师大夏雨诗社的宋琳、张小波和复旦大学复旦诗社的孙晓刚、李彬勇四人合著诗集《城市人》而为诗坛所熟知。他们对城市诗歌创作有着相似的诗学主张和追求：1. 关注城市文化背景下人的日常心态（包括反常心态），促成了诗与个性生命的对话；2. 艺术地创造"城市人工景象"，使符号呈现新的质感；3. 反抒情和对媒介的不信任，在语言上表现出看上去混乱和无序的状态。"城市人"虽然不是一个严格意义上的诗歌社团，但称为"诗派"我觉得是合适的。

其实，在 20 世纪 70 年代末和整个 80 年代，上海高校诗社和诗人在全国的活跃程度是相当高的，除了上述四人以及他们所在的夏雨诗社、复旦诗社，还包括王寅、陈东东、张真、徐芳、陆忆敏等诗人以及"海上""倾向""大陆"等诗社或刊物，在城市诗歌方面，无论个人创作实绩还是诗社和刊物的主张、传播，都有着较大的影响。这样的影响并没有随着高校诗人的离校和离沪而消逝，而是影响了一代代高校诗人，在此后三十年中不断得到延续、蜕变甚至发展。最近十年来，肖水、茱萸、叶丹、蒋鼎元等人领衔的复旦大学、同济大学、上海海事大学、华东政法大学等高校诗社，和他们发起的"在南方"诗歌传播机构暨沙龙，成为学院派写作一个新的标杆。

2015 年年初成立于上海的"城市漫游者"诗派，核心成员是四位 90 后女诗人，均来自上海师范大学。其中，朱春婷、严天出生于上海，陈铭璐、邢瑜在上海读大学并居住在上海，诗歌创作风格基于城市、女性、90 后三大视域。作为年轻的城市诗的写作者，"城市漫游者"诗派这样命名"城市诗"："站在女性的立场上，从不同的维度，把城市带给我们的感受转化为诗的语言，意图在这个快速消费物质的时代里，挖掘有趣的、具有美感的、更深层的一些东西，观察我们生存在这座城市的状态，思索我们存在的意义。"她们是一群自觉的城市诗的实践者，从她们的诗歌来看，也在努力践行自己的主张。

三、城市诗写作的新视野

当下，上海的城市诗写作处于一种什么样的状态？

在回答这个问题之前，很有必要把上海及上海的城市诗放在全球化的背景下来考量。

恐怕没有人会异议，上海是中国城市化水平最高、国际化程度最高、现代化水平最高的城市，自由贸易试验区、科创中心等项目的建设，也足够说明这座城市在世界城市群中的地位。在 2016 年上海书展期间举办的国际诗歌节上，这样的印象和判断也不断地得到各国诗人的确认。

那么，21 世纪，欧洲国家完全城市化，进入现代都市之后，城市诗歌是怎么样的呢？"如果撇开早期奥登及宗教派一些诗人，希尼、拉金、休斯等对英国传统日常生活方式及'现时'文化都进行着深度的挖掘，即使在各种不同的诗歌流派中，仍能看到这些诗人鲜活的日常生活场景及由此引发的多维度的情感向度书写。"[1]

在法国，当今诗歌没有一种所谓的流派，而是新现实主义、新寓言以及新形式并存的一种多元整合的状态。在城市诗歌的书写中，诗人们以多元化的诗歌形式，对极端物质主义和人类在都市生活中沟通隔阂而带来的孤独进行批判与反思。这也是当下所有书写都市文学的一种共同的主题，不再描摹一座城市的特征，而是探讨人与都市的关系，人性在都市中的游离变化。21 世纪的法国较有影响力的诗人热拉尔·马瑟、博纳富瓦、菲利普·雅各泰、德基等，把人与城市的日常关系作为诗歌的重要书写方向。博纳富瓦早期的创作带有波德莱尔以来的象征主义色彩，受到超现实主义诗歌的影响较深，继承的痕迹较深，但后来逐渐怀疑和摆脱一种完美的、不可实现的理想世界，转而接受生活的现实并与之和解，创造了一种新的抒情方式。他认为，没有现实与超现实，而只有现在，"现时存在"，就是现实世界中纯粹、统一的即时

1　廖令鹏：《论现代诗与城市的日常关系》，《大象诗志》2015 年 8 月。

体验。他认为诗歌不应封闭在纯粹的语言结构中，而应面向现实世界，把语言植入所经历的生活的厚实基础中，诗歌中的情感应当高于语言。2004年荣获法兰西学院诗歌大奖的德基，也主张诗歌参照和表达现实存在，但不确信诗歌能够完全地表现谜语一般的现实和世界。[1]

同样的现象发生在近10年来美国诗歌的身上。深圳诗人远洋近年来跟踪翻译的大量普利策诗歌奖作品中，有一些诗人突破了人们的视野，获得新的表现元素，如罗伯特·哈斯、莎朗·奥兹、特蕾西·K. 史密斯等。罗伯特·哈斯在诗歌中展现了广阔的美国自然生态特别是城市生活景象，一种活生生的时间和空间，"他所熟悉的风景——旧金山，北加州海岸，高高的齿状山脉起伏的地区，在他的作品中活灵活现。他的主题包括艺术、自然世界、欲望、家庭生活，情人之间的生活、暴力的历史、语言的力量及其固有的局限性。他是一个试着像他能够做到的那样充分言说的诗人，在他的时间和空间里一切都是活生生的"。[2]

从上述引用的这些文章中可以看出，书写、批判和反思"日常城市生活"这种思潮在当代世界具有一定的普遍性，甚

1　车琳：《从文本回归抒情——法国当代诗歌评述》，《外国文学》2011年第2期。

2　阿翔、远洋：《在汉语里"移植"哈斯的"苹果树"——关于〈亚当的苹果园〉的诗人对话》，《晶报》2014年10月27日。

至成为全球化背景下城市诗歌创作的重要母题，而上海的城市诗在这一点上是高度契合的。在这里，就以近年来我接触到的几本颇有代表性的诗集——赵丽宏的《沧桑之城》《疼痛》、张烨的《鬼男》《隔着时空凝望》、徐芳的《上海：带蓝色光的土地》《街头即景》《日历诗》为例，作些分析。

上海是一个"移民"城市，但与那些刚刚跨入这个城市不久的外省诗人不同，上述诗人是第二代、第三代的上海人，从小就在上海出生、长大，有很长时间的城市生活经验，而且深深地延续了祖辈、父辈的生活痕迹，对这个城市有着切肤的感受。从某种意义上说，他们才是真正的城市诗歌的写作者。而那些进入这个城市一二十年甚至只有几年的诗人们，"他们的写作经验并不来自如今生活着的这座城市，这使得他们的身心及写作呈现出严重的困惑、分裂、抗争和逃避，对旧有经验的难舍难分和对新鲜经验的恐惧茫然，必然出现对个体传统经验的寄生，对现实生活的质疑，游移和拒绝。"作家邓一光谈论深圳文学时说的这段话，完全适用于任何一个大都市的外省写作者。实际上，宋琳等"城市人"1986年意识到的"渴望'全面卷入'，又被一只手不客气地推出"的境地，三十年来并没有发生改变，可以说，仍在席卷一代代进入大都市的外省诗人。当然，我们也不能说，这就不是城市诗的范畴（只要他们的作品有"城市特质"和"城市思维"），但我更愿意将目光聚焦在前者的作品上，或者说吧，前者的作品才尽可能多地表现了现代主义城市诗歌的特点。

赵丽宏出生在上海北京东路的一条普通的弄堂里，曾在崇明岛插队落户，1977 年恢复高考后考入华东师范大学中文系，1981 年毕业后到《萌芽》工作，后来担任专业作家、上海市作协副主席。赵丽宏是著名的散文家，同时也是一个优秀的诗人。2013 年，他荣获塞尔维亚斯梅德雷沃金钥匙国际诗歌奖，已出版的《沧桑之城》《疼痛》都是城市诗歌的力作。《沧桑之城》通过对大世界、苏州河、淮海路的观察，描述了父母和自己两代人与一座城市的关系。而《疼痛》更是从城市人心理的角度切入，通过对梦境和死亡的深刻描述，构筑了伤痕、疼痛、恐惧、窒息、悲伤、崩裂、叫喊、叹息、黑暗、风暴、危岩、深壑，以及光、欢乐、飞翔、云彩、飘带、蹁跹、繁星、锦缎、云霞、繁花这样两个交织着的外圈，它们对抗着，难解难分，难舍难分，幻化为无数的同心圆，构成了一个斑斓而复杂的人心、人世，"我看不透这世界/这世界也无法看透我"（《暗物质》），最终指向对"永恒"的追问。他写"迷路"：化作轻烟的父亲，在天空自由飘荡，可最后却被送到了碑林林立的墓园，"比生前更狭窄/还住着无数人"。他写"灵魂出窍"：停在树上的灵魂，好奇地看着地上行走的肉身，近在咫尺，却天涯两隔；灵魂面对一个陌生的照镜者，茫然失措，相对无语。诗人对"此在"有着深刻的体悟，对"永恒"有着精妙的把握："每一个瞬间/都是不会复返的永恒"，因此，每一道闪电，每一缕微风，每一次目光相遇，每一次擦肩而过，"都是永恒，都是永恒"。这与前文提到的法国诗人博纳富瓦认为的"现时存在"，可谓有异曲同工之妙。

《隔着时空凝望》是张烨最新出版的诗集，她在札记中写道："诗是一种命运，一种孤独的生涯。诗也是诗人的一种活法，一种宗教情怀。"张烨出生在上海，一直在上海大学任教，现在是上海作协诗歌委员会主任。她的诗集《鬼男》曾由爱尔兰脚印出版社用中文、英文、爱尔兰文三种语言翻译出版，诗人还应邀分别在爱尔兰大剧院、都柏林广播电台、凯特市、丁戈市举办了四场个人诗歌朗诵会，受到热烈欢迎。最新诗集《隔着时空凝望》，从女性情感的视角切入，以诗人特有的敏感与细腻描述时代之歌、城市特质。比如她写《1966年》："1966年厌恶长发——/长发是封资修腐朽的根须。/我偏偏认为长发是健康的美丽。/我突然想：要是我长着红头发——/红头发自由地行走在大街上——/像一面红旗，一团革命的火焰——/谁敢剪：一定有人会说，/'谁动它谁就反动'。"又如《丙午红魔》中，面对"人们莫名地喧来哄去"，她写道："狂热、偏激、盲从、最不成熟的行为/偏偏我的城市热衷于它，/偏偏我的祖国采用了它，/这教我如何不心疼欲裂？"这类为时代塑像的诗歌，还包括《十年》《待业的日子》《1969年上海肖像》，等等。正如她在诗中所写：火车的呼啸传到你这里已成为微风/微风轻轻走过不触动周围什么/但花草已经认出，涌起颤栗、低唤/今夜，我也是一阵微风（《夜过一座城市》），张烨的诗歌不只是对情感的歌颂与对时代和城市的记录，她更是融通了时代与情感，通过写意与写实，以及比拟与象征等修辞，使城市生活的个体经验与普遍意义结合，直抵人心。

诗人徐芳同样出生在上海并一直在这个城市生活，20世纪80年代初从华东师范大学中文系毕业后，先是留校任教，后调入《解放日报》"朝花副刊"工作。在意大利都灵大学孔子学院的一次演讲中，徐芳谈道："新诗写作的难度，还在于它将处理新的对象。中国有悠久而强大的诗歌传统，这种传统，更擅长于处理农村题材、田园题材，它们其实是一种田园诗传统。那么，在今天这样的时代，新诗该如何处理这个时代的光和影，处理这个区别于其他时代的生活经验？诗歌同样要处理人与人、人与自然、人与环境、人与自我的种种关系，而这个时代的种种都发生了现代性的变化，这些都是无法在旧诗传统那里获取表现的。"她显然对此作了深入的思考，并且以自己的创作作出回答。她近年出版的《上海：带蓝色光的土地》《街头即景》《日历诗》三本诗集，可以说是对上海这个城市进行了深入的书写。"徐芳的创作实现了她的城市诗学理念，将城市当作自在之物、'第二自然'，并以一个城市的生活者与观察者的双重身份去表现城市；捕捉城市新的生活方式，发现属于城市自己的生活特征，赋予城市自己的意义和价值；用城市的方式去体验城市，等等，是徐芳城市诗歌创作的三个主要方面。""徐芳的城市诗学探索及城市诗创作，将萌发于上海这个城市的中国城市诗引向了新的状态，具有特别的意义。"[1]

当然，优秀的城市诗写作者远远不止这几位诗人，但放在全球化的背景中观察，这几位诗人的创作是值得关注的，本身他们的作品已经"走出去"，更重要的是，他们的写作已经开始自觉、主动地融入国际化的视野中，打破了过去城市诗写作中简单的两元对立审美，而进入与城市日常生活共生共荣的情境中。

2017 年 3 月 19 日，上海，带月居

1　许道军：《新的城市诗学的探索——论徐芳的诗学和诗歌》，《华东师范大学学报（哲学社会科学版）》2016 年第 1 期。

第二章 "行走的先锋"：新城市诗社

　　无论是在上海，还是在全国，目前来看，新城市诗社都影响有限，也没有得到应有的关注。在某些人眼里："这个社团基本是没有什么新花样的，也不折腾的，主办者胆子小，大家的作品也比较保守，从他们的网络论坛来看，热闹程度不够……"[1] 是否这样，见仁见智，但这个诗群的命名与自己诗歌主张存在某种程度的错位，以及诗歌理论本身的"中庸"，是显而易见的。这些是否是限制自己发展、导致自己失去更大的凝聚力和号召力的原因，不得而知。然而，新城市诗社存在近二十年，新近又被《中国当代民间诗歌地理》收录，与非非主义、他们、北回归线、葵、诗参考、阵地、诗歌与人、第三条道路、诗歌现场、新汉诗、活塞等重要群体并列，显示了它的独特价值和过人之处。就诗群单个诗人成

1　《上海滩诗坛各大"帮派"一览》，2009 年 10 月 19 日，http://cq. netsh. com/eden/bbs/748332。

就而论，新城市诗社成员都算不得特别突出，但他们的集体劳动成果——《新城市》诗刊，从理念、机制、成果包括遗憾诸方面都有值得研究的价值。如果说，他们的前行者"城市人"诗派在高声呐喊，城市诗社曾做过"忘却的飞行"，他们同样先锋，但是他们的先锋，不是飞翔，而是行走，贴着地面前行。

第一节　新城市诗社的历史、活动与诗歌观念

从《新城市》诗刊的自述和创刊人玄鱼的回忆来看，新城市诗社与上海城市诗人社有着密切的联系，双方成员有交错关系，但是新城市诗社的成立，不仅仅是从城市诗人社中滋生、另起炉灶的关系，它有着自己的理念和追求。新城市诗社的成立、活动与壮大也与《新城市》诗刊密切相关，在很大程度上这个诗社围绕着《新城市》诗刊活动。

一、诗社简介

（一）成立背景

据《新城市》诗社介绍，20世纪90年代，现代新诗的创作重新勃发，然而当时的诗歌交流基本局限于上海本市的范围。青年诗人玄鱼先生感觉到有必要加强与外省市诗人的

交流，"他山之石，可以攻玉"，从而促进上海诗歌的发展。玄鱼在一次与诗人庞余亮的交谈中提出了自己的想法，庞余亮非常赞同他的想法，并且提供了许多建设性的支持，经过多方努力，于 1999 年《新城市》诗刊应运而生。当时创刊还获得了上海诗人郁郁、张健桐、达陆、韦泱、缪克构等人的合力协助与大力支持。[1]

据新城市诗社创始人、首任社长玄鱼回忆，新城市诗社与城市诗人社是有来往的。城市诗人社铁舞先生邀约他加入城市诗人社，参加城市诗人社活动，并负责诗社的探索实验方面工作。后来由于"主客观多种原因"，渐生另起炉灶之意。[2] 从城市诗人社作品集《忘却的飞行》收录的作者即《新城市》诗刊历届的作者、编委来看，两个诗社的成员身份有许多交错重合，比如任晓雯、陈忠村、玄鱼、缪克构等。双方互发作品是常态，也相互呼应，比如铁舞曾发文说："……正是在这一层意义上我赞成'磨难主义写作'——它适合每一个人，而且是永远的！"[3]《新城市》也刊文讨论城市

---

1 未名：《新城市》，见张清华主编：《中国当代民间诗歌地理》（下卷），东方出版社 2015 年版，第 465 页。

2 玄鱼、许道军、魏宏：《"城市诗"：作为类型和全新诗意衍生现象的结合——关于中国城市诗和城市诗学的对话（之三）》，《雨花·中国作家研究》2017 年第 6 期。

3 铁舞：《给磨难主义一条理由》，《新城市》2007 年卷，总第 16 期。

诗人社的城市诗创作现象，比如 2003 年第 7 期《城市论坛》栏目编选了《铁舞诗选》，刊发了吴开晋论文《铁舞的城市诗印象》。

（二）成员

目前没有看到新城市诗社完整的成员名单，新城市诗社在社团自述中也似乎回避了这个问题，只是含混地表述："……成立至今，诗社得到×××诗人、批评家或领导等等的支持。"一般来说，社团刊物的编辑、策划、统筹工作由社团成员或者核心成员来承担，换句话说，承担社团刊物编辑、策划、统筹工作，一般也是社团的核心成员，根据这个线索，我们大致可以勾勒出新城市诗社的成员。为"稳妥"起见，我们先罗列出《新城市》刊物的编委、客座编委、特邀编委、顾问、主编/执行主编/荣誉主编大名单（凡是出现过的名字，都收录在内）。

编委（含常务）大名单：玄鱼、王军、达陆、任晓雯、张健桐、杨明、彭一田、庞余亮、罗琳、石淼、姚健、陆华军、谷田、张利人、周国成、王乙宴、贝鲁平、姚大坤、时东冰、陈忠村、苏野、庞清明、肖荣善、章治萍、米福松、红杏、杨通、宋国斌、青城、程林、叶匡政、爱若干、林溪、姚小坤、西部快枪、shaizi、潘大彤、蒋荣贵、古筝、庞固。

顾问大名单：宁宇、季振邦、宗仁发、范震飚、冰夫

（澳洲）。

客座编委大名单：庞余亮、彭一田、叶匡政、凸凹、苏野、小海、小鱼儿、井蛙。

特邀编委大名单：十品、小海、凹凸、庞余亮、谭五昌、叶匡政、安琪、林童、格式。

荣誉编委大名单：十品、小海、庞余亮。

主编/执行主编/荣誉主编大名单：玄鱼、达陆、陆华军、石淼、王乙宴、谷田、林溪、周国成（直到第6期，才设"主编"一职，前5期都是"编委组"）。

出现在《新城市》诗刊活动照片中并明确标有"新城市诗社活动"字样的另有：水星儿、丁成、沈鹭。（第9、第10期合刊）。

《诗·城》第二辑"城·新城市"板块罗列作者，我们制作出这么一个名单：玄鱼、时东冰、林溪、罗琳、徐俊国、沙柳、王崇党、范仁豪、宋国斌、杞人、蒋荣贵、宗月、杨静静、宋远平、袁雪蕾、张萌、子微、刘文书、徐煌辉、秦华、绿意、陈忠村。

根据上述成员出现的频率、次序以及担任刊物工作职务来判断，新城市诗社比较稳定的成员大约是玄鱼、达陆、陆华军、石淼、王乙宴、谷田、林溪、任晓雯、庞余亮、张健桐等人。随着刊物的坚持，作者与工作人员也多了起来，正如刊物自述的那样："与此同时，随着《新城市》诗刊一同成长的新城市诗群（诗社）也日益壮大起来"。[1]

（三）活动

从 1999 年创刊、成立诗社开始，十多年来，《新城市》由玄鱼、达陆、陆华军、林溪主编共出刊二十期，并由上海文艺出版社出版发行作品集《诗城》一部，支持卢辉出版《中国好诗歌》编著一部，现任社长林溪也个人出版诗集多部。并在《新城市》诗刊上多次集束性地刊登某一省份或城市或某一流派（如四川、江苏、南京、吉林、苏州、铜陵、扬州、宁夏、"第三条道路"等）的诗人作品，加强与其他省份诗人与群体的交流。在新城市诗群内部的交流，也多次举办成员如陈忠村、姚健、石淼、陆华军、王乙宴、林溪、罗琳、南鲁、宋国斌、古筝等人的诗歌讨论会以及网络诗歌研讨，举行了陈忠村、程林、陆华军三人诗歌大型朗诵会、新城市"下河迷仓"诗歌朗诵会、迎世博"潘婷杯"诗歌大奖赛、新城市诗社十周年庆典等活动来达到交流提高的目的。

二、流派主张

新城市诗社在自述《新城市简史》中说，新城市诗群早

1　未名：《新城市》，见张清华主编：《中国当代民间诗歌地理》（下卷），东方出版社 2015 年版，第 465 页。

先过分地畏惧招揽是非，所以起初几年并没有特别强调过有
什么诗歌主张和诗学纲领。然而实践证明，缺乏诗歌主张和
诗学纲领的统摄，诗歌群体的实践活动难免会漫无定向，没
有一种实力团队的冲击力和公益奉献作用。于是乎，新城市
诗群到 2005 年旗帜鲜明地提出了磨难主义写作、激活大民间
的真正内涵和倡行地面上行走三大诗歌主张。新城市诗社直
到很晚才推出诗学纲领是事实，但是在《新城市》刊物创立
之初，其实也间接提出了自己的主张。

　　在创刊号的"前言"（实际是目录页上方空白处），《新城
市》鲜明提出："旧城市诗描绘城市体表，新城市诗探究城市
内质"。在"跋"（《1999 跋》）中说："开门见山，之所以自
诩新城市诗，当然有别于以往的旧城市诗。"在这里，新城市
诗社已经对城市诗出现的背景做了梳理，诗社的使命与责任
以及新城市诗也就是他们的城市诗的审美范式也做了描述。

　　　开门见山，之所以自诩新城市诗，当然有别于
　　以往的旧城市诗。有人曾干脆从过去描写城市主题
　　的诗一来稀少二来手法较直白等，否定了以往城市
　　诗的存在。而我们认为事实存在着多层面涵上的诗，
　　对待旧城市诗，我们不会以虚无视之。
　　　上海诗界曾于十年前就开始注重对城市诗的倡

导，我们今天仍属于汲往泉而催新树。在这本诗集中，我们不主张以这个流那个派或团体的面目自居，我们只是有着较相同的诗体验，认为新城市诗必须从城市的肌肤内找到落脚点，必须感受着时光的美感，以及被速度撕裂的道德长衫。我们觉得，出于和大都市的无法闪避的直面关系，诗歌应该或者必须做点与大都市沾亲带故的事，应该说些有关生存状况或未来什么的。所以，我们乐意写新城市诗，并且企求创造出较高品位的新城市诗。

我们还认为，描述应属于一种艺术性修行范畴，也并非奋力去扛起天降大任于斯人的旗幡。只是认为，若描述餐桌上的黄瓜，可想象妖冶蛇之身段；倘笔下映现的脱痂之屑，却不能赞美为落英缤纷。我们并不想为新城市诗煞费苦心寻找炫目的理论装潢，然而，当描述的对象不是单一而浮华的城市外表，而是努力观照喜怒哀乐的城市心灵时，并且，诗行呈现出或多或少现代意识以及较少见的真切和深邃来，这样的诗，可以算是新城市诗。

在此不妨预测一下将来的汉诗，想必也就是那么两大类：一是新颖轻灵、充满智趣的"休闲诗"，它集古今中外一切小诗之精髓；二是学士味浓，或

风姿典雅或凝重发聩的"文体诗"，它是传统与先锋
皆由缪斯的点石成金。如此预言绝非空穴走风，而
是社会发展及时代气息的日趋高雅，会有愈来愈多
的高知型人群喜欢上述两大类汉诗。新城市诗当然
也可以朝此两大方向走去。途中小拐小弯，自然是
挥洒的自由。[1]

在第 4 期（2001 年卷）《后记》中，达陆提出"写城市
其实是写一种城市精神"观点。他从民刊与民间的角度，对
过往的城市诗创作做了梳理："……直到张小波、宋琳们的出
现，并通过他们对城市诗独特感悟，写出前无模式显示城市
人的城市内质精神……"当然，他的落脚点依旧在"官刊"
与"民刊"的对立："然而，好景不长，正当城市诗还将进一
步推进超越时，官刊独有的力量封住了开始茁壮的锋芒……"
在结尾中，达陆不无激昂地说："今天，我们几位志同者，在
这片大好时光编纂延续城市精神的诗刊，吐故纳新，把表皮、
肌肉型的逐步剔除，展现新一代城市诗的内质精神。"很明
显，此时的新城市诗社展现出了高昂的斗志和责任感，并提
出了旗帜鲜明的目标。

1　玄鱼：《1999 跋》，《新城市》1999 年卷（创刊号）。

新城市诗社的流派主张在第 13 期（2005 卷）《新城市诗观综述》中得到完整阐述，文章提出：

新城市诗认为，磨难主义写作、激活大民间的真正内涵和畅行地面上行走的先锋，是新城市诗社的三大诗学纲领。

磨难主义写作，针对当下汉语诗坛绮靡奢巧、贵族矫情以及轻滑口水等现象，提倡"朴素、厚实的硬朗写作"，"关注地平线底层社会的艰辛众生相"，"以凝重细微叙述磨难的生命苦旅"，在美学上呈现"硬朗""悲悯"和"凝重"三个特征。

激活大民间的真正内涵，针对的是误以为民间就是粗俗不堪，或草寇或颓废的乌合之众的偏狭认识，弘扬民间诗人的尊贵、自由、与傲骨。纲领二涉及了三个话题：第一，"民间需要并拥有唯美而尊贵"；第二，"王乙宴诗歌中的自由风韵""算得上是大民间的一座诗歌路标"；第三，"王乙宴的诗歌交流与发表方式，也能说明其对大民间内涵的有力佐证"。

地面上行走的先锋，是青年诗人庞余亮提出的观点，旨在提倡和实践关注现实的探索创新，反对蹈空凌虚。"在地面上行走的先锋，汲取了现实主义的厚实滋养，保证了先锋探索实验的源源不断继续性。先锋就是一个奋斗的过程，一种提供多样性和多种可能的智性空间。"

这三个诗歌主张属于新城市诗学纲领的一个整体，三者各自独立又互相交融，但也有一些主次区别，即磨难主义诗歌写作是新城市诗学纲要的领军主张，更是新城市诗学体系的基础，是无限的向度空间。

在《诗歌的个性要求和诗人的个性优势》中，玄鱼做了进一步补充。他认为，诗歌需要丰富多彩的鲜明个性。没有风格或最终都没能形成自己的风格的诗写者，当然不能称其为诗人。但，作为诗人，其个性未必越强越好，也有很多顺其自然地运用自己风格优势的成功诗人，比如侯马、陈傻子、凸凹和安琪等人。成功地掌握了"过犹不及"的辩证法则，从而能够适度张扬各自的鲜明个性特色。具体体现在：

1. 让生活艺术地成为诗歌的必要资源。

2. 比喻和夸张等手法不应该成为华丽的炫耀。

3. 隐喻和象征过于繁复必定会"因文害义"。

4. 避免理趣思辨性的啰嗦说教。

5. "口语"或"书面语"需要视素材的"俗味"或"雅致"而定。[1]

我们注意到，无论是诗群提出的三大共同主张，还是玄鱼个人提出的诗学主张，似乎都与"城市诗"关系不大，没有自觉地建立或创作"城市诗"、建构城市诗学观意识。它们

---

[1] 玄鱼：《诗歌的个性要求和诗人的个性优势》，见张清华主编：《中国当代民间诗歌地理》（下卷），东方出版社 2015 年版，第 472—474 页。

的对立面似乎是"口语诗",或者是某种"绮靡奢巧、贵族矫情"和"蹈空凌虚"的创作。"绮靡奢巧、贵族矫情"和"蹈空凌虚"具体指的是什么,以及在什么语境下提出,我们不得而知,但是他们一致认为"口语诗"不够精致,随意,是可以看出来的。

三、流派主张的新解

新城市诗社毕竟不是一个随意的诗社。首任社长玄鱼在接受《雨花》杂志采访时,重新阐释了社群三大主张与城市诗的创作实践与理论的关系。

玄鱼认为,诗歌天经地义地担负着承传文化体系生命脉动的使命,否则很可能只是一种文字游戏(虽然也可以偶尔适度游戏娱乐)。这是一种自古使然的创作"潜规则",无须赘言。但诗歌以及诗人的社会担当方面则不能一概而论。社会责任心对诗人而言,是既不能一点没有,但也不能满脑袋都是"社会担当",那种总想发挥诗歌的"微言大义"的诗,往往会陷入"工具论"的桎梏难以自拔。中国诗歌史中不乏这类现象。新城市诗刊的诗学主张尤其是"磨难主义"和"地面上行走的先锋"与诗人的文化及社会担当的内在精神正是基于上述考虑,那么它们与城市书写有何种关系,它们又如何体现在城市诗写作中的呢?玄鱼说,磨难主义有两层含义：一是尽可能体现诗人的文化完善之责任。从敬畏诗歌、敬畏母语的层面，尽量避免轻滑猎奇的表面功夫，注重思想性深度以及情感的真切厚度，从而使诗写作具有磨难性，养成习惯性对作品的内在构架之精心推敲，作品应该耐心冷处理，追求完美，理性崇尚诗歌作品之并非最好而应更好。二是关注城市底层磨难生存人群的平凡日常，敬畏生命，歌颂生命。生命无贵贱，诗歌必须对生命一视同仁。当然可以适度反省，诗意地引领，让磨难精神成为城市天地间生命及人生的真实写照。至于"地面上行走的先锋"提法，来源于《新城市》诗刊策划者之一著名诗人庞余亮，此观念主要相对于高蹈及概念化的先锋诗而言。玄鱼认为，这个诗学主张肯定更与城市诗有关，在现代诗→现代城市→城市诗三者之间，先锋诗无疑是城市现代精神的弄潮儿，所以这也基本反证了先锋对于农村题材较少结缘，相反却在城市诗歌中则大有变化腾挪的空间。但是先锋在城市不应成为不接地气的精神产物，因而倡导地面上行走的先锋，让城市诗人潜下去，才会有好的城市诗冒出来。[1]

玄鱼的这种解释，就让新城市诗社从一个普通的城市的

---

[1] 详见玄鱼、许道军、魏宏：《"城市诗"：作为类型和全新诗意衍生现象的结合——关于中国城市诗和城市诗学的对话（之三）》，《雨花·中国作家研究》2017 年第 6 期。

诗人社群变成了一个致力于城市诗创作和理论探索的群体，无疑是对自己诗社理论的一大提升。

第二节　"行走的先锋"：《新城市》诗刊的探索

新城市诗社没有高举新城市诗旗帜，也没有着力打造理论体系准备，自己"使命"与"性质"上也始终没有表述清楚，比如，自己的"新"到底是在诗学上的新，即"新城市诗"之"新"，还是"新城市诗社"之新，或是"新城市"之新，模棱两可。在刊物活动与刊物运作过程中，也始终保持低调，但这些不能掩盖他们工作本身的先锋性质。这种先锋，我们姑且称之为"行走的先锋"，而不像艺术发展史上更多的"呐喊的先锋"。

一、可贵的坚持

（一）坚守"城市"栏目，探索了城市书写的多个角度。

在栏目设置上，《新城市》始终紧扣着"城市"与"城市诗"纲目，在二十多期的坚持中，始终保持了"城市"元素优先的原则。从创刊号到第十九期，《新城市》诗刊先后"开发"了几十个与"城市"相关的栏目，包括"城市感悟""城市速写""城市心情""申城之秋""城市记忆""城市选焦"

"城市点击""城市掠影""城市论坛""城市四重奏""城市守望""城市网站之窗：网络同题诗""城市对话""城市军旅诗人""新城市诗林""城市独吟""城市宽带""新城市沙龙""沪城诗穗""新城市文本""城市新锐""城市军履""新城市圆桌""都市里的村庄""城市文章""新城市文页""新城市论坛诗选""新城市磨坊""新城市米勒""感觉上海"等。其中，"网络同题诗""城市对话""都市里的村庄"极富包容性，能开拓出许多新路径，打开城市的话题，为后来的城市诗写作提供了途径。

（二）紧扣"城市"题材，书写城市新生活。

刊发在《新城市》诗刊上的作品，或者写出了城市新生活，或者写出了城市新形象，或者写出了城市的新思考。《新城市》诗刊虽然以 80 年代"城市诗派"张小波的《真的》开篇/开刊，自诩继承过往城市诗写作的经验与精神，但是他们在城市书写上已经走出了"人"与"城市"之间的紧张状态，展示了新时代人与城市的和谐相处关系，展示了城市的亲和力，他们的城市诗更写实，更切入城市"生活"本身，具有烟火气息。比如宁宇、任晓雯、张健桐等人。

二、摇摆着前进

1999 年，《新城市》诗刊创立，扉页赫然写着"谨献给美丽的 21 世纪暨恢宏的第三次千年纪元"，标明诗刊要向新时代致敬。在目录页上方，展示了 5 个口号，其中包括"旧城市诗描绘城市体表，新城市诗探索城市内质"，"《新城市》注重青年性，以及先锋性"，宣示了刊物的使命与定位。

创刊号设有三辑，"城市感悟""城市速写""城市心情"三个栏目。第一辑第一首，也是创刊号的第一首诗是张小波的《真的》。诗人介绍说，张小波"是 80 年代以来影响深远的'城市诗派'的代表诗人"。特意强调张小波的"城市诗派"身份，显然有越过"城市诗人社"，续接"城市诗派"传统的意味。在《1999 跋》里，也开门见山地写道："开门见山，之所以自诩新城市诗，当然有别于以往的旧城市诗。"在封底，高调注明"时代性""探索性""青年性"三个关键词。创刊号充分展示了自己的立场和使命。

然而到了第二期，封面题字是"新城市""上海诗刊 2000"，显然是把自己"降格"为上海这个城市众多诗刊中的一种，而不是创刊号上那种开天辟地舍我其谁的自我期许。这一期卷首语写道："至于《新城市》倡导新的城市诗，这只能是一种倾向而已，大可不必以此为选诗的圭臬。所以对于一切内质优秀的诗歌，我们都将竭诚相迎，而决不会出现'水清无鱼'之尴尬。"这里似乎在暗示，刊物在工作中遇到了阻力，比如遭遇稿件的不足，或者存在内部不同的声音。

"或许也可以说，20世纪末我等开拓性的努力并没有付之东流，《新城市》可以算得上是扎下了根脚的一块绿洲。据统计已有如《诗选刊》等不少诗刊选发了《新城市》中的佳作。""努力并没有付之东流"，这种说法略显凄凉，而作为民刊，以被官刊选中发表为荣，可以理解，但是也能看出创办人的格局。

第4期，似乎有一个反弹，我们可以在卷首语和栏目上看出端倪。卷首语写道："我们既承前对诗的本质意义的追索，同时也让诗的存在发展更具备丰富的活力以及城市观念上的前瞻性。"《新城市》似乎又恢复了豪气。在栏目上，除了增添一个"译诗"之外，一口气设置了"城市记忆""城市选焦""城市点击""城市掠影""城市论坛"几个栏目，完全回到"城市"与"城市诗"探索上来。第5期的栏目设置显然"不忘初心"，恢复了注意力，设置了"城市选焦""城市点击""城市四重奏""城市守望""城市论坛"栏目，但是在表述上，卷首语又开始露出一些后退的端倪："变化是永恒的，由于诗观或者因为处世（诗）态度之迥异，《新城市》发生若干变化也在所难免。在上海这样一个非常崇尚功利性的经济金融中心城市，似乎办诗刊就是自讨苦吃（不必讳言，首先是资金问题），原先有的同仁想以混市场的姿态来办民刊，有的却欲以个人的飞扬跋扈来扩大民刊影响，对此，《新城市》都会运作自身具备的过滤功能。所以从某种角度来说，变化是诗的必由之路。"这里的吐槽与叫屈，透露了诗群内部不一致的声音。

到了第 6 期之后，《新城市》越来越传递出软弱与后退的信息，它准备借力。这次借力，与以前借力民刊不同，这次是向网络借力。"《新城市》从本期开始，将每期保持一定容量的网络诗栏目，并且特邀同在上海的《诗歌报》网站（www. shigebao. com）站长小鱼儿为本刊客座主持。相信《新城市》和《诗歌报》网站的'联姻'，应该是一种'强强联合'的有效运作。"网络技术只是一个传播渠道、集中平台，无关诗歌的价值取向与刊物立场，刊物的借力显然勉强。

第 7 期，诗刊的注意力似乎在发生转移，有些涣散，开始思考"诗歌"与"诗歌生态"的关系："《新城市》与诗生态是怎样的一种关系？繁言简述，试从四个方面来看：一是文野不悖，粗放与细幽各吐心曲，和睦相处；二是不搞小圈子，来稿以质录用，但也应高下不捐，手指伸出来还不一般长呢，只盯着几个名角儿，势必画地为牢，有违诗海皆兄弟的办刊初衷；三是不妨适度呈现良莠并存状，对于无伤大雅的本性流露，或狎谐刁钻，以相迎的原生态宽容性视之；第四，也是最重要的一点，即经常保持一种类似爱国卫生运动的爱诗卫生运动程序，绝不允许口无遮拦玷污缪斯的清洁和宁静。"显然，这不应该是新城市诗关注的问题。

到了第 8 期，在观念上似乎有大幅度的倒退，"而诗意的田园，是我们在城市中必须而唯一的和平协守。让琐碎与庞大随时感触我们的悲与欢，因此，甚而可以移情至冰冷的钢骨水泥；至于捕捉高楼大厦的萤火虫，我们不妨转景而以此物幻彼物，但城市诗似乎不宜'农转非'，而只可'非转农'。""城市诗"尤其是"新城市诗"的对立面是农业文明主导的山水诗、田园诗以及其他，在美学上两个时代的诗歌应该有所分别，至少，城市诗不应以山水田园的诗歌的核心意象作为自己的评价系统。在这一期里，新增了"《回归》十人诗选""诗文空间""大学生诗页"和"诗广场"四个栏目，这也是注意力涣散的标志。

在第 9、10 期的合刊里，开始将自己定位为"拾遗补阙"，并对自己所提倡的东西开始怀疑："《新城市》诗刊自 1999 年降生后，就以干活儿和拾遗补阙生存于上海这个中国最大的经济金融都市。干活儿，无疑指诗歌行为此类的范畴，而拾遗补阙则包含了对上海诗坛的某些沉寂和空白起一些力所能及的作用。现在看来，创办《新城市》还能说得上是一种良性诗歌行为，基本呈现出发展向度和探索痕迹。尽管我们没有大张旗鼓炮制什么理论和纲领，但是面对人类社会的逐步城市化，《新城市》的运作并非多此一举。只是'城市诗'这一概念，窃以为并不十分熨贴诗本体的学理属性，而不过是强调了地域性的城市（相对于不可能完全消失的乡土）对诗性创作的若干影响。当然也包括了对城市人文的考察与揭露。相比较于其他兄弟民刊，《新城市》不算落伍，但也并非干得十分出色。其中有诸多内因和外因，使得我们诸同仁无法全力以赴地将活儿干得漂亮。主编尤其难辞其咎。"在这一期里，出现了"八方诗面""诗尚女性""友刊诗萃""网络时空"这些似乎跑题的版面。

到了第13期的时候，《新城市》诗刊终于推出了自己的主张，应该说这个诗学主张放在其他地方没有任何问题，即使不解决问题，也不会引发新的问题。但是作为一个另起炉灶、旗帜鲜明、有意或无意走在时代前面的群体，提出这样的诗学观的确中庸甚至平庸了，相对于自己的初衷，完全属于买椟还珠。与其去倡导、重复什么"磨难""民间""先锋"，不如沿着自己既定的道路走下去，毕竟，"城市诗"本身就是时代最大的先锋。

第21期是博客专号，将博客东西移植纸面，本身就不合时宜。从内容上看，也与刊物的宗旨立场没有什么关系。

《新城市》诗刊走了一个"先锋（新城市诗）——庸常（民刊）——落地行走（普通诗）"的道路，越走姿态越低，这是非常可惜的事情。我们这个时代以及我们这个国家，更需要"新城市诗"的探索，而非发表一些无关紧要的诗。

三、小小的遗憾

《新城市》诗刊坚持到 21 期，在民刊里已经算成就斐然。它集中刊发的相关城市题材、主题的作品，无疑是国内刊物（民刊或官刊）最多的；它关于城市书写的各种向度，也为后来的刊物编辑、诗歌创作都提供了思路借鉴。刊发作品展示的各种类型，也积累了城市书写的经验。但是，作为一个期许（有意或无意）非常高的刊物，它本应作为中国城市诗写作、理论探索、美学建设的一面旗帜，然而，这面旗帜并没有高高飘扬，留下了许多遗憾。

第一，《新城市》未能认识到自己工作的重要性。没有把自己的工作放到人类生活方式划时代转折、中国城市化加速这个大背景上来，因此也就没有认识到自己工作的重要性，以及作为特殊诗群、特殊刊物的责任。作为个人或许是平凡的，这很正常，平常人也可以做一些不平凡的工作。但是作为一个群体，新城市诗社本应做得更好。

第二，理论的缺席以及与创作实践的错位。新城市诗派从一开始就忽视理论，只是有一些想法就匆匆上马；后来有了理论之后，已经与自己的初衷有了隔阂，导致自己的工作越来越平庸。没有鲜明的理论指导，就没有自觉的活动（创作、办刊）实践。《新城市》诗刊从创刊号到第 21 期的游移、迁回，与自己的理论匮乏有直接相关。同时，由于没有在理论上创新，精准地提炼，导致自己所做的大量工作，意义与价值得不到彰显，难以引起同时期的批评家、理论工作者包括官刊的重视，让自己可以借鉴的力量越来越少。

第三，刊物的视野比较狭促。

城市诗的出现不仅仅与"上海"或者其他几个中心城市有关，显然与中国城市化的背景息息相关，与人类整个生活模式的大变化息息相关。当然，作为美学的实践，它与国外的城市诗、现代主义诗歌，与中国现代诗歌、城市诗的创作有着明显或间接的关系，诗群没有充分认识到城市诗与过往诗歌的联系，当然也没有充分注意到与过往城市诗的区别。

当然，我们不能苛求《新城市》诗刊的努力，毕竟在1999 年前后，中国城市进程才刚刚开始，人类生活方式的划时代转折我们多数人还没有切身体会到；《新城市》诗群有本地人，有外乡人，或者是新上海人，或者在故乡与上海、乡村/故乡与都市之间来回，他们对城市的感触不同，因此他们在与城市/上海的体验上很难达到一致，比如任晓雯与现任诗社社长林溪的创作，我们几乎很难找到共同点。可以说，林溪的创作，始终没有切换到"城市"上来，而任晓雯的创作，却被批评者认为任晓雯"像手术刀一样的诗一下子直抵城市

的本质和平庸生活的本质。她的诗冰凉而锋利"。批评者似乎
既不懂女人，也不懂城市生活。这首诗诙谐有趣，洋溢着女
性的喜悦与城市新生活的喜悦，意义就在这"平庸""日常"
之内。在启蒙、宏大叙事语境里，它是平庸、需要否定与批
评的，但在城市与城市生活语境中，它却是常态，烟火气、
商品性以及以对个人感受优先，同样值得尊重。

第四，城市诗研究的基础薄弱。

中国关于城市诗的研究刚刚起步不久，在 2000 年前后，
我们能在知网上查阅的学术文章寥寥无几，因此他们可以借
鉴的理论，可以得到鼓舞的力量就非常缺乏。这说明，中国
城市诗的创建、理论探索与创作实践不是一两个人、一两个
社群的事情，它需要大家集体努力。

附录

"城市诗"：作为类型和全新诗意衍生现象的结合

——关于中国城市诗和城市诗学的对话[1]

玄鱼[2]　许道军　魏宏

1. 许道军　魏宏：从丛林/穴居、乡村居住到城市居住，人类的生活方式发生了划时代的转折，新的生活形态逐渐形成，而对于新的生活形态的感知也在发生变化。表现这个正在变化的现实并采取相应的审美范式，已经是当代艺术包括诗歌的重要使命和创新点，城市诗也因此应运而生。中国城市化、城镇化方兴未艾，而上海是中国首个现代化的城市，城市生活丰富多彩，许多生活内容与形式已经在根本上超越农业文明、田园隐逸范畴，对包括诗歌在内容的艺术提出了挑战。实际上，在20世纪二三十年代，已经有诗人开始表现这个变化的事实，80年代在上海就读大学的宋琳、张小波等明确提出了要为中国城市诗的发展提供一个温床的口号，并开始了城市诗的创作实践，越来越多的诗人也加入了这个大合唱。但许多诗人限于自己特定的生活境遇、审美背景等原

1　本文刊发于《雨花·中国作家研究》2017年第12期。
2　玄鱼（余礼文）：新城市诗社创始人，首任社长。

因,创作并没有完全实现他们的诗学理想,其创作与这个时代的实际城市生活内容乃至对城市生活的实际感知有着很大的距离,因此城市诗这个新的领域有待进一步挖掘。上海城市诗社与新城市诗社的出现给了大家新的期望,两个诗社也在城市诗诗学与创作方面做了大量工作,因此,要研究中国城市诗的发展是绕不开你们的。您作为新城市诗社创始人、首任社长,您当初的设想、诗学理念等与今天诗社的存在状况和未来发展息息相关,因此我们受《雨花·中国作家研究》杂志委托,对您做一个书面采访,加深对新城市诗的了解。

上海是城市诗的发源地,有着深远的城市诗写作传统,郭沫若、李金发、徐迟等人是早期代表。20世纪80年代,宋琳、张小波等四人出版《城市人》,并先后在"中国现代主义诗群大展"和《中国当代文学思潮》杂志上提出了鲜明的"城市诗"诗学主张,后来他们被学者称为中国"城市诗"派,标志着"中国城市诗学的确立"。顾名思义,"新城市诗社"是有志于城市诗写作的城市诗人的聚集,有着理性自觉的创作追求,请问"新城市诗社"与"城市诗"派有诗学传承、精神连结或社团往来吗?你们如何看待他们的创作与诗学?

玄鱼:许教授和小魏同学你们好。很高兴和你们进行这个采访谈话。两年前，我曾经写过一篇《现代城市，现代诗的躯干》随笔，主要是有感于诗歌发展到今天，衍生了许多前所未有的诗学现象，城市诗就是其中的一个。这一切，都是时代内涵的诗意映象。正如《现代城市，现代诗的躯干》文章题目所明示的，现代诗和现代城市的关系，现代诗和城市诗基本圆融、同根再生的内在成因等，给了我一些启发。所以，我想在进行采访谈话之前，我们不妨对城市诗这个主要话题，先做个梳理。也就是说，城市诗这个概念，应该如何处理。如果从历史角度去进行分类的话，就是去比肩于田园诗、农业诗、边塞诗、工业诗等概念，那样就不是一个很难阐述的似新乃旧的问题了。如果有反之而做的思考方向，则关于诗学方面的意义才会有比较大的拓展。所以我认为，当下的城市诗必须要进行新的界定。我们不妨认为当下城市诗，既有类型方面的"某些"（而非主要）特征，也更有诗歌发展到今天所呈现的全新的诗意发散升华的审美效果，接近于一种反熵的境地。人类意识正如科学探索发现日新月异，类似聚变裂变的不断新衍生品出现。从近现代诗歌史已经能透视到，诗意不进则退，也就是说，我们今天所界定的城市诗概念，应该是在类型和诗意层次（诗意更是有层次之分的）发展到一个较高阶段的全新结合的概念。如此界定的好处也肯定是比较明显的。它会帮助我们避免许多说不清楚，或者难以厘清的诗歌类型等皮相问题。所以城市诗绝非只是表面形态问题之所以然的归类，它不是类型诗。再则，如果单从类型化来分别，人们就会注重城市诗必须有一些标志性的物象。也就必须要从表层范畴来界定，你是写到了什么才是城市诗，而没有写到什么就不是城市诗。这样一来很容易带来绝对化。我们今天并非这样来探讨，那诗学层面努力的意义宽度就不言而喻。所以今天城市诗必须是部分类型化和诗意衍生高层次的结合。这也绝不是单一的甲和乙的结合，而是让我们面对一个充满生命活力的新事物。那才是今天城市诗的主要发展向度和特征。

如果有了以上的若干共识，那么对于诗歌群体之间而言，其实也就基本没有什么类似于家族群落延续的传承话题。大家都是现代化学裂变意义上的产生和生存差异而已，都有各自的发生学特殊个因。

我 2003 年发表于河北石家庄《中国文论报》上的《试论中国诗歌行为》一文（《星星》诗刊后来转载了此文），着重阐述了中国诗歌特别是当代诗歌状况，也涉及了许多当代诗歌行为。城市，这个现当代崛起的生存空间，让诗歌也在城市平台上产生了许多以前包括乡村里无法出现的诗歌行为，比如我们新城市诗刊举办的多场朗诵会、各种研讨活动，现今更有许多先锋诗歌以诗歌工作坊的形式在酒吧随意朗读，以及在时尚美术馆作为城市文化风向标的诗意展示，均颇具活力。我把这一系列城市里的诗歌行为，全部视为城市诗内涵的重要组成部分，至少也算是城市诗的广义内涵。或许也能增添若干研究城市诗的解码系数。

2. 许道军　魏宏：李劼在谈到《城市人》的时候，指出"四位诗人没有一个具备城市人的心态"，因而他们的诗歌难以称之为真正的城市诗。您认为"城市人心态"相对于城市诗的写作重要吗？你们怎么看待"城市人心态"与"城市诗"的关系？或者说一个对城市有着敌意、存在紧张关系的诗人能写出真正的城市诗吗？

玄鱼：关于城市人心态问题，下面的诗例可能会比较对应地给予了适当的答案。《并未深究的碎片》（之一）："公交车的后排椅/疲惫，轻轻被音乐挑起/神经末梢//是否美女，并不重要吗/想移坐/到前面的空座位/她旁边乘客下车/我或许真的是怕后面颠簸/但念头只是动了一下//保持想象吧/后来就听不见音乐"。我这首诗先被《北京诗派》采用，后又被《长衫诗人》刊物选发。它其实只是一种交通工具的体验片段。公交车也类似于农村地区的长途汽车，然而基本能断定这就是"我"一个城市人的心态。可以说如果同样年龄的农家大叔乘坐在长途车，或者哪怕是也坐在公交车上，会有如此的心路体验吗，难说。再看我下面一首《视野的洗礼》："你细心徒手画一根垂直线/感觉应该是不错的/可惜放倒一看/却那样没水平/没水平肯定也就不垂直//心态随着视野/先于你生存/水平是道坎/是一根标杆/生存有水平就感到/很温暖/灵魂有水平/会更低调"。这首诗属于理念层面的思辨性演绎。当然因为直截了当提及了心态问题，我就拿来作为一个例子。毫无疑问，如果是涉及乡村题材，我想诗的内涵应该不大可能会有如此构思，因为乡村生存状态，也不需探讨什么心态话题吧。

所以，关于城市人心态，其实就是一个进入角色或者说是状态的因素，写城市诗而没有进入角色，也就是没有合适的状态，那就是没有城市人心态，不太可能写出相应的城市诗。即便是有敌视城市的心态，那也有可能写出城市诗来。只要你有城市人心态，属于相应的状态之中就行了。

3. 许道军　魏宏：谈到城市诗，必将提及城市诗人。您觉得城市诗人是居住在城市的诗人，还是有着明确城市意识并开拓全新城市书写内容的诗人？或是一切以城市为书写对象的诗人，比如打工诗人、旅游诗人，等等？

玄鱼：当下的城市诗人，应该是有着明确城市意识并开拓全新城市书写内容的诗人。这些都是和他们的现代诗人属性而不是保守单一的诗写特征，甚至属于非常先锋的颇具实验性等内容有很多关联。我在《现代城市，现代诗的躯干》随笔中，着重探讨了由于现代诗"生于斯长于斯"的基本创作状况，现代诗可以说 80% 就是城市诗。所以，主要应该是表现和城市空间有关（内涵比重属次要）的各种生存之道的城市诗，作者本人是否居住在城市的诗人，还是一切以城市为书写对象的诗人，比如打工诗人、旅游诗人，这些都是不重要的附件因素。关键是他是否写出了有着明确城市意识并开拓全新城市书写内容的诗作。例如，《城市浮云的病躯》这首诗写道："离开，或许本来的远离/对村镇素有地理性质上眷恋/人们让故乡或绿野/从记忆演绎为符号甚至如/一副病恹恹的身躯/乡愁正在被普及，我们/加关注了某种/心灵自赎的旅程//脑瓜里时常浮漾故乡那座/被湖泊水荡围绕的古镇"。《并未深究的碎片》（之二）写道："常回忆古人拜爵封侯/高楼中却从没有我的梦/这个夏季/有幸邂逅百年罕见大雨//根本不用闭眼想象/我在屋内仿佛孙大圣/每一扇窗户都是水帘洞/眼前晃动众多猴子兵。"

　　笔者的两个短诗，恰巧抒写了两种和城市有些关联的内容。前者没有提及任何能代表城市生活的物象，描摹的只是城市人或暂居者的乡愁，一种已经成为城市文化符号的精神流绪而已，但应该能从中感受到城市诗的属性。后一首，也就撷取了城市高楼生活的很短的一个片段，着重抒发的也只是某种精神调剂程序，这当然更像是一首简约城市诗。

总而言之，诗写者的身份无关紧要，关键的是要有着明确城市意识并开拓全新城市书写内容。前几天看到有报道介绍著名作家诗人虹影的新作《上海王》，我就想她这么一位重庆市人，又长期生活在国外，敢写《上海王》，真是佩服之至。其实别人也不需为她担心，应该相信她的能量。作品受欢迎，应该就表明其创作成功。

4. 许道军　魏宏：在"城市诗"派和"新城市诗社"之间，还有一个"城市诗社"，请问这三个社团之间有某种传承或超越关系吗？"新城市诗社"相对于"城市诗社"，"新"在哪里？或者说，你们与"城市诗社"在"城市诗"理念方面，根本区别在哪里？是什么促使你们从"城市诗社"中分离而建立一个新的诗社？

玄鱼：前面可能已经提到，如果大家都是属于现代意识引领下的诗歌群体，那么基本没有什么类似于族群延续的传承话题，大家都有各自的发生学特殊生成个因。所谓的新，首先应该属于产生时间先后顺序而已。

不过相互间的前后缘由以及"新"的第二层含义，还是可以介绍一番的。"城市人"群体出现相对时间距离长了一点，之后他们也大多比较沉寂，所以我们不相识。而城市诗人社这边，我实话实说，与 90 年代初我在《文学报》上发表的"上海应该有一个诗歌节"随笔有关（这篇文章次日被《新民晚报》转载，这张报纸在上海是家喻户晓最面向大众的）。文章反响比较大，首先是时任城市诗人社长的铁舞，比较赏识我在诗歌感觉上的某种不同于常人之处，所以邀我加入城市诗人社。并让我负责诗社的探索实验这方面。但若要长期共事，需要牵涉到许多因素，后终于主客观多种原因使我渐生另起炉灶之意。恰好这段时间在故乡兴化沙沟古镇，认识了在镇上中学任教的著名诗人庞余亮。叙谈中他十分支持我创办一份民间诗刊，答应为刊物组稿。回沪后，相约了陆吾士、郁郁、张健桐等人开始筹办刊物。《新城市》诗刊名称应该是基于立足改革开放的新型大城市，面向全国及海外华语诗人，反馈现代化城市对人的灵魂之拷问。刊物策划和刊名也征求并得到铁舞的认可，后来也就很自然地各走各的路了。在这里，我不可能去臧否其他群体的诗歌创作以及诗学主张，但在刊发介绍实力诗人的相关城市诗作品，如庞余亮、凸凹、叶匡政的组诗，均能产生较大影响等方面，这也是《新城市》诗刊在城市诗创作与外埠诗人大范围交流方面，还是比较与众（其他诗刊）不同，并且走在前列的。另外本人虽才疏学浅，但我还能注重提升上海整体城市诗创作，比如《诗林》刊物主编要我推荐两位年轻诗人的作品,我就从上海诗人中挑选了两位并不完全属于新城市诗歌群体(来参加过活动)的诗人古冈和程林相关城市诗作品和介绍。

5. 许道军 魏宏:据说,在新城市诗社诗人中,多数是新上海人或者是外来者,但是有研究注意到你们的创作又与打工诗人的创作有着许多不同,开创了一条外来者与城市和解、和睦相处的创作路向,请问这种现象存在吗?

玄鱼:这就涉及一个《新城市》诗刊之老友新朋的话题。由于《新城市》诗刊的"辐射"影响,许多外地或已客居在沪诗人纷至沓来。这还不包括许多身在外埠"不在编"的忠实作者朋友。我们迎来的第一位非"土族"诗人是当时青年军旅诗人陆华军。之后陆续有十几位外省市诗人参加进来。比较有影响的是陈忠村、缪克构、林溪、王乙晏、陆华军、秦华、叶丹、罗琳、古铜等。

的确,《新城市》诗刊的城市诗创作可以容纳打工诗人,但并不等同于打工诗写作。所以我们的城市诗内涵的宽广,远胜过打工诗歌,更与旅游诗歌无关。比如曾经最早与许强一起创立打工诗歌的陈忠村诗歌也逐渐从乡村与城市空间之往返的"在路上"诗写状态转化到城市文化领域的感悟写作。王乙晏以演员身份来体验城市生活的意识聚变"爆炸";另外如叶丹的大学生状态及后衍诗创作；而林溪从打工到创业经营仍始终致力于传统文化提炼的创新态势。罗琳以身为企业高管心态下的生活感悟等。应该说他们都是比较能够融入上海城市生活空间的。这似乎更符合海派文化容纳百川的历史脉络吧。

6. 许道军　魏宏：您认为与田园诗学、边塞诗学等传统诗学相对的是"现代主义诗学"还是"城市诗学"，换句话说，"城市诗"的"他者"是谁？有必要建设一种全新的立足于当代生活的"城市诗学"吗？

玄鱼：尽管城市诗范畴能占据现代诗内涵的百分之七八十，但是能与田园诗、边塞诗诗学概念相对应的应该还是"现代主义诗学"。其中原因依然是城市诗概念不属于类型诗，所以不可与田园边塞等类型诗比肩并立，而"现代主义诗学"的概念则用不着担心被当成类型诗。

因此，鉴于不重类型却需要创新诗性体验，所以非常有必要建设一种立足于当代生活的"城市诗学"。这个"城市诗学"与"现代主义诗学"应该是互融互济的，与诗歌类型概念则互不干涉而并行不悖。至于"城市诗"的"他者"，应该就是无视时代飞速发展，满足于陈旧保守甚至陋弊的诗歌观念和诗写方法。因为那是完全不能融进现代化城市生活的内质。

7. 许道军 魏宏："城市，让生活更美好"在某种程度上是一个现实。这种现实不仅是指城市让我们的物质更丰富，生活更便利，而且也给我们提供了一种全新的甚至是震撼的景观，比如上海这个城市的高度、亮度、流畅度、整洁度等，这些景观是无法用传统诗学得以描述的：虽然很美，但是我们无法表述它，也很难承认它。您觉得将来"城市"会成为人类的精神家园或美学理想吗，就像"田园""隐逸"曾是我们的精神家园和美学理想那样？

玄鱼：依我个人观点，当下城市诗不能着眼于城市的现代化建设的物化成就，也就是说不宜以现代化景观作为切入点。尽管许多城市诗创作笔涉到这些景象，那只是承载诗象的平台或载体而已。而状摹现代化景观，如果有难度，那也是整首诗的"综合治理"问题。只要你的体悟中有现代城市诗意，你对城市现代化景观的诗歌映像就应该能富含新意。

说得真相一点，我对城市化仍不免有些"精神歧视"，一方面是享用它的便利快捷，另一方面又讨厌它的割断民俗人文传承，尤其是与天地自然环境的本质隔膜，均让我时常感到城市特别是大城市，无疑是生命过程的一种宿命。所以倒也赞赏德国那种星罗棋布小城镇诗意的自然性与可行性。

其实无论生活在何处，完善的人生应该还有一个"生活在他处"的精神家园。尤其是"城市人心态"的精神家园更不可或缺。也就是说，心中应该需有另一个"城市"。

8. 许道军　魏宏：您对当下城市诗的写作有何看法，您觉得瓶颈在哪里，创新的可能性在哪里？

玄鱼：创新的可能性就在于必须要出精品。如果一个诗学范畴学理研究跟上去了，而诗写实践却十分地滞后，精品很少甚至没有精品，那就令人很不乐观了。城市诗没有创新就不能匹配城市生活的日新月异。所以，应该须有一定的先锋实验精神，像追求高档艺术创作的完美性那种身心投入与升华。何为创新，洞幽察微发他人所未发之音，包括文本的时有新颜。至于创作瓶颈，对城市诗整体而言，也许会有波浪状起伏现象，但这不属于城市诗的必然现象。拘泥于城市表层，就会有瓶颈。这一般属于个人方面问题，涉及创新及思想、学养等综合因素。

9. 许道军　魏宏：新城市诗社创立以来取得了许多成就，影响越来越大。作为新城市诗社的创始人，首任社长，能简要介绍一下新城市诗社的历史和主要诗人吗？对诗社未来的发展有什么期望？

玄鱼：1998 年由诗人玄鱼、庞余亮策划酝酿了《新城市》诗刊，并于 1999 年由玄鱼、郁郁、陆午士、张健桐、缪克构创办了《新城市》诗刊，同时成立了新城市诗社，聚集了玄鱼、林溪、陆午士、陆华军、缪克构、王乙晏、罗琳、杨静静、陈忠村、路亚、杞人、国斌、秦华、叶丹、古田、石淼、姚健、飘之雨、古铜等多位诗人。2009年由林溪接替玄鱼担任诗社社长，同年举办新城市诗刊十周年庆典暨"潘婷杯"全国诗歌大赛。共编辑发行了21期诗刊，出版社出版《诗。城》和《中国好诗选》两本诗选。曾参加《诗选刊》举办"中国首届民间诗刊研讨大会"，被多家官刊推介，十数份民刊集束刊发成员诗歌；入选"乐趣网"全国十佳诗刊。

至于《新城市》诗刊的未来，也就是新城市诗人群体的未来状况。伴随着诗刊文本的从定期转为不定期，诗人群体也从以前的"有组织有纪律"变成无组织"有纪律"。即只要社长发出通知，就能召之即来也。当然也有"铁打的营盘流水的兵"情况，那也很正常。叶丹当初想把精力投入到大学生诗歌创作和大学生诗群时，特地征求我的意见，我爽快支持他追求自己的目标，离开《新城市》诗刊后，他获得了"未名湖"大学生诗歌奖。我们都为他高兴和骄傲。

2017年3月20日，上海大学

中编
中国城市诗人研究

第三章　谭克修与《万国城》

从数量上说，谭克修是一个"低产"的诗人，然而他却在当代诗坛有着相当广泛的影响。一方面，他的诗歌用词精准，想象奇特，不拘形式，思之所至，随物赋形，令人叹为观止，正如耿占春所说："有符合范式的写作，有属于更新范式的写作，谭克修属于后者。"[1] 近年创作的诗歌，有多首引起反响，尤其是近作《一只猫带来的周末》在微信上掀起移动互联时代的严肃诗歌互动事件，引来桑克、胡弦、谷禾、葛红兵、邵风华、周瑟瑟、向卫国、余秀华等数百诗人、批评家的热评。另一方面，他持续关注当代社会城镇化这个正在变化的现实，努力表现当代人日常生活最普遍的外在景观、行为情境和内在的心理状况，"在谭克修的写作中，伏藏着一种明锐的选题意识，一种聚焦时代新的事象与矛盾，并作出

---

[1] 《谭克修：重建生命和土地之间的语法关系》，新湖南客户端 2016 年 11 月 7 日讯。

深度解读的渴望"。[1] 选题转向的同时，"谭克修近年来以理论思考与身体力行的创作倡导诗歌的地方性书写，引起了广泛的社会关注和诗界共鸣，同时他又强调与乡土诗歌的区别，深入探索诗歌的现代性内涵……"，在地方性书写与城市诗审美规范方面都做了积极的探索。

从《三重奏》到《万国城》，他的诗越来越将城市诗从一种题材标识带向新的诗学转换。"毫无疑问，克修是开了诗风的诗人！"[2] 柏桦的论断，也可以用在他的城市诗创作与城市诗审美范式的思考上。虽然他并不情愿被"城市诗人"这个"桂冠"所拘束，也对"城市诗"这个概念保持相当的清醒，但是他的诗歌创作和诗学观念的表达，的确为中国城市诗的创作和城市诗学的建设起到了积极的推动作用，我们在这里重点探讨谭克修在城市诗学上的思考和城市诗写作的成就。

第一节　建立新的城市诗学审美秩序尝试

谭克修并未系统地阐释自己的城市诗学观念，也并未刻意地去创作城市诗，进而成为一个具有很高辨识度的风格诗

1　《谭克修：重建生命和土地之间的语法关系》，新湖南客户端 2016 年 11 月 7 日讯。

2　同上。

人和题材诗人，但是他在访谈、评论或争辩的过程中，集中思考了"现代建筑美""现代性"的现实性和"建立在城市意象之上的新审美秩序"等方面的问题，这些思考为中国城市诗学的建立做出了有益的探索。

一、"现代建筑美"

现代主义等于对工业化、城市化的批判，几乎是默认的写作模式，但越来越多的评论注意到谭克修在诗歌取材的"城市化"倾向和审美上迥异于"现代主义"的异质性，比如，对"城市"和"城市生活"的中性叙事，在感情上"乡村"（古同村）与"城市"（万国城）赋予同样的分量等。这是当代诗歌里并不常见的写作现象。如何解释这种反常？大家很自然地联想起他建筑设计师身份和所从事城市规划职业，并从这个角度去理解他的创作。"……考虑到《县城规划》题材的独特性，这样的作品可能只适合谭克修写，因为城市规划就是他的职业。"[1] 有人进一步发现，谭克修的诗歌深深打上了他的专业和职业烙印："……在建筑学、设计业和诗歌之间，谭克修动用他丰富的建筑设计师的职业经验、抒

---

1 潘维：《在黑暗中忍住疼痛——〈县城规划〉作品研讨会发言记录》，节选自谭克修《三重奏》，花城出版社 2006 年版，第 80 页。

情诗人的日常生活感受、温和的反讽才能，使诗歌如同现代建筑一样，风格简洁又韵味十足……这种将个人的职业经验转化为诗歌图景、以职业经验吸收广阔的时代经验的写作，是近几年写'日常生活'的诗歌当中的典范之作。"[1]

顺着这个思路，大家很快在他的诗歌里找到了相对应的"证据"，进而有了新的发现："《县城规划》……既契合你的设计师身份，又能体现当代中国的现实，……三组诗很有建筑美：《县城规划》共十三章，每章两节，每节六行；《海南六日游》共六章，每章三至五节不等，但每节皆六行；《还乡日记》共五章，每章三节，每节十行。在新诗运动的早期，闻一多提出诗歌的建筑美，颇有复古的嫌疑。"[2] 李少君进一步发现了谭克修诗歌"建筑美"的更深层的东西："他尤其擅长创作堪称长篇巨制的诗作，在其中充分炫耀、展现和发挥其高难度形式与技巧……这或许与他出身专业的训练有素的建筑设计师身份有关。因为一个建筑设计师，在建构房屋时，是既需要注重整体布局，又要考虑具体细节角落的。在当代诗坛中，像谭克修这样具有超强的结构能力与叙事能力的诗

1　荣光启：《从建筑学发生的诗歌写作》，《芙蓉》2003 年第 4 期。
2　谭克修、程一身：《我来到万国城，不能说全是偶然——谭克修访谈》，《山花》2016 年第 2 期。

人，是罕见的。"[1] "建筑设计师"职业与诗歌中的"结构能力与叙事能力""建筑美"或许并无直接关系，但是谭克修在书写城市与城市建筑时，的确表现出来了某种建筑美，这是饶有意味的现象。

谭克修自然不会隐瞒自己身份和职业这个事实，他说："（我）在长沙生活不到二十年，主持或参与的建筑设计和城市规划项目，已不下百项，"[2] 也不否认"建筑"元素在他诗歌里的存在，但是他并不认为"建筑"元素和"建筑美"是一首现代诗成立的很重要的东西，"上述似乎与闻一多提出的诗歌建筑美关系不大，我却把它视为诗歌建筑美的宏观部分。"[3] 究其原因，是因为谭克修传统"建筑美"有自己的局限，一方面，"人们通常谈论的诗歌的建筑美，如闻一多先生一样，指的是关于具体某首诗的建筑美。闻一多谈论的建筑美，意思还要更简单，停留于节的匀称，句的均齐。说的只是建筑的外在美，而且是传统建筑的外在美"。另一方面，"在建筑美学内涵如此丰富的时代，闻一多提出的诗歌建筑美，只是诗歌外在表现形式的若干种可能性之一，尤其不涉

1　李少君：《在黑暗中忍住疼痛——〈县城规划〉作品研讨会发言记录》，节选自谭克修《三重奏》，花城出版社 2006 年版，第 85 页。

2　谭克修：《没有人生活在自己的地方》，《凤凰诗刊》2015 年 4 月 14 日。

3　谭克修、程一身：《我来到万国城，不能说全是偶然——谭克修访谈》，《山花》2016 年第 2 期。

及现代诗歌美学的核心部分"。[1] 在此基础上，谭克修提出了自己的"现代建筑美学"观点。

谭克修认为，如果我们继续借用建筑美来谈论诗歌，那我们必须要认识到传统建筑与现代建筑的不同。传统建筑在形式上讲究对称、均衡，而现代建筑有许多对传统建筑美的颠覆性元素，比如出于技术与工艺现实要求，有的建筑将钢柱、钢梁、桁架、拉杆等结构构件裸露在建筑物表面，或采用一些次要部件如走道、楼梯、电梯、货运电梯、自动扶梯、空气管道、垃圾道、电缆、上下水管道、烟囱等作为造型要素，置于外立面上，并漆成各种颜色，等等。而上述依旧是建筑美的表面元素，还没有涉及内部的空间关系，但是它对现代建筑美的形成，同样重要。还有一种抽象的美，比如柯布西埃的朗香教堂，抛弃了中世纪教堂高耸威严的固有形式，其造型类似于人的听觉器官，象征教堂是人与上帝对话的场所。这种建筑的象征美，应该说与诗歌有更深的渊源。因此，如果说"建筑美"在今天依旧对诗歌美学有意义的话，我们要考虑到现代建筑的丰富性、复杂性与现代性，而不能仅仅停留在传统建筑、农业文明时代造型的简单层面而生发的审

1　谭克修、程一身：《我来到万国城，不能说全是偶然——谭克修访谈》，《山花》2016 年第 2 期。

美形式。

谭克修对诗歌"现代建筑"的认识，无疑丰富了诗歌"建筑美学"的理解，在创作上，也有利于提高诗歌形式营造与技巧运用的自由度，解放诗歌形式创造的生产力，在打破旧的规范同时，产生更多、更复杂的规范。在诗歌创作上，他也努力践行自己的"现代建筑美"观念，他的很多诗歌，在结构和内部空间上似乎不合传统的"建筑美"范式，但实际上有其内在的结构（建筑）、理路、线索，比如《一只猫带来的周末》。许多批评家、读者都作出了自己的解读，然而又很难在理解上达成共识，但是又认为它的确是一首杰作。究其原因，是因为这首诗打破了传统的结构规则与美学秩序，它无意识的流动、合目的跳跃，在自然流动中形成新的意象、意境、图像与事件，如同达利的绘画，表面看无结构，实际自带结构，与无意识和复杂性保持同构与呼应。

二、"现代性"的现实性

当代诗歌毫无疑问应该属于现代诗范畴，现代诗应该体现现代性，然而，"现代性"不仅仅只是一个历史概念，也是一个与时俱进的现实问题。谭克修在一次访谈中说，谈及诗歌的现代性，首先要重新理解我们这个"现代"是一个什么样的时代，其次要厘清我们与这个时代的真实关系，以及这个时代的最大现实什么。他这看似平淡无奇的发问，引出了很多问题，比如今天最大的现实是什么，这个现实与过往的现实在形式与内容上有何不同，过去的问题在今天是否还是问题，我们能否把过往的问题与解决问题的方法，包括对问题的体认与感知，运用到今天的诗歌创作上去，等等，因此谭克修对"现代性"的理解，其实已经从形而上的思考和文本态度落实到现实性方面来。

（一）新城市时代的来临

当下最大的现实是什么？毫无疑问是城市化。谭克修认为，城市化不是从中国开始，也不是从 21 世纪开始，但 21 世纪是属于城市的世纪，这不仅是中国最大的现实，也是世界当下最大的现实。今天的城市与古希腊罗马时代的城市不同，与欧洲中世纪之后的城市与城市化不同，甚至与欧美刚刚结束的城市化运动也不同。随着科学技术的进步和工具理性的运用，城市扩张和自我修复能力越来越强，它在集中最新的物质和文化成果方面，越来越符合我们的规划设计意图，往更宜居的方向演化——新的城市时代已经来临。这种现实是人类社会大转型的首次经验。如何面对这个史诗性的转折？赞美还是一如既往地批判？这些激烈的反应都不重要，重要的是，我们要直面这个事实。谭克修说："我的重点是要提醒诗人，城市时代的到来已经不可避免。既然我们与城市的相互依赖性都在加强，就需要重新调校一下与城市相处的方式。"但现实是，"当社会已从农业时代向城市时代转型，而诗人并没有意识到这种转变的深刻性，诗歌明显跟不上时代（非流行符号意义上的）的整体节奏。我们看到，新世纪的汉语诗歌景观，依然在以农业意象为主要构图元素。这种系统性偏差，直接影响到当代诗追问人类存在的线索的有效性和合法性，存在的意义也被悬置起来，这从核心精神上制约着当代汉语诗歌的现代性"。[1] 如果联系到 80 年代诗坛大面积出现的"麦子"意象以及近年来的全民"乡愁"，谭克修的提醒无疑是有价值的。

（二）从内部书写城市

从内部书写城市，包括两个方面。第一个方面，要从城市的内部去书写城市，即从城市的眼光、城市的立场去理解城市，城市作为日常而不是作为奇观、作为主体而非客体。第二个方面，所有的外在对象，包括城市与乡村，诗歌中都要经过诗人心灵的沁润，书写城市最终还是书写诗人自己。

描写外在的变化是可行的，但是现实不仅仅是外在之物，对于诗人来说，一切现实都是心灵的感触。谭克修说："诗歌最主要的对象还是自己。不断挖掘自己，才能倾听到灵魂的

---

1 谭克修、许道军：《城市塑造着我们现实命运的具体形态——关于中国"城市诗"和"城市诗派"的问答（一）》，《雨花》2017 年第 1 期。

真实声音。我不再担心某些老掉牙的论调，说什么诗歌要抛弃'小我'写'大我'，关注现实。我觉得最大的现实是自己，以及这具 60 公斤的肉体遭遇的日常生活现实。"[1] 同时，他还认为，曾有人把城市拆解成带有标志性的各种符号，如广场、立交桥、银行、博物馆、咖啡馆等，或把镜头对准城市特征明显的人物脸谱，来写命题作文似的"城市诗"。由那些诗作塑造出的诗人形象，似乎并非真正的城里人，而是游客，表现出的是对城市的新鲜感、陌生感。他若写广场，主要是作为一个他者在观察广场，广场就是主体，是一切。他没有将自己投放到广场，所以广场上什么也没有发生，除了诗人的想象和修辞飘在风中。这样的城市诗人，似乎从没有真正进入城市内部，城市也没有进入他的生活。

两个方面紧密结合在一起。城市诗是城市化和城市时代成为现实、成为日常后的产物，当然，"城市化"和"城市时代"首先要内化到诗人心灵，而非人进入了城市和城市时代，但是心灵却外在于城市与城市时代，否则，"城市"依旧是外在的景观、非日常的奇观。而城市诗依旧停留在题材层面。

（三）孤独感即陌生感

生而孤独，几乎是现代主义的一个永恒主题。为何孤独？

1　谭克修、程一身：《我来到万国城，不能说全是偶然——谭克修访谈》，《山花》2016 年第 2 期。

现代主义主要思想来源之一的存在主义哲学说，因为他人即地狱，个人与他人、个人与社会、个人与自我永远处于无法沟通的状态。然而，孤独对诗歌与诗人意味着什么？它是一个抽象的命题还是一个具体的经验？谭克修从诗人的角度表达了自己的看法，虽有偷换概念的嫌疑，但在举重若轻之间，道出了某些生活与创作的"秘密"。

一方面，谭克修说，孤独是人类普遍的心理疾病，每人病情差不多，治病的药方在另外的病人那里，所以病人需要群居在一起。另一方面，在弗洛伊德看来，在"本我"之外，还有"自我""超我"两个家伙做伴。孤独感不会时刻降临，除非"我"处于一种精神的自由状态下。这种自由状态，是一种难得的思想状态。它带来的清醒或醉，至少不会输给几杯烈酒。所以，常见有人说享受孤独，也不能认为都是在无病呻吟。这当然是戏谑之言，对问题的解决于事无补。但接下来，他话锋一转，将"孤独感"转向了"陌生感"，给人柳暗花明、眼前一亮感觉。他说："我的陌生感，应该和多数人一样，主要是对这急剧变化的年代感到不适应。"这个"不适应"，一是在鲍德里亚意义上的日常生活符号化现象，二是当代社会的发展速度，而且二者以奇妙的方式结合起来，导致荒诞性、陌生化经验、审美幻象等种种经典现代主义体验的产生，这也是所有人面临的精神困境。对他而言，"而我的陌生感，还要加一些另外的成分。这和我的经历有关，也是所有与我有相似经历的人脱不掉的命运长衫。像我这种被过去三十年轰轰烈烈的城市化大潮，从偏远农村裹挟到大城市的人。幼年的乡村记忆是胎记，我骨子里始终是农民。我又享受和依赖于大城市带来的现代物质生活。所以，我既不生活在城市，也不生活在乡村。当我灵魂出窍，有时还不生活在自己的肉体里"。[1]

"速度"带来的眩晕，"符号化"带来的虚幻感，"进城"带来的不适应，构成了谭克修"现代性"和"现代主义"的基本内容，这种概括当然是朴素的，甚至不无武断，但毫不矫情，将"孤独"落实到了可感知、可分析的地方，无疑，这对"现代主义"的孤独症的治疗，提供了一次检测。

三、建立在城市意象之上的新审美秩序

谭克修在《一份诗会发言》中写道，"要在十三亿人的工业社会/修复当代诗歌与自然的关系/得先把诗人从城市驱离，反正他们/在那里生活窘迫，魂不守舍"。他明确地表达出对

---

1 谭克修、程一身：《我来到万国城，不能说全是偶然——谭克修访谈》，《山花》2016 年第 2 期。

当代诗歌写作的不满。这种不满自然是大量许多当代诗人无视这个正在发生的"城市化"现实,以及在写作过程中出现的不及物的美学,呼吁城市诗的写作以及新的城市诗美学的到来。

谭克修认为,虽然没有谁有明确定义或界定城市诗,但不影响人们谈论城市诗。这里面有种心照不宣的默契,把那些较多地呈现了城市物质形态的诗,或带有明显城市题材特色的诗,当城市诗来谈。作为一种审美范式的城市诗,应以城市意象为核心。城市诗的城市意象与山水田园诗的农业意象,有着根本的区别。谭克修认为,建立在自然物象传统之上的农业意象系统,是以人为尺度的,或者说以生命为尺度,具有某种人本意义的有机的美。而城市不是以人为本的,它以汽车、火车、飞机、摩天楼,以效率、利益、观念、欲望、权力、科学技术为本,城市意象是以人类文明进程为尺度的。他以自己的职业为例说,我们在做城市规划时,要不厌其烦地强调以人为本,潜台词是城市发展的非人性化、反人性化倾向问题。这两种尺度之间,有一种反向的牵扯力,形成了结构性的冲突。我们现在要转型,要把农业意象系统那些遥远的记忆或回声从体内抹去,把城市作为新的家园,身体会产生一种本能的排异反应。表面看上去,城市诗与乡土田园诗之间,是题材的差别。当这两种题材之间,呈现出一定程度上的取代关系，而非并列关系时，问题就会变得复杂起来。城市诗需要建立一套新的审美机制，它不再适用于之前农业意象的审美惯性，不只是简单地打乱既有的美学秩序问题，而是要从这种秩序的反方向出发，重新确立城市意象的审美秩序。诗人不得不从缺乏传统诗意的城市生活里体验新的诗意，在表达方式上，需要以一种反传统诗意的方式，开掘新的诗意。他说，今天我们还在把城市诗，作为一个新鲜话题来谈，被我们从题材角度，用来与古代的边塞诗、山水田园诗来类比，显见我们并没有意识到，城市诗会超越题材内容，从根本上动摇汉语诗歌的传统审美机制，待城市化高度发达后的某一天城市意象将普遍取代农业意象，成为新的源头，或另一个源头，成为我们新的集体无意识。那一天，我们将不再需要把城市诗作为一个郑重其事的话题来谈论。

谭克修关于城市诗学的诸方面思考是相互联系的。从现代建筑与古典建筑的不同去谈现代诗，其实在强调当代诗歌创作的及物性以及在审美方式上的与时俱进，而直面现代性的最大的现实——"城市化"，又将现代性、现代主义的大多数体验，比如"孤独""虚幻"等转换成来自城市时代的来临时的不适应、陌生感，这就为城市诗的出场提供了合法性与可行路径，同时也提供了新的审美经验。从山水田园诗、边塞诗到今天的城市诗，转变的不仅仅是题材，而是建立在不同本位基础之上意象系统的审美秩序变换，它关乎到审美，也关乎到心灵，这就为城市诗学的建设提供了思路。

第二节　从"古同村"到"万国城"

谭克修第一部诗集命名为《三重奏》，包括《还乡日记》《海南六日游》《县城规划》三组诗，代表了"还乡""出游"和"某县城"三种生活状态："《还乡日记》交代我的成长背景，和我在农村所见。《县城规划》把镜头对准县城，因为县城正是所有城乡问题的集散地，中国无非是一个放大的县城。对县城进行总体规划，也属于我的职业工作之一。《海南六日游》写出游所见，海南虽只是中国'公鸡图案'的一只脚，但这只脚踩进了所有的现实里。"[1] 而《万国城》，则是补齐了诗人城市生活描绘的最重要的版图："细心的读者会发现，我写还乡、出游、某县城，唯独没写到生活所在地长沙。由于我是以长沙人视角写的，三者其实已经隐约投射到我未写出的部分：本应形成《四重奏》的另外一个篇章——关于我

1　谭克修、程一身：《我来到万国城，不能说全是偶然——谭克修访谈》，《山花》2016 年第 2 期。

在长沙的遭遇。当初我还不知如何下笔，但当年以我生活的省会城市建立的坐标系依然有效。到十年之后的 2013 年，我才明白该如何启动它的写作。就是现在的《万国城》系列。当然，我庆幸当初没有贸然下笔。在分量上，《万国城》应该会远大于《三重奏》的总和。毕竟这里的生活才是长期和我血肉相连的现实。"1 从《三重奏》尤其是《县城规划》到《万国城》，诗歌记录了诗人生活方式的转换，是谭克修诗歌题材的变化，也是诗人关注点的转移和美学探索的深入，隐藏着诗人对城市生活的疏离、旁观乃至反讽到中性叙事、逐渐接受和渐渐融入的变化。在美学上，"从对城乡状态的观照和对他人生活的描述转向了对自我心态的展现以及对自身存在的反思"2，"他的《县城规划》及其雄心勃勃的系列作品《万国城》所体现的正是对现代性经验本土化问题的诗学关注。"3 在情感态度上，家乡"古同村"和居住小区"万国城"在情感态度上逐渐趋于平衡的微妙复杂信息，外在的现实和内在的现实达成了和解：生活在城市，习惯城市；人在城市，心也在城市。

1　谭克修、程一身：《我来到万国城，不能说全是偶然——谭克修访谈》，《山花》2016 年第 2 期。

2　同上。

3　《谭克修：重建生命和土地之间的语法关系》，新湖南客户端 2016 年 11 月 7 日讯。

一、"古同村"：城市生活的加油站

在《三重奏》中，描写古同村或与故乡有关的有《345公里》《空空荡荡》《大寒》《年关的集市》《金石桥镇》这5首，在《万国城》诗集中，第五部分"还乡日记"板块收录有《车过水府庙》《雪压在屋顶上》《辽阔大地》《大年初一》《潜伏者》《1987或1988》《古同村》《老银杏树》《腐烂》《父亲》《正月初七，长潭西加油站》《桃花》等24首。正如有研究者发现的那样，从2003年到2013年，间隔十年。两组《还乡日记》在形式上有所变化，造型不再那么整饬，篇幅趋于短小，书写崇尚自由，甚至不再分节，不拘行数。而在情感态度上，诗人说，2003年写《还乡日记》时候，觉得内心还有温暖，2013年再次写《还乡日记》时，内心已是一片荒凉。从"温暖"到"荒凉"，到底体现了一种怎样的变化？

虽然它们描写的对象是故乡，抒发的感情也由故乡生发而出，但是与众不同的地方在于：其一，谭克修不承认这些诗是"乡土诗"："作为一个享受着城市化浪潮红利的当代人，虽然我出生于农村，有近20年的农村生活经验，农村里那些遥远的事物，也历历在目，但我已经写不出那些遥远的事物。因为我已经不是农民，我无法得到一个长期生活在农村的人的准确视角和心态，写出诚实的'乡土诗'。"为何？因为诗人的身份已经发生了变化，不是一个"故乡的游子"身份回乡，而是一个"城市人"暂时性的返乡："我一直认为，在诗歌中，诗人的在场、诗人的现实身份至关重要。所以，我要写'乡'，只能以一个长沙人的真实身份还乡，通过还乡旅程里的所见所闻，大致写出我的乡村背景。"[1] 这不是归家，这是旅程，换句话说，诗人的"家"已经不在"故乡"，而在"长沙"。如果说，《还乡日记》的确抒发了乡土之思，那也是一个城市人眼里的乡土，属于广义城市生活的一部分，所有的欢悦与疼痛，都经过了"城市"这个滤镜的处理。其二，古同村的在败落，以及与之相连的亲人、往日生活也在远去，无论是外在景观上，还是内在情感，它都趋于"悲凉"。然而，对于诗人来说，这并不代表着诗人栖息之地的失去和精神家园的坍塌，因为，古同村已经不是诗人的栖息之地，更不是某种不可替代的精神家园，虽然，诗人对新的栖息之地需要时间磨合，新的精神家园尚未找到或正在建设中。因此，我们在《还乡日记》里并没有读到那种痛彻心扉的"乡愁"、歧路徘徊的犹豫。如果我们不好武断地说所有"城市人"的

1　伊沙：《诗歌设计师——我所认识的谭克修》，《诗观点文库》2005 年 12 月 23 日，http://wenku. poemlife. com/index. php? mod = libslist&title = 我所认识的谭克修。

返乡的"乡愁"都是"为赋新词强说愁",那么我们也不能说,这种对故乡的冷静态度不可信。

二、"县城":走向城市的驿站

众多研究者都高度肯定了《县城规划》的艺术成就。程一身、李之平、默默、伊沙等认为这首诗既契合了诗人的设计师身份,又能体现当代中国的现实,对中国转型期的无边现实进行了全景式的扫描,揭露了一个时代的阴暗、荒诞面。每一段一个场景,语言特别娴熟,宏观的地方和微观的地方,都处理得很到位,使此诗成为一首难得的表现中国社会当下现实与当前时代的力作。

我们注意到,此时的谭克修对某县城——"中国式县城"——的描绘,虽然在技艺和特殊专业上达到了相当的高度,然而,从情感态度上说,诗人依旧站在城市的门外,并没有从城市生活中去描绘城市生活本身,虽然诗人早已经过上了城市生活。人进了城,但是身子依旧一半落在古同村,一半在城市边缘游荡。

三、"万国城":身心开始合一的地方

《万国城》是一部诗歌、诗学理论与相关评论合集,包括

八个部分。第一部"线索",收录《一只猫带来的周末》《旧货市场》《锤子剪刀布》《我跺了跺脚》《失眠》《线索》《万国城的秋天》《中心花园》《恰槟榔者》《龙卷风》《从梦里醒来》《声音》《早班地铁》《中秋之夜》;第二部分"洪山公园组曲",收录《洪山公园的雪》《蚂蚁雄兵》《洪山公园草图》《爬山虎》《杂树林》《白日焰火》《水声》《理想》《森林》《荒地》《洪山公园》;第三部分"地心引力",收录《七月半》《一份诗会发言》《老人》《清明》《某纪念高球赛》《从墓园回来的路上》《地心引力》;第四部分"福元西路纪事",收录《厨房里的雪》《傍晚》《为什么送你一片桃叶》《刮胡子》《我必须在城北》《噪音》《我的房子》《周日下午的忧伤》《生态园的下午》《一个人行走》《说到你的未来》《刚接的一个电话》《婚礼》《福元西路》;第五部分"废墟",收录《酒店的被子》《陈律师》《精神病院》《1995年记事》《晚餐后的游戏》《床前明月》《读诗的下午》《做爱做到一半》《元宵之夜》《空房子》《废墟》;第六部分"还乡日记",收录《车过水府庙》《雪压在屋顶上》《辽阔大地》《大年初一》《潜伏者》《1987或1988》《古同村》《老银杏树》《腐烂》《父亲》《正月初七,长潭西加油站》《桃花》等;第七部分为"诗学理论";第八部分为关于万国城的评论。从题材上看,如此密集地描写城市,书写城市生活,显然是有意味的创作行为。

万国城是一座什么样的城？谭克修说，首先它是一个新的居住区，是诗人的身体栖息地，但也是别人的住区，身体栖息地。但是，万国城似乎先于并独立于自己的存在，对于它来说，诗人像一个随时可以被替代的符号。万国城住满了人，但是诗人觉得它是空的。然而，在这些常规性的"表态"——绝大多数诗人都这样——之后，诗人却勇敢地表达出了自己的真实感触："我需要万国城吗？是的，我已经习惯了这一切，我是万国城的寄居蟹。"[1] 进入并逐渐习惯，这是这个时代最典型的心态，真诚地将它表现出来，具有社会学与美学的双重价值。

万国城的确描绘了诗人日常起居的周围景观、他人生活、个人感触，有外在的行动和内在的思绪，构成了一幅客观中性的城市生活图景。整体上，万国城依旧处于不完善、不够好的状态，诗人对它似乎也没有做好充分的心理准备，但是，我们认为有价值的地方不在于诗人对一种新型生活的不适应、抵触，恰恰相反，这些貌似锋利、刻薄、揶揄的文字缝隙中，透露出更宝贵的信息：诗人正在慢慢地去适应，至少不准备再去抵触它。这种典型而真实的心态，在《锤子剪刀布》中体现得最为充分。

1　谭克修、程一身：《我来到万国城，不能说全是偶然——谭克修访谈》，《山花》2016 年第 2 期。

我不敢把楼下的水池叫做池塘

担心水池里几尾安静的红鲤

突然回忆起跳跃动作

跳进危险的水泥地或草地

我丢面包屑的动作也越来越轻柔

它们绅士般地吃完后

就会快速整理好水面的皱褶

以便将插满脚手架的天空完好地映入水池

水池之外的世界，还有三把椅子

准备在下午等来一个老头静坐

老头眯着眼，低垂着脑袋

猜不透是在打盹还是回忆

容易陷入回忆的还有两把空椅子

那些干渴的木头，看着天上的云彩

可能会想起一场雨，和山上的日子

一个不需要回忆的小男孩

围着空椅子来回转圈

发现椅子并不是理想的玩伴

嚷着和老头玩锤子剪刀布

老头迷迷糊糊，从松弛的

皮肤里蹦出几粒生僻的隆回方言

手上出的不是锯子，就是斧头

这首诗集中体现了谭克修诗歌的创作技巧和诗学探索，具有重要的艺术价值和社会学价值。几个需要特别强调之处是：一是在结构技巧上，它设置了一个戏剧化的情境，通过人物（包括对鲤鱼、椅子的拟人）对立的动作和反应，比如"回忆"（过去和现在）、"越来越"（现在和将来）、"准备"（已在和将在）、"容易"（习惯与陌生）、"方言"（地方与现代化/城镇化）等，形成了一个冲突结构。二是在叙事上，它整体上采用了折叠式叙事，将过去进行时、现在进行时和将来进行时，实写和虚写，一次性场景叙事和永恒性反复叙事等手法交织在一起。三是在情感态度上，它隐隐表达出一个矛盾、纠结的情感态度，这个情感态度在城镇化、城市化进程所导致的全民"乡愁"过程中，显得特别犹豫、"刺眼"，但也因此具有某种时代性与社会学价值。

我们注意到，本诗在戏剧化情境的对立结构中，冲突双方出场的只有一方，而更重要的另一方，却以不在场的形式在场，决定出场的这一方的动作形式和情感属性，它似乎在说明，"过去"是好的，"现在"谈不上"好"与"不好"，但是"将来"更不确定。所有的人（包括"鲤鱼""空椅子"等）都陷入了回忆之中，唯一不需要回忆的"小男孩"却遭遇到了"魂不守舍"的人与物，比如"椅子""老头"，还有"我"。这就是典型的"万国城"，一个魂不守舍或者说还没有"魂"的城市。魂不守舍，身心分离，这是中国城市的现状，也是许多当代城市人的心灵状况。万国城既是长沙的一个城市，诗人的居住之地、栖身之所，也是中国无数城市的缩影。

从古同村到万国城，记录了诗人的人生踪迹，勾勒了诗人情感脉络。由于诗人对"现实"的敏锐发现和对"城市诗"及"城市诗学"的自觉探索，这个变化曲线和当下状况，同时具有了超越诗人个人存在的意义，就像万国城不再是一个具体的事物一样，从古同村到万国城的行程，也是当代中国从农业社会向工业社会、从乡村时代向城市时代转型的象征。当然，《万国城》的价值不仅仅在于描述和记录，它还在努力建构一个精神上的"乌托邦"，一个灵魂的栖居所，虽然诗人自己也不敢相信这个工作能否完成，虽然更多的时候还是习惯于指责，但是毕竟已经开始。

附录　谭克修访谈

城市塑造着我们现实命运的具体形态

——关于中国"城市诗"和"城市诗派"的问答[1]

谭克修　许道军

1. 许道军：克修兄，您曾说过，谈及诗歌的现代性，首先要搞清楚"现代"是一个什么样的"时代"以及我们跟这个"时代"的关系，其中最重要的问题是我们如何跟这个时代相处，而这个问题又可以转化为，如何与我们置身其中的城市相处。这是一个非常有意思的论断，提供了一个理解"现代性"的新视角，或者说将"现代性"落到了实处，您能具体阐释一下这个观念吗？

谭克修：新诗从旧体诗的僵硬躯壳里纵身一跃，脱胎换骨，已经百年。促使新诗完成这惊天一跃的内驱力，是其为应对一个急剧变化的新时代的现代性要求。但今天，新诗的现代性，依然是被谈论得最多的问题。年轻时很西化的九叶派诗人郑敏，晚年写了一篇《世纪末的回顾：汉诗语言变革与中国新诗创作》，完全否定新诗的成就，主张回古诗里去拥

1　此文原刊于《雨花·中国作家研究》2017年第2期。

抱中国性。持这种观念的诗人不在少数，他们很难对现代性这个外来词汇充分信任，才用了掩耳盗铃一招。以为耳朵塞满那些古诗意象，这个裹挟着工业化、城市化、商品化、信息化、全球化和普世价值呼啸而过的时代就会自行消失，不会再来按响我们隐藏在都市丛林里的门铃。如果诗歌可以完全脱离于这个时代的宏阔背景，不理会其社会、历史、政治、文化现实对作品的回应，退缩为一种与社会现实无关的语言符号体系，在系统内部自行封闭运行，诗人确实可以退回到任意年份生活。比如去 1785 年的北京街头，谈论一下乾隆在乾清宫设的"千叟宴"盛况。至于当年域外发生的世间"破事"，如瓦特改良蒸汽机投入使用、美国联邦国会统一了货币、康德在《柏林月刊》发表《答复这个问题："什么是启蒙运动？"》，都不重要。这样的诗人，多喜欢把诗歌作为社会的对立物，他们塑造的自我，通常是与时代格格不入的局外人形象，比如神汉、自大狂、精神病，及现代版的孔乙己等荒腔走板类型。我想，若把这些人群放在现代启蒙运动之前，康德眼里的蒙蔽、无知的人类未成年生存状态班级里，也要属于差等生。

我们所理解的现代性是一种变化的时代意识，涵盖了启蒙运动以来，并持续向未来敞开的所有时代体验。在这全球一体化时代，后殖民时代，纯粹的"中国性"，不受东方影响的"西方性",已不复存在,一种不断变化的、普遍的时代意识,被无条件地植入了受此感染的所有人群。卡夫卡、艾略特描述过的现代性黑暗,已非他们独特的个人经验,而是成了所有现代人无法甩掉的命运。现代社会的任何人,不需要一谈到现代性,就先自我矮化,认为我们的思想受制于西方模式的管辖。需要考虑的是,为应对时代意识的不断变化,如何给现代性增补新的内涵。这种新的内涵,来路难以预测,还要不断对过去进行否定,这增加了补充工作的难度。工作的有效性,就和我们对时代秘密的理解程度有很大关系。这究竟是个怎样的时代?它一直是一头兀自行走的大象,并没有谁真正见过这头大象的样子。每个人都是瞎子,自顾自地摸索着,各自表达着自己摸到的大象的样子。我想,就算每个人摸的都是大象的某些部分,而不是摸的自己,或空气,把所有人的经验全部汇集起来,得出的总体形象,未必就是一头大象,而不是一头长颈鹿。所以,从总体上借助城市学家现成的认识是必要的:21 世纪是属于城市的世纪。这说法带有修辞性,但接近于事实。2015 年,我国城镇化率达到56.1%。若加上大量滞留在城市里的农村人口,实际数字要高出不少。据西方经验,城市化率会继续加速,跑到 70% 之后才会放缓脚步。除了城市人口的支撑,城市的发展也到了新阶段。随着科学技术的不断进步,城市扩张、自我功能的修复和完善能力越来越强，而高技术武器的相互掣肘，使发生不计后果的城市毁灭性战争的乌云已大致散去，这都在诱使人类在技术理性引领下谱写超级城市神话。同时，得到工具理性改造的人类，应对大城市越来越复杂的分工和合作的能力越来越强，也反过来作用于时代的发展变化……城市正在通过它集中的最新的物质和文化成果，越来越符合我们的规划设计意图，在往更宜居的方向演化。

说这些，不是要诗人调高嗓门，像惠特曼赞颂自由的美国精神那样，为我们的城市唱赞歌。况且，城市如何进化，都会问题丛生。按福柯的意见，康德的理性启蒙运动，并不能使人类真正成熟起来，技术对物的影响越来越大，人的自由能力却无根本性增长，今天的人类依然是未成年。而人类对理性的过度推崇，正使他们面临康德预想不到的危机和困境。如新技术在大都市的高度集中和繁荣，也可能把市民往非人性化的方向驱赶，人工智能的发展可能带来新的伦理问题。但这些不是重点，我的重点是要提醒诗人，城市时代的到来已经不可避免。既然我们与城市的相互依赖性都在加强，就需要重新调校一下与城市相处的方式。这种相处方式，体现了我们对不断变化的时代意识的理解程度，也决定了如何给诗歌的现代性增补新的内涵。要说，在诗歌美学的现代性改造方面，如对生命本体意识、语言本体意识的观照，对形式的理解，在诗性意义的生成方式上，当代诗都颇有心得。在处理诗歌与现实世界的关系，对存在的探索，当代诗也显示出了很强的能力。但，问题出在诗人对现实世界本身的认识上，出现了系统性偏差。当社会已从农业时代向城市时代转型，而诗人并没有意识到这种转变的深刻性，诗歌明显跟不上时代（非流行符号意义上的）的整体节奏。我们看到，新世纪的汉语诗歌景观，依然在以农业意象为主要构图元素。这种系统性偏差，直接影响到当代诗追问人类存在的线索的有效性和合法性，存在的意义也被悬置起来，这从核心精神上制约着当代汉语诗歌的现代性。所以，在回答杨黎相关问题时，我把现代性做了你提到的这种转化。或许，任何限定现代性的做法，都有悖于现代精神，损害了现代性概念的无限开放性。之所以大胆把现代性问题做这种具体转向，也是看到了问题的普遍性、迫切性和现实性。

2. 许道军：您在《一份诗会发言》中写道，"要在十三亿人的工业社会/修复当代诗歌与自然的关系/得先把诗人从城市驱离，反正他们/在那里生活窘迫，魂不守舍"。城市居，大不易，诗人们"生活窘迫"似乎可以理解，但为何说他们"魂不守舍"，甚至为了"修复当代诗歌与自然的关系"就要将他们从"城市驱离"？您这是在指涉一种什么样的写作现象？

谭克修：工业化和城市化的加速发展，使城市一直处于迅猛扩张之中，给城市带来了各种新问题，这对市民来说，出现各种激烈反应都正常。他们若无意面对现实，一些诗人从时间上返回过去，一些诗人从空间上逃逸到山水田园中去，也是情非得已。从乡土诗的庞大数量来看，同时患上怀乡病的诗人不低于半数。他们或觉得，农村和自然山水，才能治疗在城市带来的伤害。问题是，他们确实在城市里受到过那么多伤害，而农村有那么美好吗？这与现实里的情形不太一样。在我老家古同村，只有老人和小孩，成片被抛荒的土地，还愿意留在村里。中青年人，无论男女，都往城市里跑，以滞留的城市越大越光荣。大城市正成为所有人趋之若鹜之地，实现人生价值的首选地，而不是什么羁绊。中世纪有一种流行说法，城市里四处充满了自由的空气。这是对那些逃跑出来的农奴来说的，用它描述今天从各种偏远地区跑到城里来的人也适用。于是，一个颇为有趣的现象出现了：在十三亿人口拥挤的工业时代，祖国山河的姿色，已迥异于唐诗宋词里寥寥数千万人口的农耕时代，真正的大自然已不复存在，但在诗歌里，那空心村和荒地，还在充当着人们的精神家园。这归功于多年来抒情诗的教育：向往较少被工业化侵略的农村，代表了朴素、善良、纯洁、自由、美好和高尚的心灵；

而城市是恶的、丑陋的、冷酷无情的代名词，向往城市意味着你虚荣、浮华、贪图享受、自甘堕落。城市问题和农村问题似乎在相互作为背景，相互教唆，相互作为矛盾激化因子，在当代汉语诗歌美学上，形成了比现实世界更奇怪的城乡二元对立结构。城市成了抒情诗控诉的对象，一些诗人对城市表现出的情感，依然是 19 世纪中叶波德莱尔似的愤世嫉俗。

当年波德莱尔对巴黎的厌烦，没人会理解成诗人的矫情。19 世纪中叶，刚开始发威的资本主义、工业、城市化的力量，使传统的城市结构发生了巨大变化，城市的统治力量由之前的精英阶层变成了矿山、工厂和铁路。狄更斯在小说《艰难时世》中，把当时的西方工业城市称为"焦炭城"，一个"机器与高耸烟囱的城镇，烟囱不断吐出烟，永远在那儿缠绕，卷着解不开。它里头有条黑色的运河，还有条带恶臭染料味的紫色河，以及一大堆一大堆建筑，充满窗户，整天嘎嘎作响又抖动不停，蒸汽机的活塞单调地挺上掉下……"当时的欧洲重镇巴黎的情况是，一边遭遇工业和资本的破坏性冲击，一边被日益尖锐的交通问题所困扰，而各种展会带来的大量外地车辆，加剧了巴黎的拥堵。1852 年，豪斯曼男爵开始巴黎大改建工程，大拆大建了 18 年，直到波德莱尔死后 3 年才完成。巴黎那一段混乱和破败的岁月，给波德莱尔这种城市公子哥儿带来的各种不适可以想见，再叠加上他个

人命运遭遇的变故，他在 1857 年出版的《恶之花》里，对巴
黎采取何种愤怒、反抗或者厌烦情绪，都不足为奇。当然，
这是我从必然性角度进行的揣测，也不排除波德莱尔在诗歌
里的情绪，纯属诗人的耍性子。但波德莱尔的这种颓废情绪，
尤其是反叛精神，成了 19 世纪末开始，把"城市"作为其自
然发源地陆续登场的各种现代主义的基本姿态。当时的各种
现代主义流派，虽然主张不一，但工业机器的肆虐、战争、
经济大萧条是主要诱因，使他们发现了世界的"非理性"本
质，把城市视为带有某种灾难性质的生存之所。而城市展示
给当代人的，主要是其积极一面，这从城市对农村人口的强
大吸附力可以看出。当某一天，城市化水平到达某个峰值，
像当代某些西方大城市一样，开始出现逆城市化现象，诗人
确实已厌倦城市生活，更向往环境得以改善的郊区、小城镇
或农村，那么，诗歌里出现大面积的怀乡病，会比较正常。
这个基本认识，有助于辨识诗人情感的真实性。对城市喜爱
也好，爱恨交加也好，孤独也好，茫然失措也好，都正常。
但很难想象，那么多惬意地享受着现代城市文明的人，回到
诗歌却如此憎恨和厌恶他的城市，只倾心于广大乡村。在他
们眼里，城市已成地狱，只有自己是地狱里的无辜者。这让
我想起美国电影《生化危机》，城市遍布着恐怖的僵尸，只有
诗人是那幸免的人，为人类存活而战。若环境真如此险恶，

不如趁时代这头兀自行走的大象，变成城市丛林里的凶悍僵尸，咬断自己的喉管之前，趁早远离它。我觉得，将那些身在曹营心在汉的诗人从城市驱离，让他们的肉体和灵魂一起回老家开垦废弃的荒地，才有可能修复当代诗歌与自然的关系。这才有了我的上述戏谑之诗。

当然，我说的是一般情形。少数诗人，对大自然的乡愁并非迷路或矫情，只是被性情驱使。城市里还有并未享受到现代文明带来生活质量的改善，处境困苦的诗人，还有受到城市欺凌的打工诗人，城市之外还有少数真正的农民诗人。他们的写作，对城市或现代文明采取明显的控诉和对抗姿态，也是合适的。只是这类诗作，就算他们自己不陷入煽情俗套，也容易诱使旁人误以为，当代汉语诗歌在处理与社会现实的关系上，还处于低俗阶段。何况，确实有不少此类诗歌，由于表现社会现实的意图过于功利，而显得图样图森破（Too young to simple）。一些西方媒体近年来对我们打工诗歌过于热情的关注，就是例证。这和他们过去三十年来一直对北岛等朦胧诗人的热情，逻辑上是一脉相承的。他们看来，构成当代汉语诗歌地方性知识的，完全靠它在意识形态和诗歌伦理上的表现。他们对当代汉语诗歌内部的真相是置若罔闻的。而在洞悉当代诗歌内部秘密的人士看来，老外们关注的，恰恰是我们应该警惕的问题。他们的关注，反而形成了对当代汉语诗歌真相的遮蔽。所以，在写作中建立了自信的诗人，已不怎么相信来自现代性发源地的意见。虽然他们率先启动了现代性按钮，但当现代性黑暗或光辉已成为人类的集体命运，他们体内没有流着我们的血液，没人替代我们生活在这片土地上，无法体会我们身上发生的一切，自然也无力裁决汉语诗歌的现代性问题。时至今日，汉语诗歌现代性的合法性，只能靠我们自己，一些率先在自己和脚下土地之间建立起语法关系的诗人来完成。

3. 许道军：您的《旧货市场》《福元西路》《洪山公园组曲》《万国城》等诗歌序列直接以城市为表现对象，无论是标题还是内容都透露出强烈的"城市"气息（也可以说是"时代气息"）。当代诗人，也曾经有人尝试过这种成系列书写方式，你和之前这种类型写作，主要的区别在哪里？有细心的研究者发现，您诗歌中"城市"与"故乡"（具体指的是"隆回"和"古同村"），在情感天平上几乎处于相同的重量刻度，在大面积"乡愁"的今天，这种现象非常少见，请问这是出自您的诗学理想，还是出自您自然而然的生活感知？

谭克修：曾有人把城市拆解成带有标志性的各种符号，如广场、立交桥、银行、博物馆、咖啡馆等，或把镜头对准城市特征明显的人物脸谱，来写命题作文似的"城市诗"。由

那些诗作塑造出的诗人形象，似乎并非真正的城里人，而是
游客，表现出的是对城市的新鲜感、陌生感。他若写广场，
主要是作为一个他者在观察广场，广场就是主体，是一切。
他没有将自己投放到广场，所以广场上什么也没有发生，除
了诗人的想象和修辞飘在风中。这样的城市诗人，似乎从没
有真正进入城市内部，城市也没有进入他的生活。我们可以
把这类诗归入传统的咏物诗。只是这里的物（或人），抽取的
是诗人眼里的城市关键词，因为它们带有明显的城市气息。
我从没有认真写过那些城市风物，它们只是我每天面对的普
通事物。它们在我诗歌里的角色，相当于自拍照里的背景。
当然，没有背景，我也不会存在。《旧货市场》《福元西路》
《洪山公园组曲》，都属于《万国城》里的诗。你若不提醒，
我不会觉得它们有强烈的"城市"气息。不止一个朋友问过
我，万国城究竟是我居住小区的名字，还是一个精神上的乌
有之乡？应该说都是。但我更愿意把万国城理解为第三空间，
如博尔赫斯小说《阿莱夫》里的阿莱夫。阿莱夫位于"我"
鄙夷的诗人达内里老家房子地下室某角落里，是包含着世界
一切的，空间的一个点。阿莱夫是为了完成达内里那首长诗，
必不可少的第三空间。巧的是，万国城也是为了完成我同名
诗集必不可少的第三空间。当然，万国城并不是源于博尔赫
斯的启发，这只是我最近读到他短篇小说《阿莱夫》有所触

动，在这问题里暂时借用的。万国城也可以理解为佛语"一叶一菩提"里的那一片叶子。另外，需要说明一下，《万国城》里出现了很多"我"，未必都是作者本人。明眼人看出，在有些诗篇里，"我"对城市的态度，和我本人的态度是有区别的，有时更像是一个格式化的我，异化的我，矛盾的我，或我的同事、邻居。对《万国城》里的"我"之认识，不妨参考巴赫金的作者意识，即意识之意识，是涵盖了主人公意识及其世界的意识，原则上是外位于主人公本身的。当然，若说诗歌里的"我"，确实是某个时刻的我，全部是真实的我，被城市改造后而变得陌生的我，也是说得通的。说到这里，我和他人的差别已经很明显。

你说到的情感天平问题，应该属于一种自然反应吧。我20多年前到西安读大学开始，出于一种自觉，就开始以城里人的视角写作。当年还远远谈不上形成自己的任何诗学。定居长沙若干年后，写《三重奏》时，才有一些自己的诗学理想。比如已经意识到，从诗歌发生现场出发，忠实于自己的真实感受，我个人的写作，才有机会和文明相遇，和历史相遇。我要写老家古同村，按一个城里人在真实还乡之途的所见所闻所感，明眼人从《还乡日记》题目就可以看出端倪。无论我写《还乡日记》，还是用《海南六日游》写出游，坐标系都是建立在我生活的城市长沙，也有具体的时间烙印。后来写《万国城》，都是直接写诗歌发生的城市现场。情感天平在城乡之间摇摆，应该是我们这群从农村里来的城市新移民身上容易发生的事情。若有人认为它恰好有相同的重量刻度，也正常。情感天平问题，不只是对讨论我个人写作有意义，更有启发的，是诗歌和时代的相关性，即诗歌在我们这代人身上，如何从农业意象转向城市意象的清晰路径。到了我们下一代，从水泥地上长大的一代，农业意象大面积消失才会变得比较正常。

4. 许道军：您关于城市的态度和城市的书写方式，当然是因为您已经"进城"成为了"城市人"，但，它们还跟您的社会身份或职业有关系吗？您的《县城规划》，似乎明显有这方面的痕迹？

谭克修：加上引号的"进城"二字，确实说出了我们这一类人的病症。那个离开的乡村驻扎在体内，有点像膝盖里的风湿，很难用外力清除干净，总在一些特别的天气里，反复发作。我写《万国城》时，常有一个古同村跳进来捣乱。另一方面，从农村"进城"的城里人，比土生土长的城里人，由于对城市陌生，而更敏感，更有雄心来书写城市。只是，这种由于陌生而引发的书写，也容易出错，写出的可能是城市的幻觉，一个以想象为主的，生硬的城市。对这类写作的社会意义，一般被纳入城乡二元结构视角来解读。我并不想被城乡二元结构捆住。多数时候，我是以模糊的身份来完成的。作品里的我，是那只薛定谔的猫，关在封闭盒子里，生存状态需要辨认者来确定。我见过离谱的辨认者，由于我在2003年和2013年写过两组《还乡日记》，就把我当成乡土诗人来看，连"还乡"二字的意思都没闹明白。

我对城市的书写方式，与其他诗人不一样，已经有朋友追踪到我的职业上来。城市规划职业，确实会影响我关于城市的问题意识。我们花了五千年，只是对城市的演变过程有了局部认识。对城市潜在的能量，城市的未来，还一头雾水。现在我们依然无法谈论城市的本质问题。城市从最开始把人们聚合起来，通过协作和分工，建立起一定的社会秩序，以解决共同的需求，这些积极力量，对改造人类和推进人类文明起到了枢纽作用。同时伴随着一些消极力量，围绕城市发生的权力、欲望的失控，利益的失衡，发生的掠夺、罪恶等暗黑系能量，以及把人往非人化方向驱赶的力量，都会以不同形式投射到城市规划项目上来。一些重要的城市规划项目，在给城市注入生命力的同时，也会为其发展埋下隐患。城市规划职业，会把一些我发现了、却无力解决的问题收纳起来。但，就算这些问题在大脑皱褶里来回荡秋千，诗歌有义务思考这些问题吗？有人说诗到语言为止，到身体为止，到直觉为止，我是否还有权力把我脑子里那些奇怪而枯燥的事情，转化为某种诗性经验，用语言呈现出来？《县城规划》就是抱着试试看的心理完成的。好在，当代诗已变得更成熟，边界一直在延展，已经能接纳《县城规划》这种带有不少"非诗"因素的诗。它收获了一些夸奖，也收获了一些误解，有人就指称它为观念写作。我不想就这首诗是否为观念写作辩护，想对观念写作提法说几句。一般认为，一首诗更重要的部分，是其观念或逻辑意义之外的诗性意义。这部分是不透明的，只存在于诗人的阅读体验中，美妙难以言表。但这不应该贬低诗性意义里的观念意义，那是一首诗的骨头。其实，谁的写作都需要观念先行。我们对一首诗能阐释的部分，主要是其观念意义。他若给人观念写作印象太强，有可能确实是作者的观念大于诗歌，也有可能是阅读者的观念远小于诗歌。《县城规划》是一首只属于我的诗，一次性的诗。它试图以一个县城为样本，说出普遍性的城市问题，从历史和现实意义出发，都有解读空间。它也从城市学角度出发，言说城市内部的结构关系，它在规划一个城市，也在解构一个城市。如果需要一个新词"城市诗"的话，这首《县城规划》放在城市诗序列里，是有一定"元诗"意义的。

5. 许道军：您认为城市诗是一种新的题材内容，还是一种新的审美机制，或者说它将来能否生长出一种不同于边塞诗、田园诗，甚至现代主义诗歌等的审美范式？

谭克修：我没见到谁有明确定义或界定城市诗，但不影响人们谈论城市诗。这里面有种心照不宣的默契，把那些较多地呈现了城市物质形态的诗，或带有明显城市题材特色的诗，当城市诗来谈。我想从前面提到的城市意象角度展开谈谈。在我的职业领域，有一本书叫《城市意象》，作者是美国城市规划专家凯文·林奇。他把环境心理学引进城市设计，将城市物质形态研究对象归纳为路径、边界、地区、节点和标志等五种元素，它们共同构成城市形体环境意象。这种还算先进的理念，以街道的视觉层次作为城市意象的骨架，提供城市设计的理论和方法。凯文·林奇的城市意象，已经涉及了人与城市的微妙关系。这种关系，也是诗歌写作中需要处理的主要关系。但这种技术设计意义上的城市意象，并没有脱离传统的城市符号概念，把它搬进诗歌，会出现较大偏差。那些城市符号也是城市意象的组成部分，但诗歌里的城市意象，主要是相对于农业意象一词得以确立的。农业意象，指数千年来农业文化心态和"天人合一"哲学思想共同作用下形成的自然物象传统。庄子主张"天地与我并生，万物与我为一"的"天人合一"理念，是我国传统文化精神里最根本的哲学思想。自然是人类的命运共同体，存在着相互感应的关系。人们对人与自然生命节律的认同与无言意会,形成了牢固的心灵契约,诗人把这种契约一直保存了下来。从《诗经》《楚辞》,到唐诗宋词元曲,一直到五四新文化运动后的新诗,基本形成了以风土、阳光、星月、雨雪、山水、花木、虫鱼、鸟兽等自然意象密集,对季节更替敏感的美学传统。这一套自然资源与人的心灵感应关系紧密的符号体系,形成了一部以农业意象为主的数千年汉语诗歌史。

汉诗里基于"天人合一"理念的农业意象系统,一直很稳定。到今天,农业时代已经大步向城市时代转型,依然拒绝转身,面对已经变化的事实。里面有我们独特的民族文化基因起作用。华夏传统的"天地君臣师"排位,天地排在人前,自然是大于人的,体现了古人朴素的自然崇拜。而西方,基督教世界有另一个结构体系,上帝居上,人类居中,自然居下。人大于自然,自然被认为是上帝对人的馈赠,人对自然的主宰天经地义。这体现在中西方诗歌文化意识中,有明显的差别。《诗经》在描述人和自然的和谐之美时,《荷马史诗》在描述特洛伊战争,那以汪洋大海为背景的自然物象,其意义要在被用来证明人的力量,才得以体现。汉语诗歌传统内置了一个自然尺度,西方的诗歌传统里内置的是神圣尺度。从荷马史诗一直到叶芝、艾略特、奥登等现代派大师,他们的诗歌言说里那把神性尺子,都在起着重要作用。到

20世纪后半叶如英国运动派诗学，美国自白派、垮掉派，诗的命名才用世俗尺度部分消解了神性尺度。西方诗歌史，无论以体现人类征服自然为己任的技术理性线索，还是以对抗技术理性的"诗意栖居"线索，由于有神性尺度的统摄，并不会在不同文明时间段形成某种截然的前后断裂。不像我们诗歌传统里由自然物象构成的那一套农业意象系统，与需要重新建立的城市意象系统之间，发生那么激烈的冲突。

　　建立在自然物象传统之上的农业意象系统，是以人为尺度的，或者说以生命为尺度，具有某种人本意义的有机的美。经过一代代遗传，它们沉积在我们大脑皮层，已成为创作中可以自动唤醒的某种源头性的东西，我们的集体无意识。城市不是以人为本的，它以汽车、火车、飞机、摩天楼，以效率、利益、观念、欲望、权力、科学技术为本，城市意象是以人类文明进程为尺度的。我们在做城市规划时，要不厌其烦地强调以人为本，潜台词是城市发展的非人性化、反人性化倾向问题。这两种尺度之间，有一种反向的牵扯力，形成了结构性的冲突。我们现在要转型，要把农业意象系统那些遥远的记忆或回声从体内抹去，把城市作为新的家园，身体会产生一种本能的排异反应。表面看上去，城市诗与乡土田园诗之间，是题材的差别。但这两种题材之间，呈现出一定程度上的取代关系，而非并列关系时，问题就会变得复杂起来。城市诗需要建立一套新的审美机制，它不再适用于之前农业意象的审美惯性，不只是简单地打乱既有的美学秩序问题，而是要从这种秩序的反方向出发，重新确立城市意象的审美秩序。诗人不得不从缺乏传统诗意的城市生活里体验新的诗意，在表达方式上，需要以一种反传统诗意的方式，开掘新的诗意。这种断然的转型方式，必然伴随着血肉的撕裂。对部分诗人来说，这撕裂带来的不只是简单的阵痛问题。他若继续沉醉在辽阔的乡土田园里不转型，还可以身在曹营心在汉地活着。一旦转型，若把之前的乡土诗人杀死，而一个新的城市诗人并未诞生，转型也就成了自己的生死问题。所以，一些诗人是拒绝转型的。少数汉语诗人，也尝试在诗歌里内置了神性尺度。海子就在神性尺度指引下，完全拥抱了农业意象系统。并引领了一大群诗人，从都市丛林返回麦地里，成了汉语诗歌的一大奇观。但这种景象，无非是社会转型期农业意象系统在当代汉语诗歌里的一次集体性的回光返照而已。

对部分城市诗人来说，乡村可能依然活在他的记忆和想象里，那记忆和想象也是诗歌需要的一种现实，能够帮助诗人完成出色的书写。但如果诗的问题主要是生命问题，而生命的意义主要存在于生活体验中，而不在想象中。那么，回到具体生活现场，才是诗更渴望的历险。诗歌也能在呈现出个人日常生活的神圣感时，找到它最为需要的历史意识和当代性。对另一些诗人来说，城市的繁华、物质和感官刺激，城市的光怪陆离带来的震惊，也会呼应着诗歌需要的内在情感节奏，为这农业意象形成的诗歌史写出有新鲜感的城市诗。80年代的上海几位年轻大学生诗人，就从观念上把城市作为新事物来书写，而成立了"城市诗派"。但对今天生活在城里的多数诗人来说，城市不只是新鲜的写作题材，而是要用来收纳他全部的生活。城市已是诗人每天面对的最主要的现实，塑造着我们遭遇的现实命运的具体形态。我所理解的城市诗，在乎的不再是写了它的什么，而是怎么去写它。这里的"怎么写"要区别于我们平常谈论的"怎么写"，重心不在于诗歌的生成过程，不在于诗歌的形式，及其与当代诗歌整体语境的关联度问题，而关注他怎么认识城市，他是否将身体从广阔的乡野转身，认真面对城市这个盛满他的生活的器皿。在这个基础上，当代诗才能进而思考另一些问题，比如在新的现实关系中存在的线索及其有效性问题，在城市意象系统里的语言新的可能性问题等。我想，他若已经在认真面对城市这头"怪兽"了，对城市空间也会有深切领会，对城市的态度问题，一般不会再是那种简单粗暴的反抗，或上海城市诗派青年们表现出的新鲜感。当然，如果他体验之后，依然对城市充满厌恶和憎恨，情绪真实而又无法逃避，诗歌如何表现都是合法的，这已和心态成熟与否无多大关系。就像那些夫妻，貌合神离同样是现实，不是说非得相敬如宾、如漆似胶的夫妻才合法。但今天我们还在把城市诗，作为一个新鲜话题来谈，被我们从题材角度，用来与古代的边塞诗、山水田园诗来类比，显见我们并没有意识到，城市诗会超越题材内容，从根本上动摇汉语诗歌的传统审美机制，而且会摸索到生命源头、灵魂深处去影响诗性经验的成色。我期待城市化高度发达后的某一天，城市给的新鲜感还不如农村，城市意象将普遍取代农业意象，成为新的源头，或另一个源头，成为我们新的集体无意识。那一天，我们将不再需要把城市诗作为一个郑重其事的话题来谈论。

6. 许道军：您近年倡导的"地方性写作"引起很大的反响，但是这种强调"差异"与"个性"的"地方性"与正在趋同的城市面貌、城市生活似乎相矛盾，您觉得应如何处理好"地方性写作"和"城市诗"写作的关系？

谭克修：我想让回到 1785 年的北京街头谈论乾隆"千叟宴"的诗人，把手表再往前拨 500 年，可能遇见从外地赶来元大都养老的马致远，运气好或能得到他那首农业意象诗名作《天净沙·秋思》签名版。马致远任职大都工部主事，但心在野外，纵有元曲状元美誉，关于大都生活，没留下什么名诗，略微可惜了大都的繁荣。据《大元仓库记》记载，至元三十年（1293 年），大都人口已有十万户，约 50 万。阅城无数的马可·波罗称赞此城"居民之众""百物之输入"，堪称"世界诸城无能与比"。按现在的说法，属于当时首屈一指的国际大都市。但我的主要目的，是想让他遇到见多识广的威尼斯商人马可·波罗。后者正赶去给忽必烈大汗讲述自己所见到的各种城市：记忆的城市、符号的城市、轻盈的城市、贸易的城市、死亡的城市、连绵的城市、隐蔽的城市等。各种匪夷所思的城市，正好让我们的诗人，早点接触到城市这头"怪兽"。要说明的是，马可·波罗当年的中国之旅确实见过忽必烈大汗，他讲述的内容却是卡尔维诺在《看不见的城市》里杜撰的。那些城市，是作者用来和自己讨论现代城市某些本质问题时想象出来的。但他为何要把背景放到 13 世纪的东方，真有一个与时间无关的城市本质吗？

卡尔维诺描述的那些城市没有明显时间刻度，它们可能是 13 世纪的城市，也可能是现在的城市，或未来的城市。那么，关于城市，我们究竟了解多少？别以为宣传片或朋友圈里的城市是我们的城市。我们看到的城市面孔，不过是统治者、设计者的逻辑、欲望或想象的面具。并没有人见过城市的本来面目，城市依然是抽象的。卡尔维诺像发布现代车展上的概念车那样发布着概念城市，那形形色色的城市，可能说的是同一个城市的不同立面、剖面、节点。那些城市不仅是跨时间的，也是跨空间的，它可以是威尼斯，纽约，可以是今天的北京或13世纪的元大都。他给我们编造了一个城市的迷宫，或迷宫一样的城市，本意是要对城市进行本质意义的思考，但我们并不能得出那答案是什么。对这答案，或并无必要去刨根问底，只需按自己的方法去理解。不妨借用一下海德格尔看待西方史的方法，将城市分为技术世界和艺术世界。技术世界的工程师由城市规划师、建筑师、市政工程师，以及管理者和公众组成，他们按人类的物质需求，让城市从某个隐蔽之处显身出来，穿上最新的技术，供我们使用和炫耀。城市在凸显其使用功能的同时，让我们看到了城市的面具。但我得提醒，它们都是失败的作品，所谓的理性建设是不存在的。理想的城市从来没有在任何地方出现过，一直处于遮蔽状态。如果说，关于城市，存在着某种普遍的真理，隐蔽和变化才是其真理。这真理随着科学技术的进步，生活方式的改变，观念的更新，表现出新的特征。这些新特征加入过去所有时间的痕迹，一起塑造着城市的面孔。比方说，过去的城市，主要是维护统治阶级的利益，现代城市已经有了进化，需要考虑公众利益最大化原则。它的建筑美学也需要建立在被更多人接受的基础之上。全球化背景下，小城市喜欢跟风模仿大城市，大城市模仿更大的城市，模仿国

际大都市，谁的城市规模大、著名、富有，谁的文化就有优
越感。我们看到大广场、宽马路在小县城里也比比皆是，国
际主义和欧陆风情建筑在地球村遍地开花，强势文化在加速
完成对弱势文化的殖民。这种世俗的审美标准的形成，部分
是城市领导者的意志，更主要是广大市民用货币对房产项目
民主投票的结果，也是当代文明的一部分。在现代社会，城
市的个性已经不住文明尺度的碾压，资本的力量是其中决定
性的力量。这应该是你说到的，所有城市的面貌在趋同的内
在原因。当然，有城市管理者已经意识到这个问题，制定出
具体的城市规划技术规定，对历史地段历史建筑给予保护，
对建筑色彩、风格进行规定。这些一刀切的做法，未必能优
化城市的空间形象，而不是进一步抹杀城市空间的多样性和
丰富性。在这样的时代背景下，要从外部形态上，用诗歌写
出一个城市与另外一个城市的不同，已经不现实。

　　但这些问题的存在，对我们的诗性体验来说，不会成为
主要的干扰因素。城市的技术世界，没能凸显其存在的意义，
还有另外的人，比如诗人，会在城市的艺术世界谋一工程师
或中介职位，用自己的生命和语言的触角，去探索城市更隐
蔽的藏身之处。诗人无法像技术世界的工程师那样，将城市
从隐蔽之处显身出来，而是将自己和语言一起留在了那隐蔽
之处。诗人虽是城市的隐身人，但他的隐身却昭示了生命、

语言和城市的存在线索。所以，内行诗人写城市诗，不会迷
失于对城市面具的描绘，而是用语言将城市的公共面具击碎，
重建一个自己的城市，那就是属于艺术世界的城市。城市的
本质部分，应该存在于由技术世界和艺术世界之间形成的张
力之中。虽然每个工程师的工作，每个诗人的写作，都成为
探索城市本质的工作，但它并不能单独剥离出来，只存在于
人的诗性体验之中，且只向那些能领悟到这隐蔽诗性意义的
少数人敞开。坚持地方性写作的诗人，就是可能领悟到、感
受到这种诗性意义，并能用语言使之敞开的少数人。

关于地方性写作，可以先抛开在城市趋同化发展背景下，
地方性诗歌具有的延续地方文化生命的使命意义这种宏大的
抱负，深入其诗学维度内部，以让问题变得更为具体。地方
性写作强调要从"这里"出发，在写作之前建立精确的时空
坐标系。时间坐标可以建立在记忆、现实时间或柏格森的
"深度时间"上。空间坐标，需要精确到某个城市，有时需要
精确到某街道、某小区、某间房子甚至于某张床、某把椅子。
他需要先找到自己的位置，像钉子一样深深钉进特定的时空
坐标系里，才有可能成为一个精通武学的绝世高手，感受到
这个坐标里所有事物的细微变化。他将只"爱"（或恨，或爱
恨纠缠，或不爱不恨等）自己脚下的土壤和土壤上生长出来
的文化，用诗歌建立起自己与这块土地的语法关系。这土壤，

这日渐趋同的城市空间，由于有地方主义诗人像钉子一样插入，将自己的生命体验，注入这个场所，将变得迥异于它出现在照片里的公共空间形态，而成为带有诗性意义的场所。这公共空间，将成为属于诗人自己的世界，让他找到归宿感、安全感，以将自己安顿下来，并具有了特殊的场所精神。同时，这场所精神，也安顿了另外一些找不到灵魂归宿的同道。所以，即便诗人与其他市民一样生活，坐同样的地铁、公交，过同样的街道，呼吸同样的空气，但他们见到的却是完全不同的城市。可以说，城市空间再如何趋同，由于有了地方主义诗人对具体环境的场所精神的发掘，对人和城市的关系的深刻理解，用"个我方言"探测到城市的本质和存在的线索，就有机会把同质化的城市空间，变成多样化、复杂化、异质化的谜一样的空间，把碎片化的空间重新缝合成一个完整的世界。至此，我们才能发觉，人的本质、诗的本质和城市的本质，实际上处于某种一损俱损、一荣俱荣的复杂关系中，它们相互遮蔽，又相互敞开。

7. 许道军：有人说，城市诞生了现代主义，城市诗就是现代主义诗歌；也有人说城市是今天最大的现实，因而城市诗恰恰就是现实主义诗歌，您怎么看这个问题？或者说"城市诗"应该如何处理好"现代主义"与"现实主义"的关系？

谭克修：现实主义是 19 世纪初为取代浪漫主义而出现的文学思潮，也可以说它主要是作为浪漫主义的胞弟出现的，这对龙凤双胞胎，脱胎于席勒写于 1795 年的文章：《素朴的诗和感伤的诗》。据歌德介绍，席勒这篇文章的产生源于他们两人之间的争执。歌德主张诗要遵循从客观世界出发的原则，而席勒则主张诗要从主观出发去创作。素朴的诗和感伤的诗分别对应了我们今天谈论的现实主义和浪漫主义。后来的理论家从社会背景出发，分析了这两种文学思潮出现的必然性，但应该说，除了作为文学批评术语的命名，它们算不上什么新事物，不过是对从古到今的西方文艺发展中两种基本美学倾向的总结。这两个术语引进国内后，我们也把它们追溯到了古代文学：屈原、李白被放入浪漫主义诗人篮子，杜甫、白居易被放入现实主义诗人篮子。现实主义的要义是，客观真实地再现社会现实。但这种理论涵义，风行了一个世纪之后，被认为在表现复杂生活经验和内心体验的审美要求方面无法满足现代人需求，而被现代主义思潮夺走了主流话语权力。现代主义将城市作为自然发源地，以反叛作为理论标签，主张表现非理性的"诚实的意识"，而与之前的现实主义划清界限。但这界限真的能划清吗？后来的情况表明，现实主义并没有被更新潮的现代主义取代，两者之间，有许多分叉，也有无数的咬合和交融。到 20 世纪 60 年代，法国理论家罗杰·加洛蒂认为，当传统的现实主义主张，无力解说现代意义上的文学艺术形态时，应该扩大现实主义的定义，赋予现实主义以新的尺度。也就是说，现实主义的涵义可以在自己允许的范围内无限扩张，他提出了"无边的现实主义"。

我们一直在谈诗歌的现代性问题，而不是现代主义，是因为，现代主义通常被当成了西方文学20世纪上半叶那一段带有特殊时代烙印的文学现象。现实主义虽然更早出场，但一直在被完善，尤其被罗杰·加洛蒂赋予了新的尺度之后，似乎依然是全新的。按他的观点，已经没有非现实主义的艺术。似乎所有当代艺术，不过是现实主义在不断变换面具而已。其实，在人们眼里更早就被现实主义取代的浪漫主义，也从来没有退过场，只是在不断变换面具表演。在哈罗德·布鲁姆眼里，现代主义大师艾略特，玄学派诗人史蒂文森，其实也是隐秘的浪漫主义诗人。奥克塔维奥·帕斯也认为，浪漫主义所有的诗歌、情爱与形而上学的伟大主题都被超现实主义者接了过来，并使其达到极致。所以，当罗杰·加洛蒂说，已没有非现实主义的艺术时，我很想说，谈到诗歌艺术，从来就没有非浪漫主义的诗歌。尤其在今天，这无边的现实中，还坚持百无一用的诗歌写作的人，无论其诗歌以何种现实的面孔出现，他骨子里的填充物都是浪漫主义理想。不妨说，所有诗人都是浪漫主义诗人。当然，我们在诗歌写作中需要坚决剔除的，是矫饰和浮夸等传统的浪漫主义诗歌表现手法。今天，对一个心智成熟的诗人来说，在诗歌美学上，不应该再持有简单的进化论思维，非此即彼的美学流派思想。我提出的地方主义诗学，骨子里也反对各种停留在狭隘的诗歌美学意义上的流派标签，而让诗歌回到与人、现实、语言的关系中去，回到存在的线索上去。至于他在诗歌中具体用何种表现手法，并不重要。虽然，如你所说，城市诞生了现代主义，城市是今天最大的现实，但并不意味着，我们谈论城市诗，需要在狭义的诗歌表现手法上，浪费太多口舌。

2016 年 10 月 27 日，长沙

第四章　徐芳的城市诗学与城市诗歌

　　徐芳在上海生活，在上海写诗，同众多上海诗人一样，低调，自甘边缘化，虽然也被冠以这样那样的称号，但在当代诗歌喧闹纷杂的语境中，丝毫不显山露水。然而，许多事情就是这样悄然发生变化的："在多数人敌视城市的时候，在多数人困守农耕意识的时候，诗人的感触已经先行，她捕捉着中国城市化进程的丝丝缕缕，给了中国大规模城市化进程在文学中得以显现的机会"，其诗歌创作"呈示着中国文学都市书写的某种新的语法形式和可能情态"。[1] 事实正是这样。近年来，《徐芳诗选》（2007）、《上海：带蓝色光的土地》(2009)、《街头即景》(2011)、《日历诗》(2014) 等诗集开始密集出版，理论文章《被矛盾折磨的诗歌现实》(1987)、《今天我们该如何写诗》(2013) 等先后发表，逐渐形成了自己稳

---

[1]　葛红兵：《诗人：如何与生活和解——评徐芳诗作〈写给儿子的三十七首诗〉》，《诗歌月刊》2012 年第 7 期。

定的诗歌书写对象、表现方式和诗歌理想，引起研究的关注。我们当然可以认为这是徐芳个人写作的积累、集中展示和理论提升，是徐芳对自己所在城市个人书写的深入，但若将她的诗歌创作与诗学探索放置于近百年中国现代城市诗历史脉络中进行考察，乃至与 20 世纪 80 年代上海"城市诗"派进行更对位的比较，我们会发现，作为一个自觉的"城市诗人"，徐芳在极其自然以及个人化的思考与写作中，已将萌发于上海这个城市的城市诗引向了新的状态，开启了一种新型城市诗学的个人探索，具有特别的意义。

第一节　新的城市诗学的探索

作为诗人，徐芳的诗学理论文字很少，主要集中在《被矛盾折磨的诗歌现实》（1987）、《诗人状态》（1995）、《我所认识的诗歌》（2004）、《今天我们该如何写诗》（2013）、《谁会拥有"田纳西"的那个"坛子"？》（2013）等少量文章，以及几首带有"诗论"性质的，比如《玻璃鱼缸》《十二月五日，苏醒的歌唱》等这样的诗歌中，但我们还是有理由认为，徐芳已经形成了属于自己城市诗学思考，并践行在自己的创作中。《十二月五日，苏醒的歌唱》写道："所谓庭花/所谓乱红/所谓黄昏/所谓伊人/用不着栏杆拍遍/我要表达的一种情

绪/来自另一个时间、地点"，我们似乎可以把它看作徐芳城
市诗学"宣言"。《玻璃鱼缸》写道："在玻璃的两个层面上/
人类、鱼族和草/按同一种节奏/生长、衰老，然后死亡/垂直
的影像被吸引/又被拒绝/一堆摇曳的团块/一个虚假的雕刻/
我们巨大的膂力/都无法粉碎这块玻璃。"有研究者认为，这
首诗"突破了人们表达城市诗意的传统视阈，从而将现代城
市这一审美对象置于一个无比广阔的自然生命领域。也就是
从这首诗中，我们看到诗人已经打造出了属于自己的独特的
城市诗歌观"。[1]　这个发现是准确的，徐芳的诗学探索和诗歌
创作共同构成了她的"独特的城市诗歌观"。

　　创建关于城市的"纯诗"，是徐芳城市诗学的根本目标。
"纯诗"概念来自瓦雷里，但徐芳只是借用，她其实探讨的是
诗歌如何用"城市"的美学与语法，如其所是地来表达"城
市"这个新的诗歌对象的问题。在《谁会拥有"田纳西"的
那个"坛子"?》中，徐芳说："我所面临的最大考验：找不到
合适的诗语，合适的诗写方式，来对接太庞大、太无序、太
斑驳的当下都市生活"，因为，"毕竟，之前并没有一个蔚为
壮观的城市诗的话语系统，可供参照与评判"。"合适的诗语，
合适的诗写方式"，应该就是徐芳理想中的关于城市书写的

---

[1]　李友亮：《城市诗域与"第二自然"——论徐芳诗》，《文艺理论研究》
　　2011 年第 4 期。

"纯诗"，但是建立这样的"纯诗"却面临种种考验。

徐芳的考验至少包括三个方面。第一个方面，当下都市生活太庞大、太无序、太斑驳、太陌生，对于我们绝大多数中国人来说，似乎一夜间过上了"别处的生活"。这个领域，就是徐芳所说的"另一个时间、地点"，认清它们、习惯它们并喜欢它们，还尚待时日。第二个方面，面对大城市、都市，不仅我们的生活没有准备好，我们的诗学也没有准备好，到现在没有一个成熟的话语系统可供参照与批判来表现它们。我们现有的话语系统，或是来自传统农业时代的"田园诗学"，或是来自西方饱含反思与批判城市内容的"现代主义诗学"，当然还有来自各个不同时期的"政治诗学"等。面对城市，我们还更习惯借用上述话语系统去描绘它们、评判它们。借用这些话语系统表现城市是容易的，就像我们近百年的城市诗发展演变那样，但这种写作带来的结果要么具有喜剧性，比如，许多时候，我们看到的是外滩，写出来的却是南山，"就像不同插头插口中的/电，无法被接到一起"（《往事》）。要么具有荒诞性，比如我们一直在享受城市生活的便利，醉心于它全新的人工美，但我们却不断拒绝、斥责甚至污蔑城市，在我们的城市诗歌长廊里，它竟然呈现出那么多狰狞、堕落或不恰当的浮华面貌——这显然不符合我们的城市生活经验。对于个体诗人来说，对城市的体验和描绘出现"翻手为云覆手为雨"现象也比比皆是，比如郭沫若，他一时惊呼：
"大都会的脉搏呀！/生的鼓动呀！/……哦哦，/二十世纪的
名花！/近代文明的严母呀！"（《笔立山头展望》），一时又哀
叹："我从梦中惊醒了！/Disillusion 的悲哀哟！//游闲的
尸，/浮嚣的肉，/长的男袍，/短的女袖，/满目都是骷髅，/
满街都是灵柩，/乱闯，/乱走。/我的眼儿流泪/我的心儿作
呕。/我从梦中惊醒了。/Disillusion 的悲哀哟！"（《上海印
象》）。第三个方面，如何在城市的喧嚣与噪杂之下发现
"诗"。并不是简单地接受城市的喧嚣与噪杂，或者相反，就
可以写出一首诗，简单粗暴地赞美城市或者诋毁城市，这样
的诗歌太多了，关键是要在反对城市的喧嚣与噪杂之下发现
被"掩盖着的诗情"，或者赋予喧嚣与噪杂本身以"诗情"。
这个"诗情"必是不同于古典时期，但是它又必是在古典与
今天都是通用、具有相同的审美结构和深层秩序的东西；同
时，它们"和古典时代有着许多人之为人的相通之处，却也
有了更多的、城市所赋予的相异之处"。[1] 如何打通"相通之
处"与"相异之处"？徐芳引入了"共时"概念。她借用张九
龄"海上生明月、天涯共此时"和苏轼"千里共婵娟"这两
个现成的"共时"例子切入，承认这种"共时"是古代生活

---

[1] 徐芳：《诗人状态》，《华东师范大学学报（哲学社会科学版）》1995 年
第 5 期。

的诗情，在今天依旧具有诗意，然而当代城市却有属于自己的"共时"，比如"电视"画面、数字技术等。同样是"共时"画面，城市的共时与古典的共时有巨大的不同，但是她又是"属于诗的，如同数千年前即属于诗一样"。[1]

创建理性的"城市诗"，首先得修复"人与城市"之间的关系，这种关系已被各种"先锋派""现代派"包括"城市诗"派们撕裂、分离很久了。重建人与城市和谐的关系，是徐芳城市诗学的第二个方面。在这里，她从人与自然的关系入手。徐芳说，她可能既非波德莱尔的那一路，亦非浪漫主义和唯美主义那一路，她更欣赏俄罗斯著名作家普利什文的自然观，但"唯一相异的是，普利什文所考察的是置于非人工化的、第一自然的背景之下的，而我将考察的动植物的生命则是置放于充分人工化的、城市化的第二自然之中的"。[2] 在这里，城市是充分物质化的，有许许多多的物化的代名词：速度和网络共享系统、立体化和信息高速公路、层次化和摩天楼群……但是，我们仍旧可以"把城市理解为上帝全新的杰作"，另一种"自然"，如同"第一自然"，它同样是"上帝的创造"、自在之物。而在"城市"这个舞台上，

1　徐芳：《诗人状态》，《华东师范大学学报（哲学社会科学版）》1995 年第5 期。

2　同上。

"我们和城市中的动植物们既是舞台上的舞者和歌者，又是舞台下的观者和听众"。这里，徐芳本来要说的是，人如何同城市相处，但却同时揭示了一个重要的事实：作为诗人，或者城市人，他/她应既是城市的舞台上的舞者和歌者，同时还应是观众和听众！也即是说，城市既是诗人的表现对象，也应是诗人的生活背景与内容；诗人既是城市的生活者，也应是城市的欣赏者，二者互为表里。

城市诗是现代都市文明的产物，它在处理个人与城市之间的空间关系同时，也要处理个人与生活流之间的时间关系——这也是徐芳城市诗学的第三个方面，不过这方面的思考主要以《日历诗》的有意味的形式来间接体现。

《日历诗》按照"四季"时间线索来结构自己的作品，表面上看，这种划分简单粗暴，它既非天文划分法（3月21日、6月21日、9月21日、12月21日为节点）、也非气象划分法（3—5月、6—8月、9—11月、12月到来年2月为时段）、传统划分法（立春、立夏、立秋、立冬为节点）、农历划分法（正月初一始，阴历1—3月、4—6月、7—9月、10—12月为时段），当然更不是按照候温划分法，而是完全按照阳历的季度工作时间方法，即生活时间等同工作时间方法，但实际上，在这个"现代化的工作季度时间"板块内部，又并行着一个农历时间，比如"年"（《一月一日，元旦，年的变形》)、"农历腊月"(《一月四日，农历腊月，阳光残忍》)、"农历小寒"(《一月六日，农历小寒，一剪梅》)、"农历腊八"(《一月十一日，农历腊八，煮腊八粥》)、"农历春节"(《二月三日，农历立春，立春时分》)、"农历惊蛰"、(《三月五日，农历惊蛰，地气》)等，两种时间并存。"对于人类来说，时间从来不是中性的。时间是充满感情与精神色彩的现象"。[1] 农历时间是循环、无休止、永恒的时间，这种时间结构下的叙事，是一次性的叙事，也是反复性的叙事。它的时态是现在进行时，意义与感情却指向过去，表明过去、现在和未来的同时性，代表着一种对恒常与不变的追求。公历时间是一种线性时间，是一个以初始事件为标志、永远向前的时间，一种革命化、去旧布新的时间，代表着对过去的超越和对未来的承诺。在《日历诗》这里，两种时间却糅合起来，这意味着诗人的每一种、每一次城市生活都得到两种不同的体验：永恒的，也是永远第一次。它们指向过去，也指向未来，但在两种时间交错中，它最终指向了现在。

第二节　生活化的城市书写

以一个城市的生活者与观察者的身份，努力创建一套适

---

[1]　曲春景、耿占春：《叙事与抒情》，学林出版社 2005 年版，第 137 页。

合城市自身的语法系统、"纯诗"去表现城市这个自在之物、"第二自然",是徐芳城市诗学的核心内容,也是她在城市诗歌创作上的具体体现。需要指出的是,徐芳的许多城市诗并没有刻意地去表现城市。就她生活的城市而言,一些在其他城市诗中反复出现的城市标志,比如外滩、黄浦江、东方明珠、南京路、外白渡桥、浦东、咖啡厅、跑马场、水门汀、殖民、十里洋场、罗马数字、狐步舞等物象与意象,极少出现,相反,一种琐碎的、日常的、当下的生活,比如成长经历、爱情心理、家庭生活、街头即景等反而构成了徐芳诗歌的主要内容,仅"写给儿子"这个题材就有近四十首。但我们也要相信,作为一个自觉的城市诗人,"不管一切如何显示/都将触及一种存在"(《是真是假》),而且,在很多时候,"城市"虽没有出现,但"城市"却历历在目。

在,且属于城市,这是理解徐芳城市诗的一个重要入口。"我也像一只灯泡/像生活里的某些小事/如水一样/如电一样/被串联在一起/流了过去/闪了过去/在一条路上/甚至在一根线上……"在《国际劳动节,一串彩灯》这首诗中,徐芳表达了一种理想的人与城市的关系。首先,"我"是上海这个城市的观察者、带领读者走进"城市"世界的眼睛。其次,我是上海这个城市的欣赏者,与读者一起分享城市这个新鲜事物带来的各种体验:"一串彩灯/突然,被点亮/就像一阵风穿过/大街，一条旧路/却像梦境一样/闪亮如新"。最后，"我"还是这个城市的一部分："我"如灯泡，如某些小事，如水亦如电，虽小，却不可或缺，谦卑而自信，美丽且重要。作为城市生活一部分的、一个快乐的观察者，徐芳的观察也是日常性的，细节性的，充满喜悦。

捕捉城市新的生活方式，发现属于城市自己的生活特征，是徐芳作为一个自觉的城市诗人所做的主要工作。她注意到了一种新的生活方式，虽然这种生活方式已经由城市引领在这个时代蔓延。比如，我们现在过的是"一次性的快餐生活"："一次性的筷子/一次性的纸杯/那些一次性出现的/人——突然冒出/又很快，一个/接一个失踪"（《快餐店》）；我们都是面目模糊的"那个人"："或许像一张一览表/或许像一个分类架/或许像个中介/或许像个代理人/他从各种各样的事物间/匆匆走过/每天我都能/在街上碰到那个人/不过每一次/他都有一张不同的脸"（《那个人》）；我们的人际关系不再稳固了："——不都是/家门口饭馆里/超短期的服务员吗/下次，可还得问：/你找谁？"（《你找谁》）我们的生活"喧嚣而嘈杂"，但"喧嚣而嘈杂"之下有一种特别的美："一袭红裙的摩登女郎/铿锵有力地穿过马路/引起一阵汽车喇叭大赛/蹬脚踏车的少年/自顾自地/在路缝里辗转腾挪/转眼间就飞出了视线"，而"我"呢？"我用尖尖的鞋跟/踩着横线/或者用脚尖蹭着人行道"(《街头即景》);我们的生活不仅有"实在"的一半,还有既是"虚拟",又是实实在在的一半,而不是李白、杜甫他们那个时代与现实生活分离的"梦想"与"幻想",比如"网聊"(《网聊》),比如"电邮"(《鸿雁》),比如"在游戏里开车"(《在游戏里开车》),这些"真实"的虚拟生活,存在已久了,现在终于没有征得李白、杜甫的同意,以生活的名义进入了诗歌。它们属于这个时代,属于这个时代新的生活,因此,它们有理由也应该进入我们这个时代的诗歌。

赋予城市琐碎的、细微的日常生活以存在论的价值,或者将过往"崇高"的部分以城市的名义赋予别样的价值,建构一种"审美的城市意识形态",这是徐芳要做的工作。类似"虹桥机场"这样的宏大的物象,在政治抒情诗那里,它会是祖国繁荣昌盛、民族伟大复兴的见证;在追慕现代化那样的诗歌里,它会是奇观;在现代主义诗歌那里,又可能是怪物,人类异化的巨大象征。但是在徐芳《虹桥机场》里,诗人看到的是各种美丽:"那些白的、黄的、红的飞花/她们的轻盈与沉重/闪烁的眼神/灵巧与笨拙……"飞机是美丽,轻盈的,"一群小女子/只把轮胎当鞋穿,多么迅疾/快飞!"这是多么奇妙的眼睛。在《煮妇》中,诗人又带我们领教了什么是城市家庭妇女的"幸福",什么是无意义的意义:"如米倒入米缸喧哗/青菜滑进油锅爆响/有一种吵闹，的确/让我愉悦"。这种带有都市体验以及都市日常生活审美化价值观的观察，是过往田园诗歌、现代主义诗歌、政治诗歌甚至"城市派"诗歌不曾有的，甚至是反对的。"关注城市文化背景下人的日常小心态（包括反常心态），促成了诗与个体生命的对话，容易变得琐碎或失去崇高"，三十年前"城市诗"派所担心的事情，在徐芳这里恰恰是现实，这是徐芳的城市诗学与"城市派"城市诗学又一个分歧所在。

用城市的方式去体验城市，这是徐芳城市诗学中"纯诗"的努力所在。我们发现，她的观察是体验性的，而且这种体验来自对城市新生活的新感知，一切带有"发现"和"重新发现"意味。比如，诗人带领我们重新认识了"空气"："薄荷味的空气——/它好像奶油蛋糕般蓬松！"（《向往》），这个"空气"绝不是农业时代的"空气"。重新体会了"不安"："或像几百辆汽车/杵着一条小街/铺天盖地的喇叭声/让树叶抖得像眼皮"（《不安》），这也绝非农业时代能够体验到的"不安"。体验了"自由"："乘着这片秋风/像站在落叶的滑板上/你独自冲过了城市广场"（《滑板少年》）。相同的生活经历，在不同的时代、不同的地点会有不同的体验，《地址不详》或许给我们的感觉就是如此："微微闭拢。疲倦的阳光/静默。不停眨眼的信号灯/下车时，却只见/微风已变成尘土。

黄沙/悄悄，把溪流挥霍得干净。"访友不遇，这是一个人类生活中会反复出现的怅惘而又美丽的经历。这种经历我们在《鹿砦》和《寻隐者不遇》这样的诗歌意境中领略过，但在城市又如何呢？我们发现，它们竟那么不同而又相似——这就是徐芳所说当代与古代、都市与田园之间的"共时性"或相同的秩序吧？

第三节　徐芳的诗歌与诗学引发的思考

"城市诗歌是以现代人居住在现代化城市中的生活为主题，通过表现现代城市生态和生活在其中的人生存状态来传达诗人对城市生活以及它所创造的城市文化的审视与批判的诗歌。"[1] 在少有的关于"城市诗"定义中，这个在思路和语式上都模仿"现代派"定义自身的概念具有相当的代表性，但局限性也显而易见。第一，就世界范围来看，"诗人对城市生活以及它所创造的城市文化的审视与批判"的确是现代主义文学的主流，甚至"城市"一词本身在西方文化中就包含有敌人、复仇和恐怖等负面意味和价值，也诞生了类似《恶之花》《荒原》等这样的经典作品，并且深刻影响了中国城市

1　李棠：《从"地理之城"到"心理之城"——试论中国城市诗的发展历程》，四川大学硕士论文，2005 年。

诗及现代诗歌的进程。比如，郭沫若的《上海印象》《上海的清晨》、李金发的《里昂的车中》、徐迟的《春烂了时》，等等作品，无论从表现手法和艺术观念，还是从城市观念来看，都能找到现代主义、波德莱尔、艾略特等的烙印。但是，在"审视与批判"之外，也不乏大量对"城市生活以及它所创造的城市文化"的赞美，我们依旧以郭沫若、徐迟等为代表，他们也唱出了《笔立山头展望》《日出》《二十岁人》《都会的满月》等这样热情洋溢的赞歌。放眼当代，更有从政治清明、经济发展的角度赞美社会进步的大量主旋律作品，仅就上海这个城市而言，就有黎焕颐、宫玺、白桦、赵丽宏、季振邦、张烨、韦泱、姜金城、宁宇、刘希涛、缪国庆、吴钧陶等人对改革开放新成就、城市复兴新气象、城市建设新面貌等诸方面的讴歌，大气磅礴，乐观向上，许多诗歌可圈可点。第二，既然城市是"现代工业文明创造的都市文明的产物"，城市诗在"审视与批判"它的母体——"城市生活和城市文化"的时候，为何不能对这种明显不同于"田园"的生活表达自己真诚的热爱与渴望呢？概念是诗学的集中体现，显然上述"城市诗"概念未能准确概括出中国城市诗创作实际，是其不周延之处；同时，它仍旧以不切现代城市生活体验实际的诗学标准来规训中国城市诗的创作，也是其遗憾之处。这种城市诗学与城市生活体验的错位，集中体现在"城市诗"派的诗歌创作和诗学主张上。

20 世纪 80 年代，一群上海大学生打出了"城市诗"的旗号，宣称要"替诗这个享誉千古的自然神，在我们的城市环境里造一张好的现代产床"。[1] 这是再好不过的，在城镇化、现代化如此迅速的今天，又在中国最大的城市上海，出现这么一个城市诗歌运动，简直就是众望所归，不久就有学者给予这些诗歌先锋中国"第一个真正意义上的、自觉的'城市诗'团体"的文学史地位[2]，而他们的先锋诗学主张和创作，则被认为标志了"城市诗学的确立"。[3] 这样看来，中国"城市诗"似乎在理论和实践上都成为一种完成时态，摆脱了面对城市这个诗歌对象"诗学无能"状况。然而，事情似乎没有那么简单，三十年过去了，我们再回头考察"城市诗"派的"城市诗学"，我们会发现，它依旧不是我们理想中的"城市诗学"，在某种意义上，它甚至是一种"反城市"的城市诗学。

虽然"城市诗"派诗人承认，他们生活在城市，作为诗人，对发生在城市中的一切怀有特殊的敏感是天经地义；生活的城市化进程为城市诗提供了最为直接的文化背景，诗人

1　宋琳、张小波、孙晓刚、李彬勇：《城市人》，上海学林出版社 1987 年版，第 147 页。

2　刘世杰：《走向边缘的诗神》，山西教育出版社 1999 年版，第 167 页。

3　王书博：《上海"城市诗"派研究》，西南大学硕士论文，2014 年。

所参与的生活是从事城市诗的唯一艺术空间。但是，他们却自觉不自觉地把自己推向了城市的对立面，以城市的"异乡人""他者"甚至"征服者"自居，比如张小波的《城市和它的驯兽师》等。要么去"征服"城市；要么自我放逐："渴望'全面卷入'，又被一只手不客气地推出。那种不是产生于逃避而是产生于向往的孤独，便是城市诗得以出现的心理肇始"，这种人与城市自觉的敌意，使他们成为城市里的异乡人。李劼在《城市诗人与城市诗——读〈城市人〉》中指出，"四位诗人没有一个具备城市人的心态"。我们可以这么认为，对于城市诗而言，"城市人的心态"比"城市人"的居民身份更重要。也可以这么说，"城市人的心态"相对于"城市诗"，无异于"女性意识"之于女性主义文学、革命意识之于"革命文学"，重要性不言而喻。而徐芳，在这个关键的地方恰恰没有丝毫犹疑，她自然地也几乎是天然地与"城市"水乳交融，发自真心地、毫不纠结地成为城市的表演者和城市的观众。这是徐芳的一小步，却是中国诗歌走出农业意识、启蒙意识和现代主义意识的一大步。为什么是徐芳？除了徐芳是一个土生土长的城市人，爱城市（上海）就是爱家乡之外，有个细节被人敏锐地捕捉到了："徐芳的心智、情感的成长期，很少或较少受到'十年浩劫'的苦难和沉重的影响，她完全是属于新时期这派比较清明、比较开放、比较斑驳多样的新时代的……其次，徐芳的生活经历.看来比较单纯……一直到现在，她的生活领域似乎不出丽娃河畔"。[1] 这个特殊的经历不能保证徐芳一定会成为最优秀的城市诗人，但是的确有助于她成为一个优秀的城市诗人。

"城市诗"派这种人在场而心不在场、身体卷入而心灵抗拒的状态，导致"他们生命的心理结构和诗歌的审美形式之间，产生了严重的断裂。为了弥补这种断裂，他们不得不扮演了城市人的角色，戴上了城市人的人格面具写作他们认为的城市诗。确切些说，他们上演的是一场假面舞会。"[2] 我们认为，他们并没有建立起一个更和谐的城市与人的关系，相反，他们加大了人与城市的裂痕，而他们的"城市诗"，在很大程度上是反对城市的诗，当然，"反对"在很多时候是"反思"的代名词，它同样有价值。同样他们也不会以欣赏、赞美乃至同情性理解的方式去表现城市，但诡异的是，他们以为自己正在努力为城市代言，创建属于城市的"城市诗学"，因此我们也可以说，"城市诗"派也没有建立起所谓新型的"城市诗学"，它们的创作仍旧属于"反寻根""反/新启蒙"等"先锋文学"潮流中的一支。

---

1 曾镇南：《徐芳的诗漫评》，《华东师范大学学报（哲学社会科学版）》1995 年第 5 期。
2 李劼：《城市诗人与城市诗? ——读〈城市人〉》，《诗刊》1989 年第 1 期。

为何中国在相当长时间内有城市却无城市文学、"城市诗"？有学者指出，"现代城市显然有一系列的现代文明标志，例如，摩天高楼、街道、交通工具，代表现代生活的消费场所和娱乐场所。在新中国成立后相当长的时期内，没有现代意义上的城市，那些被称为大中城市的地方，实际不过是乡村的简单相加，或者说是乡村的放大而已。因而也就不可能有真正意义上的城市生活"。[1] 姑且我们不讨论什么是"真正意义上的城市生活"，问题也显然没有这么简单。没有城市生活，显然不会有真正意义上的"城市文学""城市诗"；但是有了城市生活，如果没有发现城市的眼睛、体验城市的心灵以及表现城市的能力，城市依旧不过是"放大了的乡村""错误的乡村"，甚至是"堕落了的乡村"、不可理解的异己，乡村化、批评或者眩晕，或许是本能的选择，就像我们现当代文学史上经常做的那样，"现代派""新感觉派"如此，"城市派"诗亦如此，左翼诗歌如此，打工诗歌也是如此。我们认为，理想的城市诗"绝不只是城市场景和生态的一般性描述，而是城市日常生存中内在的心理体认，是诗人与城市生态的相互容纳中，一种城市化了的情感立场、艺术方式和审美趣味。体现了城市文化与诗人的心灵叠合后，一种独立的精神

1　陈晓明：《文学超越》，中国发展出版社1999年版，第66—67页。

文化生态单元"[1]，徐芳的诗学与诗歌正努力于此。城市诗学是城市诗学，批判城市的诗学是批判城市的诗学，就像我们承认田园诗是田园诗，而不把批判田园的诗也称为田园诗一样。

在强大的农业诗歌、现代主义诗歌传统面前，发现、体验与表现城市本身并提炼出属于我们这个时代的城市之美，甚至努力创建一种与乡土田园诗学、现代主义诗学等并立的新型城市诗学，难能可贵，在这个意义上，徐芳的城市诗之于城市，就像张爱玲、王安忆、金宇澄的小说之于城市一样，都代表着某种柔韧而又坚定的新型城市诗学探索。这个工作，并非徐芳一个诗人能够完成。面对新的表现对象，徐芳也并非一个人在战斗。毕竟，"城市，让生活更美好"，不仅是一个时代的现实，也是一个时代的理想。

1　燎原：《城市诗与智能信息空间》，《星星》1998 年第 7 期。

附录　徐芳访谈

城市诗必须具有当下的城市的形态，城市生活的形态
——关于中国"城市诗"和"城市诗派"的问答[1]

徐芳　许道军　魏宏

1. 许道军　魏宏：徐芳老师，您被认为是当代自觉的城市诗人，在城市诗创作和城市诗学探索方面取得了重要成就，但我们发现，同样被称为"城市诗人"，您的城市诗创作与上个世纪同城的"城市诗"派风格迥异，在诗学方面，又与"城市诗社""新城市诗社"的理念有很大不同，您能谈谈您理解的城市诗是什么样子吗？

徐芳：要回答我心目中的城市诗是什么样子，首先，我觉得可以从我十分喜爱的日本当代诗人谷川俊太郎谈起。他是个十分奇怪的混合体，在社会生活中，像个街垒斗士，但在诗歌实践中又绝然排斥生活中的热词、酷词。他觉得诗存在两种本体：社会本体与宇宙本体。我十分赞赏他的说法，只是想把他的宇宙本体，改为生命。

持社会本体论的有惠特曼、勃洛克，持生命本体论的有

1　此文原刊于《雨花·中国作家研究》2017年第2期。

狄金森、普拉斯，而有些诗人的创作可能复杂些，比如聂鲁达，他的《伐木者，醒来吧》是典型的社会本体论，而他的《我喜欢你是寂静的》，则又是典型的生命本体论。所以，我觉得好的城市诗，它应该是从生命本体出发的，有一种生命向度的存在，这种存在的状态无论是呐喊或喟叹，爆发或深匿，都和生命的本源与衍化形态相关。其次，毫无疑问的，它必须是城市的，而且是当下的城市的。它必须具有当下的城市的形态，城市生活的形态。

在上述两点的基础上，每一个诗人都可以做出自己的艺术探索，而我的探索是围绕几个问题而展开。

问题之一：如何处理第一自然与第二自然的关系。城市是第一自然与第二自然的混合体。就一般而言，我们将那些未经人工改造过的自然，称之为第一自然，而将那些沾染人工痕迹的，自然称之为第二自然。在法语中，有一个饶有理趣的语词现象，即"自然"一词，具有两方面的意义：当它以小写的字母开头时，它指的是大自然的存在；当它以大写字母开头时，它指向的是人的生命的自然存在，并包含人自身的所有存在物之总和。法语的这一"自然"的释义，也可视作我们对历史中的人的自然观察的逻辑起点。

在我们这片母土上，对第一自然的把玩咂摸的诗篇可说不胜枚举，也许和道家有关："道之为物，惟恍惟惚。恍兮惚兮，其中有物；惚兮恍兮，其中有象；窈兮冥兮，其中有精；其精甚真，其中有信。"而所谓"恍惚""窈冥"，无形之义也。所谓"物"，谓物质也。所谓"象"，亦物也。所谓"精"，种子也，物生之原也，即所谓"物"也。言道体无形，而其中有万物之所以生之种子也。亦即与道生万物，万物取法自然，因而万物皆自然之说，不谋而合。

2. 许道军 魏宏："城市诗"是一个相对的概念，您觉得城市诗的他者是谁，或者说城市诗，自觉作为一种什么的"他者"而存在？

徐芳：或许，在风格上，"城市诗"也有"大江东去"与"小桥流水"之分，但骨子里却可能都潜行、匍匐于第一自然的笼罩之下。那么，"城市诗"的"他者"，是否就一定是那些以第一自然作为表现对象的诗歌作品呢？第一自然与第二自然，是否就一定是一种相互排斥和否定的关系呢？我的看法恰恰是否定的。回到生命本体论上，让我看到了生命本源中的自然崇拜。对自然的亲近、敬畏乃至崇拜，这种情感、这种愿望也许从来没有远离过人类。列维-布留尔在《原始思维》中予以了详尽的论述。对人类来说，与自然和谐相处，远比征服、掠夺、占有自然更为重要。在终极的意义上，自然是无法征服，也无法超越的。认清了这一点，也就认清了第二自然的价值所在。它仅仅是人类漫长历史中的不同驿站的风貌而已。

在我的创作实践中，是有意识地、自觉地引进第一自然的存在物的。河流、阳光、花、茶叶、金鱼、雪、天空……它们与晕眩、无奈、离散、无中心感、匿名、无方位感，那些城市症候，水乳交融般在同一个纸上空间展现。

请看这首只有三段的《星期日：茶杯》：

一只瓷杯里泡着

整个上午的天光

洗衣的……

做饭的……

走来走去的廊间

消失了

风的呼啸

从沉寂的杯底

窜起一些灰黄的叶片

那是茶——

从春天的树间摘下的

生命……

娇嫩的爱……

一片嘴唇无意中沾上

这销蚀的灵魂

它大声地噗噗吐出……

——整个下午便只有一种沉降的运动

第一自然仍然强悍地存在，那句"从春天的树间摘下的/生命……/娇嫩的爱……"力图在水泥砌就的四壁里，打开一扇远眺"牧野"的窗，那里有最原始最庞大的第一自然。但最终我们还得回到这个"星期日"，这个"茶杯"，这种特定的城市生活的状态之中。意义或许存在，或许并不存在，但整首诗却充满了对特定的城市生活的自嘲：有时（当然不是所有的时候），比如说这个下午，就只剩下"一种沉降的运动"。

那些灰色的词语，比如"泡着""迷失""审起""噗噗吐出"，既勾勒出一种困惑的生存状态，同时又与充满生命质感的"春天"和"树间"构成了一种反讽，一种如同凡高笔下抽搐的、反抗的蓝色的反讽色调。全诗也许因此而隐隐传递出现代城市生活对人的生存方式的一种异化，一声浅浅的对于回归自然本真状态的喟叹。

　　我的这种艺术尝试，与"现代城市诗"的鼻祖波德莱尔的美学趣味，显然是大相径庭的。波德莱尔触摸着、梳理着巴黎的肌理，但总有一种比忧郁更忧郁的绝望弥漫于街衢之间、砖石之上。在巴黎，他看到的自然存在物都是丑的、恶的。天空像裹尸布，千万条线的雨水，变成了像监狱的栅栏的无数铁条，晚祷或晨祷像可怕的幽灵的长啸，而整个世界索性变成了潮湿的囚牢……

　　我可能更倾向于欣赏博尔赫斯在城市诗方面做出的艺术努力，在博尔赫斯笔下的布宜诺斯艾利斯，既有着现代城市所带给人的那种迷乱、晕眩、无奈，但又让人趋之若鹜、无法避舍。他在《城市》一诗中写道：

　　　　就像一块燃烧的煤

　　　　我永远都不会丢弃

　　　　尽管烧到了我的手……

　　他还对城市的形态既做了物理性的描摹，又进行了精神性的嘲讽和鞭挞：在布宜诺斯艾利斯"横向的轴线优于纵向的轴线"，这个城市的房屋建筑都是清一色地蹲伏在那里，很胆小又很骄傲，其住户的"宿命论"思想，也在砖瓦和泥灰上表现出来。而博尔赫斯的城市诗，最让我感到亲切的是，在他的关于城市诗寓言式的或左拉式的描摹中，总离不开一个第一自然的意象：日落景象。日落景象是一个中心的、主要的意象。也就是说，正是通过"日落景象"，博尔赫斯的许多城市诗，将第二自然与第一自然熔铸成一个崭新的富有参差变化的艺术整体。

而在诗歌的语言实践上，我也有意识地尝试着将第一自然与第二自然杂糅整合在一起。评论家方克强先生在我的诗歌作品研讨会上，曾经这样说过："徐芳的语言自然流畅，但是又有一种动感，又有一种节奏。她的自然表现在什么地方？第一自然是天然自然，第二自然是人工自然。我们城市水泥、马路、高楼也是构成城市的自然，但是人工的自然。我觉得她写第二自然，用的语言就是第一自然的语言，用的语言就是贴近第一自然的语言，表现第一自然的语言。所以她的文字不反复，不复杂，不搞太多词句上的技巧。她每一句都很明白，但是你连在一起看，一个词语和另一个词语之间没有空当——给人感觉明白而没有空当。而她的句子没有反复，这种纯净语句的状态就像第一自然的状态。你看每一句都不会产生一种复杂感，但是在句与句之间却留下了空白。你全部看下来以后觉得这些空白就触发了你的再思考。这种自然、朴素、清新的句子，还有一种自然人性的状态。"

3. 许道军　魏宏：您觉得"城市诗"是一个流派、思潮、风格、地方性，还是一种审美机制？您认为是有了许多自发性质的城市诗创作才有城市诗的命名，还是由于匮乏开始对一种全新审美范式/审美机制的呼唤？

徐芳：我觉得"城市诗"既可能是一个或多个流派、思潮、风格、地方性，还肯定它是一种审美机制——与城市诗一起来到我们中间的，除了要表达城市生活的新内容，还一定有着新表达的新角度、新感受，还可能同时携带来新的激发以及新的技法、新的表现方式等。

如何在城市生活形态中，建立城市诗的美学结构，从某种意义上说，城市形态已经先验地规定了城市生活的形态。那么，在这种城市生活的形态之中，最为重要的是什么呢？法国学者潘什梅尔曾如是说：城市既是一种景观，一片经济空间，一种人口密度，也是一个生活中心和劳动中心。更具体地说，是一种气氛，一种特征，一种灵魂。在潘什梅尔这段话里，中心词语是：气氛、特征、灵魂。我深以为然。

认识城市、把握城市，其实是可以从"他者"开始的。如果说"城市诗"的"他者"，未见得一定是那些咏唱第一自然的诗歌。那么，城市生活形态的"他者"，无疑是乡村生活形态。按照黑格尔的说法，如果没有"他者"，人类是不可能认识到自身的。没有"他者"的存在，主体对自身的认识就不可能清晰。乡村生活形态，正是我们认识城市生活形态的"他者"。

可以从最细微处去发现这种乡村礼俗社会、宗亲社会与城市生活的法理社会、陌生社会的差异性。比如，陌生感，是我们在城市社会中最易体会的人际感受。桂冠诗人杰夫·戴尔曾写过一篇以巴黎为背景的短篇小说《臭麻》："巴黎在麻辣的舌尖上，既清逸又浪漫，既让你如坠深渊，又欲罢不能，既让你陌生——你不认识所有的人，没有一个人是你叫得出名字的，但又让你熟悉，那熟悉的街头拐角，那行色匆匆的步履，那紧闭的每一扇窗户，你都依稀在哪儿见过。在这时，你触摸到的是庞大的城市所建立的它的美学结构：在陌生中被放逐，在陌生中追求无奈，在陌生中与陌生互相取暖，在陌生中践踏陌生但又被陌生所驾驭。城市最强悍的逻辑就是：几千万人在一起，而与你发生勾连的也就是那么几个，几十个。"

在我的诗集《日历诗》中，有一首《四月十七日，地址不详》，我努力捕捉的，也是类似于杰夫·戴尔在巴黎所遭遇的那种陌生感：车，是陌生的，因为坐错了；你是陌生的，却用很大的动静，去打开一扇门，却不是进门，而是后退；归来，那路的前方，但不知有多长多短；自然景观是陌生的，微风会变成黄土，一种流动会变成凝固；而最重要的陌生还是"你"，熟悉的"你"，却依然"地址不详"。

再比如，碎片化。在城市生活的形态中，登峰造极的碎片化可能就是时间，时间被切割成无数碎片。按照博尔赫斯的说法：生命只是一个各种不完整时刻的混合体。在这个意义上，并不存在一个完整的我；或者，极言之：我并不存在。我非一个能用现实去把握、去衡量的我。在《八月二十七日夜色》中，我表达了这层意思：

> 我的眼睛
>
> 一如这个人
>
> 一起停放在门边
>
> 还把手臂
>
> 借给了门框
>
>
> 当它们
>
> 也一起
>
> 颤抖着说出了：
>
> 走吧……
>
>
> 此一刻恍如来世
>
> 江中满月

> 长天独眼
>
> 如是，形神乃离

对我来说，城市因我而存在，或者说，我存在着看到了这个城市，但这个"我"，偏偏又是"手臂借给了门框"，变化之中的"我"。时间在此刻，又如玻璃碎片那样具有着恍惚和不确定性：此一刻恍如来世。"江中满月/长天独眼/如是，形神乃离"。因而与博尔赫斯在《剑桥》中所悟，也许就有了几分相似性："我们是我们的记忆/我们是不连贯的空想博物馆/一大堆打碎的镜子"。我认为其中一个关键词是分离，另一个关键词是破碎，它们统合在一起，体现的正是："生命只是一个各种不完整时刻的混合体。"从这个角度而言，我的整个《日历诗》诗集，就是企图整合这种断片化的时间——这每一个日子的不同时刻、不完整的时刻。抒情主人公的身份、角色，都在断片化的时间里不停地变化着、变幻着。城市，为这种断片美学提供了新的审美机制。

美国哈佛大学的汉学家斯蒂芬·欧文，在研究中国古典诗歌的文章中，曾提出过"断片美学"的概念，即他认为中国古代诗人对往事的再现，总体上的特征，它是不完整的、残缺的。斯蒂芬·欧文把它归结为"记忆本身就是来自过去的断裂与碎片。"（斯蒂芬·欧文：《追忆——中国古典文学中的往事再现》，83 页，上海古籍出版社 1990 年出版）但现在，如同爱情为罗兰·巴特的《恋爱絮语》提供了断片的审美机制一样，本雅明所阐述的城市生活的形态的离散化；博尔赫斯所阐述的：生命只是一个各种不完整时刻的混合体。以上种种，皆为"断片美学"注入了或者说打开了另一扇门，另一种审美机制。《日历诗》，或在这个意义上，也是对"断片美学"的新的艺术注解。

4. 许道军　魏宏：所有描写城市、以城市为背景、以城市为对象或涉及城市的诗都可归为城市诗吗？城市诗是新生的审美范式还是古已有之，与历史上描写"都市"的作品，比如《两京赋》《上林赋》等有联系吗？如果有传统的话，它的源头在哪里？如果没有，它的肇始在哪里，是什么促成了城市诗的产生？

徐芳：广义上说，以城市作为表现对象的诗，皆可以称之为城市诗。如果说汉朝时期的长安、洛阳，能称之为城市，那么《两京赋》（它与《上林赋》还是有着差异的）也可以称之为古典城市诗的源头之一，而古典城市诗（词）在柳永的《望海潮》中达到了一个高峰。

在古典城市诗中，是有着对城市风貌及风情的某些展示的，如《西京赋》中，张衡对巍峨的城市建筑的抒怀：长廊广庑，途阁云蔓。闲庭诡异，门千户万。《东京赋》中，他还生动地展现了杂技艺术风靡城市的场景：其西则有平乐都场，示远之观。龙雀蟠蜿，天马半汉。瑰异谲诡，灿烂炳焕。奢未及侈，俭而不陋。规遵王度，动中得趣。及至柳永的《望海潮》，更是以一种凝练、简约的笔触，将城市风貌予以了展现：烟柳画桥，风帘翠幕，参差十万人家。然而，如同斯时斯刻，城市被淹没在无边无际的牧野之中一样，无论是《两京赋》，还是《望海潮》，对城市风貌的描写，被更多篇幅的对于第一自然的抒写所包围，所裹挟，被"有三秋桂子，十里荷花"所消解、所统摄，毕竟，究其宏阔的社会背景而言，那是一个农耕社会所主导的历史时期。

世界范围内的现代的城市诗，应该没有疑义地肇始于波德莱尔。福柯曾有言：诗人波德莱尔的作品，特别是他的散文《现代生活的画家》，在打破旧的美学观念、欢呼现代世界的到来上，是标志性的。马歇尔·伯曼阐述的则更为具体，他以为，波德莱尔"使那些和他生活在同一个世纪的男男女女认识到，自己已经迈入了现代世界。在这个方面，他做了比19世纪的其他任何一个人都多得多的工作。现代性、现代生活、现代艺术——这些名词不断地出现在波德莱尔的作品中……（他的作品）为整整100年的艺术与思想的发展设置了议程"。

吉姆·麦圭根则认为，波德莱尔关于现代生活的概念在"本质上是审美性的"，因为他指出了现代生活关注的是"艺术与个人的感性认识"，而非"人们对知识的掌握"。

尤其需要注意的是，波德莱尔对现代世界的美学想象，是围绕着漫游者这一活跃的角色构建的，他们观察着巴黎街头和拱廊街内的生活，并对其作出评价，其作用被认为契合于现代人的特性。

5. 许道军　魏宏：一首"纯正的"城市诗与非城市诗区别在哪里，或者说城市诗的内涵与外延是什么？

徐芳：存在着一种本体意义上的城市诗吗？或者从另一个角度来设问，存在着一种本体意义上的诗，但作为诗的一个分支，一个诗系统下的子系统的城市诗，它的本体意义何在？在逻辑上，城市诗的异质性是它存在的理由。那么问题紧接着变成：何为诗的异质性？在诗那儿吗？显然不是。因为任何风格、流派的好诗，都有诗歌意义上的同质性，都有某种共同的规定、标准恒定在那儿。

显而易见，一首"纯正的"城市诗，它必须去接触、去梳理现代城市的肌理。对现代城市，它完全可以持矛又持盾，同时存在两种截然相反的观点：可以如德国社会学家齐奥尔格·西美尔那样做一个虔诚的城市主义者，如同一个啤酒主义者热爱泡沫那样，热爱城市的奢靡繁华、喧嚣嘈杂；也可以像本雅明那样，对现代城市所有症候进行问诊切脉，用一种艺术语言去考察它对人性、生命所导致的扭曲，所施予的伤害。在其中，肯定有许多值得诗人用诗去诠释、去观照的母题，比如说，孤独。现代城市最大的伦理问题之一：是它制造了人际交往的壁垒，阻滞着人们的沟通和了解。用社会心理学的术语来表述就是它制造了城市人半封闭的生存状态，从而制造了无处不在的孤独。

但"孤独"从某种意义上说，不正是诗人们要努力捍卫的吗？聂鲁达为了捍卫他的孤独，不惜远离母土，到大西洋的一座孤岛上去寻找孤独，拥抱孤独——谁在他需要孤独的时候，破坏他的孤独，谁就是他的敌人。

但孤独的悖论就是人还是群居动物，人与生俱来就具有群体性特征。按照拉康的"他者"哲学，人进入"镜像时期"之后，他不是通过自我而发现自我，恰恰是通过"他者"来发现自我，通过群体来发现自我。

如果能把城市病症候中的"孤独"母题，加以举一反三，层层剥笋式的辩证思考，那不就是一首纯正的"城市诗"吗？

在美国玄学派诗歌时代里，多恩就写过一首《没有人是一座孤岛》，对"孤独"进行既"形而下"又"形而上"的辩证思考。只不过可惜的是，从城市的角度而言，它不够纯正，是因为没有飘迹在城市或灿烂或鬼魅的影子。

而所谓诗的纯正性——所谓纯诗，即追求诗歌艺术纯粹美学上的价值。不难发现，追求"诗的纯正性"乃源于我国古代的诗歌传统。对此中国台湾著名现代派诗人洛夫说过："现代诗人所追求的是那种真能影响深远，升华人生，'不涉理路，不落言诠'，为盛唐北宋所宗的那种纯粹诗。"在理论上，显然接受了西方现代主义诗人的影响。美国诗人爱伦坡，法国诗人波德莱尔、马拉美等，他们都认为诗只有一种纯粹美学上的价值。如爱伦坡认为，诗的本质是一种由张力所形成的抒情状态，其效果与音乐相似。

6. 许道军　魏宏：城市诗对诗人身份有什么要求吗？对于城市诗创作而言，城市人身份、城市人意识、城市居住者身份重要吗，或者说谁更重要？

徐芳：城市诗对诗人身份肯定有特定要求，山顶洞人、半坡人肯定写不出"一日看尽长安花"，而古代的长安人、临安人，一定也写不出现代上海霓虹灯彩的光怪陆离，哥特式建筑的迷离剪影。但所有这些问题，身份也好，居住者、闯入者也好，都离不开一个关键的节点：城市意识。

何谓城市意识？或者进而言之，何谓现代的城市意识？

波德莱尔在解释现代城市的现代性时，无意中触摸到的也是城市意识的核心：现代性就是过渡、短暂、偶然，就是艺术的一半，另一半是永恒和不变。[1] 齐奥尔格·西美尔则用更明确的语言，分解了波德莱尔的意思，在《大都市与精神生活》一书中，他写道：都会性格的心理基础，包含在强烈刺激的紧张之中，这种紧张产生于内部和外部刺激快速而持续的变化……瞬间印象和持续印象之间的差异性会刺激他的心理。

我们可以从一个文学的经典母题"在路上"切入，看看在城市意识观照下的"在路上"，与在乡村意识观照下的"在路上"的差异性。

在梭罗《冬日漫步》中，路，像文中标点符号一样，随处可见。捡拾一段：现在，我们转身折回，向山下林地湖泊的边缘地带走去。这湖泊坐落在一个幽静的小山谷中，仿佛是周围山丘把大量的落叶当香料，经过历年浸泡过后榨出的果汁。湖水从哪里来，要流向何方，我们难以看出，不过，它自有它的历史，那湖中流逝的水波，岸边浑圆的鹅卵石以及沿岸生长着的连绵松树就是最好的记载者。梭罗的"在路上"，是狄金森看着鸟飞向天尽头的小路，是王维见清泉石上流的小路，是叶芝在茵纳斯弗利岛上监督的小路，是让爱情

---

1 波德莱尔：《波德莱尔美学论文选》，郭宏安译，人民文学出版社 1987 年版，第 483 页。

长成行程再举首仰望的小路，是从前的日子都慢，是乡村的缓慢、宁静、重复、单调的小路，像一首悠久的俄罗斯歌曲《小路》所歌咏的那样：曲曲折折，横在原野深处，不见人迹，少见人迹，却要固化，仿佛要完成千年的愿望。人的心理机制，在这样的小路上，也该会有一种平稳，一种类似的执念吧？会常有"停车坐爱枫林晚"之慨叹吧？

但到杰克·凯鲁亚克的《在路上》，他一语双关："在路上，我们永远年轻，永远热泪盈眶。"可这《在路上》，也风景突变：全国最蓬头垢面的人都拥挤在人行道上——空气中飘荡着茶、大麻、辣椒煮豆子和啤酒的气味。在美国的夜晚，啤酒屋里传来震耳欲聋的、狂野的爵士音乐，牛仔音乐和各种留学音乐混合在一起；就像所有的人都在说话，哪里分得清这一个和那一个。而在泪眼模糊中，一切都似乎消失得太快：也许，凯鲁亚克看到的"在路上"，既是普拉斯（美国自白派诗人）吞服了半瓶安眠药醒来时看到的"在路上"，也是当年波德莱尔在巴黎看到的"在路上"：闲逛者的视觉之路、收藏家的触觉之路、歌女舞女的飘忽之路、捡垃圾人的无奈之路，是有着拱门、街、桥、新式材料、工厂、烟囱、橱窗以及霓虹之路。人的心理机制，在这样的路上，或许会有那种怎样的躁动、紧张以及焦虑不安吧？还是同一个波德莱尔，他发现了"在路上"，在巴黎的"路上"的"内部和外部刺激快速而持续的变化"所带来的那种紧张：在这种来往的车辆行人中穿行，把个体卷入了一系列惊恐与碰撞中。在危险的穿越中，神经紧张的刺激急速地接二连三地通过体内，就像电池里的能量。[1]

如果说，乡村的"在路上"它对应的是坚定而缓慢、宁静的心理节奏，那么，都市的"在路上"它必然会培育出一种心理机制，使得自己免于这种瞬时之变、速度之变，或者可能的偶然之变给自己带来的意外打击。久而久之，都市人的心理会形成一种只关心外部的变化，或者只关心外部与自身的那段所谓的距离。这就是乡村意识与都市意识（或称城市意识）区别性的原点。

从文艺母题、生存状态而言，我们永远都在路上，这也是波德莱尔所言的"永恒的另一半"。而我们观照的都市的"在路上"，它不仅仅有物理学方面的意义，城市地理学方面的意义，它还浓缩了或者说象征了城市意识的建立和觉醒。它是生存状态，也触及都市生存的本质；它是生活中的某种过程，是生活被城市节奏殖民化的具体例证（哈贝马斯之意），但那也是生活本身，是城市意识得以建立的土壤。

1　波德莱尔：《波德莱尔美学文选》，人民文学出版社 2008 年版，第 482 页。

7. 许道军 魏宏：城市诗诞生在上海，您认为上海的城市诗是更具有"海派"的特色还是具有更普遍的时代色彩？城市诗是否天然带有上海的烙印？

徐芳：已经呈现的上海城市诗是否有着饱满的海派特色，尚待研究者的考察。但上海城市诗应该具有上海的况味，或者换一种说法，那叫上海的城市精神——无疑是题中应有之意，也是毫无疑问的一种方向性的选择。

那么，何为海派特色？何为上海的城市精神呢？这一问题还真不好回答。一千个读者就有一千个哈姆雷特；一千个上海人，眼里就有一千个不同的上海——上海也实在是太大了，也太复杂了。

在太平洋的弓形海岸的中轴与长江之矢的终极地，汇聚了这一片息壤。从它的开埠之日起，它就"撰写"了我们这个民族的现代寓言与现代神话。德国有一句古谚语说：城市，使得空气自由。这句谚语或许也可以解释海派精神的真髓；当然也可以说创新是上海这座城市从它诞生之日起，就在不懈追求的精神皇冠。

在 20 世纪 30 年代初，就有一批得风气之先的文人，写出了一时"网红"的"城市诗"——而所谓新感觉派的"新感觉"，即是那时候刚刚萌发并且开花结果的"都市意识"，以致一时"洛阳纸贵"。

但上海委实太大了，任何一种抽象的概括，总面临着顾此失彼的风险。而所谓上海的现代性，也许本来也是一个寓意繁复、歧义更繁复的话题。面对这样的上海，我们或者常易常新自己的眼光，或者也就是坚守、坚守再坚守。换句话说，所谓的海派特色，它飘在空中，但也就在脚下。所谓的上海精神，也就是你我他……

8. 许道军　魏宏：您是一个创作力非常旺盛、质量又有保证的诗人，我们非常期待，能介绍一下手头的工作吗？

徐芳：我写了40多年了，要是从不成诗的阶段开始，可能近50年了。我也是受惠于上海作协，在大学读书的时候，相当于当年的80后，读书时就加入作协，那时候作品并不多，只有三十几首诗，现在标准要高得多，这么多年诗歌的整个历程，我可以作为一个在场者或者是经历者，所经历的很多诗歌的运动、诗歌的争论、讨论都看在眼里。我自己写诗出于初心，就是热爱。四十多年过去了，也是经历过高潮期和低潮期，换句话说，因为我写诗时间太长了，所以蜜月期相对就较短，现在写诗，常常就像夫妻吵架，互相在压力很大的时候蹦词，词语呈弹跳状——对我个人来说甚至跟诗歌有一种内在的吵闹，很多争论，像20世纪八九十年代这样那样的争论，实际上有些也载入史册了，也可能有些只是对个人来说有着特殊的意义。而对于诗歌创作来说，这个环境空间、历史，并不构成直接的因果关系，但是从诗歌发展来说，或许是很重要的。

目前我出版了四本诗集，占我已出版的十一本个人集中的一半不到，但我还是自认身份为诗人，因为——我不说理由了，理由已说了无数次，在心里，自己对自己——在自己不确认自己，自己也怀疑自己的时候，我就说自己真是个诗人。

眼下我在做《徐芳访谈》，与文艺名家们的对话内容已经达到了近 30 万字，拿到一笔上海的文化基金，也可能不久之后可以成一本书。还有一本写上海工人新村的非虚构文字，写了两年的杂志专栏，字数凑凑也有了 20 多万。还有一本是写神话的新史诗——上海作家协会的集体项目，我领命写开头四章：混沌开辟、女娲造人、天作之合、炼石补天。四章我写了 1 500 多行，都是长句，一口气写一周，好像写得疯起来，坐在椅子上汗水黏连着衣服完全没感觉，感觉全在诗里了；然后就是反复修改，修改的过程才是折磨，有时发现半天时间里就是动了某个差不多的词语，某个标点符号。但后面的修改，又觉得前面的改，改得并不好，常有再改回来的事。对比之下，当写初稿一旦找到感觉时，那种一气呵成，那种酣畅淋漓写得飞起来的感觉——真是十分享受。这本书据说今年会出版的，在出版之前，有些片段，媒体已经披露，总数书成约 7 000 行，我期待这是一个"开天辟地"的作品，不管怎样，在写作过程中我已享受了这种无以言说的快乐。

还有一本诗集也在积累中，按照诗歌美学高大上的规则来精写，但我担心这样的作品，是否有人愿意用十目一行的慢速来读。在这么一个快节奏的时代里，这么做，是否有些逆潮流而动？是否有悖于努力奋斗的新世纪？此种阅读的要求，可能——非但不能表现出优雅人士的雍容闲适，反倒显出的是一种接近于嫉妒速度的疯狂——对我来说，这是一个意象密度的问题，这也是一个心理机制的问题；所以，我总在夜深人静时，开始酝酿，就像我的微信名，只叫个：唯有夜晚可以读诗。

第五章 "新世纪诗典"城市诗人群与
城市诗创作

　　"新世纪诗典"城市诗人群是一个权宜概念，特指与《新世纪诗典》丛书出版及相关奖项密切相关、在"萤火之虫"微信公众号（公微号 Gut Goo）集中推介，包括伊沙、严力、沈浩波、姚风等在内的 15 位诗人。他们没有严谨的公开流派或社团申明，也没有一致的关于城市诗的约定。他们的出现，是一个突然的诗歌现象。在某种意义上，它是一个因诗人群体具有同人性质，创作成就具有某种相似性，出于某种诗学的感召而产生的诗人与作品的重新组合的结果。他们并非天然的城市诗人，也并非自觉的城市诗人，他们之所以突然成为"城市诗人"，一是因为他们过往的创作，有许多作品的确涉及城市书写，二是被公众号编辑选择的结果。但与前述自觉的城市诗写作个体或群体相比，它虽"仓促上马"，却高调出击。从整体上，这个群体，无论是作为集体的影响力，还是作为个人的创作成绩，都值得高度重视。这个诗人群"改旗易帜"，"抢占山头"，突然间给中国当代城市诗注入了强大的底气。他们多数成名已久，创作实绩可观，许多诗歌涉及城市诗的创作领域，某些还在中国城市诗的演进中起到积极的推动作用，比如伊沙的《饿死诗人》《梅花，一首失败的抒情诗》，沈浩波的《红尘往事》等，因此将他们作为一个群体进行整体观察，有助于加深对中国当代城市诗丰富性、复杂性与可能性的理解。

第一节 "新世纪诗典"城市诗人群的成立

一个诗人群的成立，有其外部与内部的原因。从外部讲，必须有一个合适的契机将他们集结；从内部讲，他们之间在创作、诗学观念、兴趣包括成就诸方面具有一定的一致性，使他们的集结或被集结具备可能性。"新世纪诗典"城市诗人群的成立，大约具备了上述要素。

一、缘起

2016 年 6 月 4 日至 6 月 22 日，"萤火之虫"陆续推出伊沙、李异、严力等"中国最好的十五大城市诗人"以及每人十到十七首左右"代表作"。伊沙作为"中国最好的城市诗人"第一个被推出，按照时间顺序，依次是李异、严力、春树、欧阳昱、徐江、沈浩波、蒋涛、姚风、王小龙、韩东、侯马、唐欣、马非，最后一个是苏不归。或许是技术原因，也或许是有意避免从前到后排列带来不必要的"排座次"的联想，6月14日、6月16日前后推出的姚风与王小龙，都是"第九家"，而最后一次，也就是6月22日推出的苏不归，理应是"第十五家"的却是"第十三家"，而之前6月21日推出的马非，则被称为"第十四家"。或许由于存在时间过于短的缘故，他们目前没有被作为一个实在的群体得到集中研究，从传播效果上说，每个人点击效果也并不理想，除沈浩波之外，其他诗人的点击量一年后依旧没有超过400。

并不存在一个"中国当代城市诗人社"或相关组织，也没有一个社团、组织号称进行了"当代中国城市诗人评选"活动，因此如果将"中国最好的十五大城市诗人"作为一个概念或实体，是不合适的，我们只能从内部找到他们更一致的相似性和凝聚力，从而进行更切实际的考察。诗人伊沙在自己的博客"长安伊沙的博客"上回顾《新世纪诗典》取得的成就时，看到了与此相关的信息，不过有另外的命名："《新世纪诗典》中国21世纪15大城市诗人"，在排序上也与公众号不尽相同，依次是"伊沙、李异、严力、春树、欧阳昱、徐江、沈浩波、苏不归、蒋涛、姚风、王小龙、韩东、唐欣、侯马、马非"。[1] 如果沿着"长安伊沙的博客"和"《新世纪诗典》"这根线索追踪下去，我们还会看到，这些"中国最好的十五大城市诗人"并非是在"中国"层面"海选"的结果，他们其实更具有"同人"性质。

首先，他们多与"《新世纪诗典》年度大奖"有关，从第一届（2011 年）开始，在总共六届中，一共有严力（1 次）、沈浩波（2 次）、唐欣（1 次）、徐江（4 次）、侯马（2 次）、苏不归（1 次）、韩东（2 次）、马非（5 次）、李异（2 次）、蒋涛（3 次）、姚风（1 次）、欧阳昱（1 次）、伊沙（1 次）、春树（2 次）获得"成就奖""金诗奖""银诗奖""铜诗奖""入围奖""评论/点评奖"，或年度"中国十大魅力诗人"荣誉，仅缺王小龙一人。在沈浩波、唐欣、马非、侯马、徐江、君儿、严力、西娃、朱剑、伊沙、韩东、潘洗尘、王有尾、姚风、湘莲子、西毒何殇、蒋涛、李岩、邢昊、艾蒿、起子、安琪、李勋阳、韩敬源、李异、黄海、梅花驿、摆丢、春树、唐果、南人、李伟、第广龙、高歌、刘川、轩辕轼轲、庄生、陈衍强、蓝蓝、娜夜、天狼等"常青藤诗人光荣榜"中，又有 11 人入榜。在唐·名人堂成员中，我们再次看到了韩东、春树、蒋涛、李异、苏不归、沈浩波、侯马、徐江、欧阳昱、

1　见"长安伊沙的博客"，http://blog. sina. com. cn/s/blog _ 489db097010 2xj9a. html, 2017 年 4 月 28 日。

严力、马非、唐欣这 11 位熟悉的身影。[1] 这些活动的背后，
需要有人做出贡献，我们还注意到，他们"有福同享"之外，
有许多诗人为《新世纪诗典》加入了义工团队，做了大量幕
后工作。其中，主持人、编选者是伊沙，理事长是沈浩波，
特约评论家是徐江，特约美术师是李异，互动召集人是蒋涛。
由此看来，使这些"中国城市诗人"更紧密地联系在一起的
是《新世纪诗典》，与其说他们是文学史经典意义上的"中国
当代城市诗人"，不如说是更具同人性质的"新世纪诗典"诗
人群。

二、城市诗观念

我们没有见到这些诗人发表关于城市诗创作的联合声明，
也没有见到他们自己关于城市诗创作的研究或创作谈，因此，
我们只能从"萤火之虫"公众号推出时编辑的按语中进行归
纳和揣摩。按语写道：

> 今天开始给大家介绍一下中国的十五大城市
> 诗人。
> 我们都知道，近二百年来，人们生活的主要环

---

1 见 http://blog. sina. com. cn/u/1698027074,2017 年 4 月 28 日。

境是城市，尤其是工业革命以来，虽然有类似于狄更斯巴尔扎克乃至 20 世纪的卡夫卡这样的大文豪对城市文明进行猛烈的批判和质疑，但已无可阻挡地，城市已经成为人们生活的内容和本身，我很喜欢一个词，"钢铁丛林"，钢铁丛林这个词一方面的确展现了城市的坚硬冷漠的形态，同时又展现了其生命力的蓬勃形态，丛林，郁郁葱葱，绿映而来，那城市也像雨后春笋一样，噌噌噌，不断成长，这样生命力强大的城市里，自然也就有各种生物在其中生长，奔跑嬉戏，乐在其中，同样生命力这么强大的城市，自然也就应该生长出诗人，虽然中国城市生长得晚了一点，其兴也忽焉，蓬勃也忽焉，汹汹而来，也终于促使中国也出现了自己的城市诗人，今日就给大家来展示一下中国最好的十五大城市诗人，以及他们的代表作，下面介绍的就是……

这个按语可以引申出如下信息：1. 我们当代生活的内容和本身已经发生了改变，诗歌创作也应该与时俱变。2. 城市作为我们当代生活的内容和本质，应该有与之匹配的城市诗人进行书写。3. 城市有其冰冷的一面，但是生命力的蓬勃与强大，更应得到注视和尊重，像过去那样仅仅对城市和城市

文明进行批判与质疑，是不合时宜的。4. 中国当代生活内容
与本质的变化，召唤城市诗人的出现；与此同时，中国当代
生活内容与本质的变化，已经催生出了优秀的城市诗人。

很明显，这是一种积极意义上对中国城市诗的肯定与呼
唤。但是编者的立场与意见并不代表"新世纪诗典城市诗人
群"的集体意见，我们只能从他们自己的创作中寻求答案或
蛛丝马迹。

三、整体倾向

1. 这些诗人都居住在国内或者国外某个城市里。与当代
中国诗人生存生态相一致的是，影响力或影响更大的诗人，
基本都居住在城市，而且似乎与城市本身的现代化程度、国
内国际地位等等要素正相关。诗歌中出现有比较明显的城市
要素。相应的，他们成年后的日常生活，基本上都是城市生
活。虽然他们并没有刻意地去书写城市，但只要真诚自然地
书写，城市或作为背景，或作为舞台，或作为对象甚至作为
方法，自然而然地进入到诗歌当中去。他们不是自觉的城市
诗人，但更有可能是天然的城市诗人。作为呼吁并身体力行
"口语写作"，发掘"事实的诗意"的群体，他们更有可能多
方面甚至全方位切入城市生活，并以这样那样的方式表现了
城市生活。

2. 与现代主义或者批判现实主义书写相比，这些诗人在城市书写中，表现出了对城市生活更多的亲和力。他们即使对生活做出了批判的回应，批判的矛头也是指向具体的事物而非城市生活本身。一些诗人来自农村，但是他们对农村的记忆没有影响他们对城市生活的判断，比如沈浩波，他在《红尘往事》中表现出了对城市强烈的"依附"心理。

3. 他们的"城市诗"诗学上又与现代诗、现代主义交叉，这固然是因为所选 15 人并非为城市而写作、为城市诗而城市诗，另一方面，城市诗在很大程度上与现代主义、与现代共享许多内容。城市诗不可能回避城市中的现代生活要素、现代意识，其中包括对现代城市的赞美、亲和、认同，也必定包括对城市的反思、拒斥、反对，而后者我们又一直以"现代主义"来认识。

4. 虽然这 15 个人带有很明显的小圈子痕迹，但是由于这个圈子自身的原因，比如，他们对自己有着极高的期许，从要打造"永不落幕的长安诗歌节。长安诗歌节谢绝不速之客，拒绝非诗因素介入"，以及"经过这四年，《新世纪诗典》已被打造成为中文现代诗最公开公正公平的竞技平台：你是诗"；"沈浩波任总裁的北京磨铁图书有限公司是《新世纪诗典》书籍出版的强大后盾，其推广及发行能力，令《新诗典》已经出版的三本书都屹立在畅销诗集的行列中并名列前茅，成为读者心目中名副其实的'年度大典'"这些表述看，他们对自己的创作极为严格，骄傲的心理让这个小圈子的诗人与作品表现出了较高的代表力度、普遍性和创作水准，他们自称为"中国城市诗人"具有积极意义。

第二节 "新世纪诗典"城市诗人群的城市诗创作概貌

"萤火之虫"微信公众号在给予他们"中国最好的城市诗人"桂冠时，并未对这个顶级荣誉的合法性做出任何解释，我们能看到的依据仅仅是编辑精心挑选的"代表作"，8到17首不等。这些"代表作"是否就可以证明他们是"中国最好的城市诗人"有待商榷，我们在这里不对这个说法做出质疑，只是愿意从这个诗人群一贯高调的活动风格和从微信公众号文章推送需要冲击力角度做出善意理解，并围绕公众号选定的"代表作"对这15位"中国最好的城市诗人"做出逐一描述，以图加深对这些横空出世的城市诗人的理解。

需要指出的是，"代表作"的挑选依据的是编辑个人标准，未必就充分、精准，实际上，一些诗人被漏选的作品，或许更具城市诗意味。另外，一个好诗人未必同时就是一个好的城市诗人，某些所挑选的"代表作"从其他角度解读，或许更具有阐释空间。因此，我们的解读主要是根据公众号提供的"代表作",但又不完全拘泥于此,会尽可能地结合诗人的其他作品。同时,我们肯定某些诗人在城市诗创作方面具有更大的贡献,也不意味着其他诗人的整体成就被低估。

一、伊沙:中国当代田园诗传统的绝杀者

伊沙作为"中国最好的城市诗人"被第一个推出。是不是"中国最好的城市诗人",有待检验,但是我们如果顺着这个思路逆推,将他之前种种的"先锋"创作与"艺术行为",与"最好的城市诗人"连接起来,也就是假设伊沙所有的创作都是为成为一个优秀的城市诗人而做准备的话,我们会发现,伊沙这些年不仅在推动当代诗歌从"知识分子写作"向"民间写作"、从知识写作向口语写作转型过程中着力甚多,而且在传统诗歌向城市诗更大的转型过程中,以他独特的创作与个人魅力,起到了关键的作用。或许,他的许多作品,譬如《饿死诗人》《梅花,一首失败的抒情诗》等,其意义还处于有待进一步发现状态。

公众号推送 15 首代表作,分别是《9·11 心理报告》《春天的乳房劫》《放下了》《罗浮山》《有一年我在杨家村夜市的烤肉摊上看见一个闲人在批评教育他的女人》《在江油的饭局上》《智慧》《又逢夜半观球时》《品味》《人民》《母语》《越南风景》《可爱的诗人》《重回鲸鱼沟》《吉隆坡云顶赌城

联想》等。《9·11心理报告》被放在代表作第一位,它准确捕捉了中国人心理异常真实的一面,从得到消息时的震惊、幸灾乐祸、崇拜歹徒,再到担心"老妹"的安全,瞬间的层级变化揭露出一个中国人自私、扭曲但本质上善良的心理面貌,诙谐幽默,不乏反讽。如果从社会学角度切入,我们也能看到这首诗揭示出的当代生活互相联系、共命运的现实,如果说"安知千里外,不有雨兼风"(李峤《中秋月》)只是农业时代对"远方"的揣测的话,那么这种"世界意识"则只能在当代城市生活中出现。《春天的乳房劫》写妻子做乳房切割手术之前丈夫的内心活动。在平静甚至略带诙谐、反讽的语调下,我们可以看到丈夫对妻子的深情。《有一年我在杨家村夜市的烤肉摊上看见一个闲人在批评教育他的女人》描写了都市生活的奇观,在诙谐与反讽中,我们看到了丈夫对妻子的自私和偏狭的情谊,或许这也是夫妻之爱的特殊表现形式吧。《在江油的饭局上》写诗人之间的微妙心理,同样诙谐有趣,充满戏剧性。《人民》对生活、社会现实有一个瞬间穿透,写出了内心的绝望和世界的荒诞。《母语》写一只外国狗,只听得懂外国语的骂,由此联系母语与土狗,这首诗诙谐有趣,无意间带出了"全球化""国际化"命题,人如此,狗也如此。

伊沙的诗是及物的,有许多诗表现了当下生活,赋予这些在传统美学中"不入流""难以入诗"的生活以诗意、新鲜感受与美感，其中有许多涉及人与生活尤其诗人与城市的关系。我们注意到，《儿子的孤独》《在精神病院中等人》《等待戈多》《中国底层》《城市陷阱》《参观记》《动物园》《俗人在世》《空白》《性爱教育》《情敌与爱情》《观球记》，这些诗有些是直接描绘了城市的景观、事件，有的表达了某种生活思考，有些在日常的生活当中已经揭露了人性的真实，比如《动物园》，思考的是人本恶还是人本善的问题，诙谐有趣的背后，有深度思考。

《中国底层》直接描绘了一幅城市中底层残酷的图像，它不是城市生活带来的结果，但是它的确是当代城市生活景象的一部分。《空白》这首诗写道："以前我从未意识到/这是一片空白/我意识到了/是在它被涂满之后"，这是一个常见的城市景象，商品文化无处不在无孔不入。诗人并没有因为商业文化的无孔不入而情绪抵触，然后直接加以批判，而是，他认为这就是现实本身，是生活本身，在认可这个基础之上，才提出了新的建设性意见："为什么不是一幅画儿呢/占领这城市的一面墙"。《告慰田间先生》是当代生活尤其是城市生活的普通的一面，严肃的、有意义的东西一旦脱离了它具体的语境，就变得异常诙谐。诗人发现了这个有趣的事实并善意地表现出来。

但我们更要着重提到的是《饿死诗人》和《梅花，一首失败的抒情诗》这两首诗歌。《饿死诗人》以诙谐、反讽的方式，绝杀了海子开创的当代田园诗传统和"麦子"意象，《梅花，一首失败的抒情诗》则继续对存活在当代诗歌中的传统审美范式穷追猛打。自这两首诗之后，中国当代诗坛再也难寻铺天盖地的"麦子"了，诗人们如果再对着"梅花"抒情，也特别难为情。

当代诗人们事实上已经脱离了"农业"与"麦子"，脱离了这些与传统农业、农村有关的生计与生活，他们"拥挤在流浪之路"，开始新的追求。经过这么多年，最终他们来到了"城市"，与肉体精神已经"割断与土地最后的联系"了。诗人认为，那些诗中大面积出现的"麦子"意象，其实只是"贴在腮帮"上的猪鬃，"为女人迸溅的泪滴"，与麦子与土地无关，而这些诗人们也只是"诗歌中光荣的农夫"而已。诗人们来到城市，成为上不沾天下不占地的一群，无所事事，成为"城市中最伟大的懒汉"。为何说他们是"懒汉"？可以理解为他们在物质上无劳动、无创造，在精神上也无劳动、无创造。远离或失去了农业生活，却没有开始新的城市生活。借用谭克修的一句话：他们就是"魂不守舍"。诗人对他们，包括对自己这种创作与生活状况是不满意的。从创作上说，诗人们这种写作是虚假的写作，是"用墨水污染土地的帮凶"，"艺术世界的杂种"。

问题没有停滞在这里。土地是神圣的，然而大家不约而同地离开了土地，这是为何？诗人们没有说，其实他想说的是，今天已经不是农业时代了。来到了城市，却在城市里无所事事。说他们是"懒汉"，其实也是不公平的，他们毕竟在写诗，然而诗人不承认自己的同行是在工作。为何？一是因为他们的工作是虚假的，在描写一种实际上并不存在的状况；二是他们的工作是无效的，因为他们在美学上没有找到与"麦子""土地"一样神圣的东西，并且表现出来。

我们可以认为，《饿死诗人》是一首非常优秀的、带有前瞻性与总结性的诗歌。它非常深刻、近乎写实地描绘出了一种当下现实和精神状态：虚假的写作和无效的写作，同时，它也表达出了一种普遍的创作与创新焦虑：不满意自己，但是创新的出路与依据悬置。最后，它隐约指出了当代诗歌创新和前进方向：城市！

《梅花，一首失败的抒情诗》这首诗对传统审美有明显的亵渎、反讽，但落脚点依旧在对一种虚伪的写作、空洞的写作的反讽，"诗人的梅/全开在空中"。"我"在一种虚伪的写作过程，"怀着深深的疑虑/闷头向前走/其实我也是装模作样"，程式化的写作、程式化的感情与程式化的抒情，最后让"我"再也无法忍受，借梅花的厌弃表达了对这类写作的否定："梅花梅花/啐我一脸梅毒"。这首诗与我们要讨论的"城市诗"关联不大,但是无视当代生活的变化,依旧在用陈旧的意象与表达一些过时的情感,这种虚伪的、无效的写作,这也是城市诗反对的对象。

二、沈浩波:"心怀大恶"的城市清道夫

沈浩波一直以当代诗坛的"恶人"自居。事实上,他的确给当代诗坛留下了"恶人"的印象。因他的"搅局","盘峰诗会"被开成了当代诗坛一次绝无仅有的分裂的大会、失败的大会、毫无共识的大会;他的"下半身"写作口号及实践,引起当代诗坛种种的不适;他的"磨铁诗会"活动,也似乎在加深当代诗坛批评与自我批评之间的戾气。然而,我们如果不先入为主、心怀偏见的话,也会发现,这个"心怀大恶"的诗人,其实一直在干着最"脏"最"累"的活,因为他在以"恶"制"恶","舍身犯险",与虚伪、荒诞、丑陋做斗争,自觉成为"城市,让生活更美好"的清道夫。

沈浩波作为第七号诗人被推出,共收录《玛丽的爱情》《我们那儿的生死问题》《墙根之雪》《布拉格在阳光下》《时代的咒语》《约翰不吃煮鸡蛋》《中国家庭》《在冬日的群山中》《理想国》《深夜进入一座城市》《红尘往事》《我不知道是不是因为爱情》《新年》《在云南》《花莲之夜》《白雪棋盘》

《在圣方济各圣堂前》等 17 首，在 15 位诗人中，收录作品
最多。

心怀大恶，执意撕开生活的丑陋的与荒诞，比恶人更恶，
比坏人更坏，比疯子更疯，像疯子、恶人与坏人那样与疯子、
恶人与坏人战斗，这是沈浩波诗歌最为突出的一面。作为一
个"恶人"，他嫉恶如仇，尤其仇视那些打着各种光鲜面孔旗
号的恶，比如所谓的"爱情""理想国""导师"等。《玛丽的
爱情》写的是一个常见的"办公室恋情"题材，但是沈浩波
撕下了这个所谓"爱情"面纱："朋友莞尔一笑：'很简单，
我一遍遍告诉她/我爱她，然后她信了！'"《约翰不吃鸡
蛋》写出了生活的荒诞，现代家庭的荒诞。《时代的咒语》
表达了对虚假的憎恶："一个秃驴/眼放贼光/身穿僧衣/坐
头等舱"。

诗人"心怀大恶"，不是说他真的是一个恶人，或者说一
定要与这个世界过不去，而是他反对与仇视的是这个世界真
正的恶人，因为后者已经霸占了一切崇高、光鲜、正确，反
而将那些真正的好人逼到了无路可走。现在摆在沈浩波面前
的是，要么他们是好人，要么自己是好人，二者不可并存。
既然这个世界好人的名额已经被用完，那么他只好去做一个
坏人，以坏人的名义与这些好人做斗争。《理想国》中，诗人
正式与那些好人决裂："别/无需你们驱赶/我只是过客/来瞧

瞧你的家园是什么样子/我已经看明白了/理想国/不配住下我和疯子"。质疑与反对一切虚伪的东西，从理想国开始，决绝诙谐。将自己与"疯子"相提并论，无形中继承了尼采这些前辈的精神脉络。《在圣方济各教堂前》最能体现出诗人的决绝："门口的条幅上/有两行大字/是新约里的话/'耶稣说：/我就是道路/真理和生命'/我想了想/在心中默默地/对耶稣说：/'对不起/这句话/我不能同意'"。

诗人是好人，我们注意到诗人内心是柔软湿润的，他依旧相信崇高、美丽和善良，《布拉格在阳光下》写道："布拉格的街角/迎面走来的孩子/手里拿着一个橡皮泥做的玩具坦克/在阳光下/耀眼地走着/令我失神了片刻"，文字涉及政治、历史、理想与现实，生活的荒诞，但依旧保留了对美好事物的赞美。《我不知道是不是因为爱情》似乎在写自己对"爱"的怀疑，其实只不过更倾向于相信，真正的崇高与美丽善良是被掩盖的，像他那样。

沈浩波又是一个极为诚实的诗人，他一方面对虚伪的东西的恶意毫不掩饰，另一方面，他对自己的内心也毫不掩饰。在与城市诗有关的那首诗《红尘往事》中，他十分准确地道出了今天的生活的秘密：我们似乎厌恶一切同类，厌恶城市的生活和城市，似乎无时无刻要逃离它们，然而一旦真正付诸行动，却发现自己与这个时代与城市已经完全不能分开，一刻也不能分开，并与后者水乳交融，享受其中。诗这样写道，"眼神坚定/盯着前方/手握方向盘/身体稳得/如老僧拜佛/道路在延伸/城市在倒退/道路在荒芜/城市在消失/青山在眼前/人间在身后/我突然被自己/吓出一身汗/灵魂陡然回归/立刻掉转车头/向城市方向/狂奔而去/像一个/饱含热泪的和尚/从山上冲下/一头扎进/我的红尘往事"。这是一个非常棒、非常真实的感触，道出了生活的真实：人们在口头上厌烦城市，厌烦同类，但是实际上一刻也离不开它们；人们在享受着城市，却总是口是心非。

三、姚风：天然的城市诗人

姚风生于北京，后移居澳门，现在澳门大学教学，可以说，他是生于大城市，长于大城市的诗人，因此他的诗歌创作，与"城市"以及"城市诗"相遇的概率要大于其他诗人。兼之他拥有北京与澳门这两个景观与文化迥异的城市的生活背景，因而对城市的认识能更早地建立差异性视角，这种差异性意识，或许有助于书写城市旅游诗，在城市漫游之间发现城市。从创作题材来看，与城市相关或在城市之间旅游的诗歌在姚风的创作中占有很大比例，我们能较容易记起的作品有《水族馆》《北区之夜》《在罗勒大街 16 号吃早饭》《自由行》《永远活着》《是否可忘记》《午门》《芭提雅》《大海真的不需要这些东西》等，当然，还有公众号提及的《阿姆斯特丹》《与马里奥神父在树下小坐》《南京》等。

姚风的诗大多与城市直接或间接相关，或许可以将它们称之"泛城市诗"。这些诗，有的与环保题材相关，比如《大海真的不需要这些东西》。大海所不需要的东西有许多，其中包括污染，甚至人类本身。"污染"是一个与工业化、现代化、城市化相关的概念，而在诗中所提及"人类"，与大自然高度对立、自身高度异化，也是现代化之后的事情，这种概念不可能在农业诗歌里出现。类似于《景山》《午门》这样的历史文化景观诗，在姚风这里，也并没有惯性地滑向"悼今怀古"这个农业诗范畴。诗人摘掉了"怀古诗"的滤镜后，看到的是这些历史人文景观在现代化、城市化的今天呈现的自然面貌，它们已经属于当代生活，是当代城市生活的一部分，脱离了改朝换代、历史循环、物是人非等传统意义体系链条。它们不再指向过去，而是指向现在与未来。

城市包含着景观，不同的城市，包含着不同的城市生活与城市景观，如果一个诗人走过不同的城市，那么他的城市诗将会呈现不同的城市生活与城市景观。在15人当中，姚风走过的城市不算少，进入他诗歌中的城市更多。在姚风笔下，仅在选本中，就出现了北京、澳门、阿姆斯特丹、南京、成都、马德里、纽约等。当然，姚风没有单纯的关于城市书写，或者直接赞美城市的景观诗、政治诗，更多的是关注不同城市之间的差异性，它们指向文化观察、历史反思等。还有许多诗，已经看不到作为具象的"城市"的背影了，它们已经化为"时代""生活模式"等的提示与气息，比如《植物人》这样的诗。"植物人"似乎与植物相关，但这个概念却没有也不可能出现在田园诗中，它只能出现在现代诗，因为它是现代生活的产物、时代的标识之一。

姚风的诗，从主题说，有三个比较明显的指向。一是指向政治，更准确的是说，是指向现代政治，与传统农业文明诗歌中的"家国天下"政治诉求完全不同，如《特雷莎老太太》《露天电影》《阿拉法特的孤独》等；二是指向哲理，某种由物及理的思考，如《在美术馆看见两把斧子》等；三是指向个人的反思，如《与马里奥神父在树下小坐》《上帝》《只有鲜花》《我在中国见到梦露》等。这些诗歌的表现对象与思考指向，已经远远超越田园诗、农业诗的范畴，几乎等于现代性。总体说来，姚风城市诗的独特性在于，他的诗虽然大面积接触到现代化、现代性与城市生活，并且也生发出许多关于"现代"的思考，但姚风没有讴歌赞美城市，论证城市生活的优越与必要性，也没有因为在城市生活长久，而更能了解城市生活的弊端，因此或真诚或跟从"现代主义""乡愁"这些时髦主题，从而批判或者对城市提出不切实际的要求,相反,诗人却很自然地流露出了与城市、与当下的生活友好相处的状态。其结果,"城市"在它的城市诗里,几乎不成为一个问题。之所以把姚风的诗歌列入城市诗范畴,主要是因为,它们本身就是扎根于并生长于城市的诗。

四、严力:城市生活的政治书写者

严力为中国当代先锋诗的发展做出了重要贡献,在 15 人当中,他是将现代主义、现代意识与政治反思、历史反思结合最紧密的诗人。当代城市越来越以商业性、世俗性的浮华都市面貌呈现,然而严力却一直紧盯着生活中被刻意遮蔽掩饰的一面,拒绝妥协,拒绝遗忘。当然,严力的城市生活的政治书写,与过往从现代化角度的泛政治书写、从政策角度的颂歌书写不同。

《负 10》写一场巨大的灾难被刻意淡化,巨大的意义被消解,最后慢慢变成荒腔走板的滑稽日常,然而这个滑稽与真实的意义却被一个小孩——"老李的孙女"——指出,突然惊心动魄。《清明时节的同胞》《悲哀也该成人了》《受难者之歌》《日记》《人的专业》《做掉》等诗歌也都与政治有关,诗人心怀大爱,反思过去,拒绝遗忘,拒绝自我阉割。《不团聚才是更难的事情》将思亲与年岁的流逝结合起来,中年的情怀沉郁顿挫。《感受》写的是一种当代常态的生活,诗人指

出了其荒诞与无意义。《你忘了锁门》写出了现代生活的异
化，但这也是一种生活的常态，我们习惯将它称为强迫症，
有意无意地忽略这是一种症候，而不仅是心理上的、个人经
历的、现实社会的，在某种意义上，它还蕴藏着许多历史的
秘密："因为你忘了锁门/就可能被自己的隐私/检举成一个坏
人"。这是一首非常棒的城市诗，但依旧与政治生态有着隐秘
的联系。

五、春树：城市生活的另一半

书写人与人、人与动物、人与自我各种关系的反思、协
调、适应，感悟新生活，走向新生活，这是春树"代表作"
主要内容。作为一个"80 后"城市居民和一个逐渐成熟成长
起来的诗人，她笔下的城市生活内容与成长感觉，与我们
"主流"的城市生活还有着许多不同，如果不称为"另类"的
话，它也是当下城市生活的另一半，正在丰富与改变着未来
城市生活的内容。

在梦里活着，意味着在现实中死去。诗人认为，与"仇
人""间谍""同性""抚摸我的人""调戏我的人"谈恋爱，
反而是"活着"。在生活中，不恋爱，或与上述"人类"的相
反谈恋爱，反而不是"活着"。这或许意味着，要么现实中上
述被贴上负面标签的种种，其本质与标签相反，要么，诗人

压根就不认同、不信任现实的标签，从而以极端的方式去挑战现实的禁忌。或者，这本身就是某种另类生活？在梦里与不伦的人谈情，杀人，从精神分析角度上说，这是现实压抑的结果。这样的梦与其说有政治意味，不如说是力比多的宣泄。梦中用颜色鲜艳的衣服兜住"喷出来的感情/或者热血"，我们也无须过度阐释，这也许是青春期的一种症候。双重的叛逆，叛逆青春，力比多的游行。"心慌"或"心碎"，都是一种非常态，在诗人看来，这或许弥补了现实生活中的平庸，无感觉。"白天拍照/晚上睡不着觉"，《梦见在梦里活着》所展示的生活，虽然还不是现代城市生活的主流，但实际上已经是城市年轻人的一种生活常态。

《我与Caesar》书写的是"事实的诗意"。诗人已经与这只名叫Caesar的小猫建立了良好的关系，相互依赖。"我"离开时，能感觉到"有人"在后面看着我，回头一看，的确，"Caesar趴在窗口/正看着我"。注意，是"有人"而不是"有什么"，似乎说明，猫不仅"通人性"，而且"我"一直以人的方式在与猫交流，几乎就是一个小孩与妈妈的感情，别离的那一刻，双方的无助通过无意识的动作表达出来，惊心动魄。

《睡前提问》在向波兰诗人辛波斯卡的《种种可能》致敬，但也有自己的个人独特创新。子曰，日三省吾身，睡前正是时候。向自己提问，正是反思的一种方式，也是知识分子可贵的品质与传统。但与一般的提问不同的是，提问始终在形而上与形而下之间，在宏大与微小之间，在抽象与具象之间，在诗意与世俗之间，在永恒追思与当代生活之间，因此提问的意义不断生成，又不断消解，真相在不断被揭露，又不断被掩盖。诗人无意成为一个政治诗人、启蒙诗人，她似乎只想作为一个诗人，在不断的提问中获得"诗意"，写出一首诗。而且，结尾"搞疯一个人／就让他／自己问自己"，也将这首诗的可能的意义局限在一般性的自我发问。但这首诗仍旧有可取之处，它在发问，但是它从知识分子、诗人内部发问，由于它太了解知识分子、诗人的软弱、龌龊、卑微之处，因此每一次的发问都条条及物，句句戳心，本质上，它仍旧是专属知识分子、诗人的职业性与使命性反思。

《他发来一段雨声》书写的是国外见闻。周邦彦有词云："水驿春回，望寄我、江南梅萼"；陆凯也有诗云，"折花逢驿使，／寄与陇头人。／江南无所有，／聊赠一枝春"。"他"在国外，既不孤独也不寂寞，而且似乎事业有成，春风得意。搬家时，正好在下雨，"他"于是寄回一段雨声。是"国外无所寄"还是"此处无话说"呢？这个行为是在模仿古典的诗意，但是在当代也别具韵味。《纸飞机》写一件小小的物件，让"我"想起来了一件极其沉重的事件。《画展》记述了一次不成功的画展，诗人自嘲地记述下来，诙谐，但最有趣的是，有一个观众，与画展无关。他只是一个客户，作为客户，之所以购买，完全是因为"像我"的原因，其真相让人忍俊不禁。《周末城铁》记述了一段异国城市生活的见闻，地铁上，"真"的花激发了人的真性情一面，"真"是超越语言与国界的国外见闻。《人在旅途》书写的是国外见闻；《仪式感》依旧写的是自己在学习如何像母亲那样成为一个母亲，温暖，富有生活气息。虽是一个永恒的母题，但被赋予了当代形式，又结合了个人成长，内涵就变得更加丰富。

六、欧阳昱：他乡城市生活的文化流浪者

欧阳昱由于长期生活在澳洲，这种海外生活背景使他更容易获得双重眼光，在差异性的比较中形成诗歌的奇观效果和异域情调，但这也难免让他在文化与文明的陌生境遇中产生寂寞与不适感，成为他乡城市生活的文化流浪者，而这种情绪也非常明显地体现在诗歌中，比如《绝不感恩戴德的移民》《澳小利亚》《日下的本本》等。他的诗歌真实记录了自己移民生活和内心的情感，这无意大大拓展了中国传统诗歌的主题与生活领域，"代表作"收录有《换马掌》《真好》《孤独的男人》《绝不感恩戴德的移民》《澳小利亚》《日下的本本》《慢》《瓶中婴》《空》《名》《低》《大》《外》等十三首。

关于欧阳昱，编者特意加了这样的按语：

"啰嗦一句，欧阳昱是目前本君所读到的诗人里，最'敢'和'儿'的，在文学艺术领域，'敢'和'儿'（注：应是'二'）就是一种创造精神，一种先锋精神，不拘一格，写作就要这样，不要戴着镣铐跳舞，在生活中，戴着镣铐跳舞没错，但在文学艺术世界，带着镣铐跳舞就是变态，应该是百无禁忌玩世不恭，只有这样才能写好，让我们在文学艺术领域，也'敢'和'二'，放开写，大胆写！"编者所说的"敢"与"二"这种创新精神，或许在《空》《名》《低》《大》《外》有所体现。这些诗以一个字命题，力求精准表现现代生活的某一个方面，比如《大》，书写的是当代快节奏与信息化的生活，已经改变了人类的生活乃至生存习惯。

《换马掌》写出了新时代发生在异国墨尔本的"旧"景观。换马掌自有可观之处，但关注点也因人而异，少女们感兴趣的是装饰精华的马车，而"我"则关心的是马夫的精神状态："我则喜欢和我一样地位低下的马夫/在闹市干着下贱活而毫不自卑的神气"。或是同气相求，或是高山仰止，总之，落脚点不在外在的"奇观"，在精神的追求。《真好》写街头哺乳的一幕。孟子曰：食色，性也。对于无知的小孩而言，饿了就吃，自然很舒服。对于年轻的母亲而言，喂食自己的孩子，天经地义，也是"一副很舒服的样子"，各得其所也。而对于"我"这个旁观者来说，也觉得很舒服。为何？因为"我"想起了澳洲的法律，相比"我"觉得上述天经地义的事情，竟然遭到法律禁止，想必这个法律一定是恶法。因而，这对中国娘俩的行为就具有了反抗禁忌的快感，同时自己也似乎沉浸在这个虚拟的反抗者的胜利的愉悦之中：真好！

《孤独的男人》写出了一种病："孤独"。这是城市生活的通病，也是现代生活的通病，更是现代主义的主题之一。诗人没有抽象地写现代城市人的异化，普遍的隔膜，孤独与寂寞，而是从现实生活入手，寒、热、脏、气、革命、性饥饿以及寂寞和无聊，这些元素，不仅仅是现代主义抽象的主题，而是当代城市生活的活生生现实。这里既有主题的跃进，也有生活逻辑的延伸。这首诗的价值在于，它将现代主义人与人、人与自我、人与世界等的不友好关系，落实到当代城市生活的具体方式上，因此，它就摆脱了一般政治性的范畴，具有了网络时代、信息化生活的史料、社会学价值。结尾诗人又归结到"诗"上去，对"孤独"展开现象学分析——当然也可以说，这也是"孤独"的一种表现，传统的诗学只是到"孤独"为止。

《决不感恩戴德的移民》写出了一个新移民的心声，当然也可以说是牢骚。移民海外，表面光鲜，实则有许多无奈，尤其是一个敏感的诗人，面临更多的来自文明的、文化的、地域的等方面的不适应，而诗人将这种不适应归罪于他者，所以诗人说："决不感恩戴德"，绝不融入新的环境中去。这是一个新课题，传统诗学从未遇到过，诗人以诙谐、亦真亦假的方式给展现出来。但结尾说"你当我说真的？/当然不是/你觉得呢？"

《澳小利亚》表达的是自己对新的生活环境的不适感。澳大利亚，本是自己新的国家，新的生活地，但是诗人并未完全融入它，感到了它的地域之大与个人之小，以及在这个大与小之间存在的分离与孤独。这也是一个全新的课题，传统诗学未曾触及的领域。《日下的本本》延续了《澳小利亚》的主题与风格，很明显，这是一组关于中国与日本命名的文字游戏，但是在文字游戏之下也能看出两个国家文化社会的异同。作为一个有心人，诗人将这些他认为有趣的东西一一列举，乐在其中，不乏炫耀与炫技，从社会学上说，这首诗提供了某些材料价值。但是很明显，诗人带有明显的偏见，戏谑背后显出小气。《外》依旧表现的是由于移民所带来的文化与文明冲突导致的无根漂浮感："我，是前后，都长反骨的，外——国——人/我是，你我都，见外，的外，国人/我不是，人，我，是外/国/人"，这样的自我描述幽默诙谐。

七、徐江：当代城市诗生活的细心观察与体验者

在坚持口语诗创作的《新世纪诗典》诗人群体中，徐江兼具批评家身份，可能最具有"知识分子写作"气息，他的诗歌严整、内敛、节制，指向深度思考。其"代表作"共收录《柯索》《想象》《半首朗诵诗》《为痛风的恐惧而作》《闲话》《杂事诗·为东莞市（虎门）工伤康复中心的病友而作》《月梦》《希默斯·黑内》《通往胸科医院食堂的过道》《我问》《清明》《此岸》《星期三午后一点零五分》《祭李白》《岳母的病房》《秋分》《布鲁塞尔挽歌》等十七首。其中《杂事诗·为东莞市（虎门）工伤康复中心的病友而作》与《岳母的病房》十分有趣。

总体说，徐江的诗更倾向于作为诗人的知识分子写作，"写诗""读诗"或者写出其他"诗人"已经成为他日常生活的一部分。在《杂事诗·为东莞市（虎门）工伤康复中心的病友而作》与"诗"有关的生活中，我们重点看到了"生活"与生活的诗意，更重要的是，诗人将生活中"事实的诗意"用"诗"的方式加以还原，幽默、生动有趣，与生活结合得非常巧妙紧密。《岳母的病房》更加有趣：在岳母的病房，一个病人犯病了，医生紧急起搏抢救，但最终无效去世。这毫无歧义的行动，却在另一个老年病人——"我"的岳母——

眼里，却变成了："他们把那老头儿给摁死了。"

八、李异：城市底层的抗争者

李异的"代表作"收录有《就算天空再深》《结婚》《我们不赌，我们就死，不然能怎样》《我的路》《下错赌注》《你的存在对我很重要》《心如折纸》《冷月亮》《半透明的星》《我想做我女儿的狗》《在寺庙》等，这些诗给人留下深刻印象的是底层关怀与抗争意识，对命运的抗争，哪怕是类似于"结婚"这样的事件。结婚前，诗人想到的不是种种美好生活的到来，而是对即将失去自由的怅惘和对即将到来的奴役感的本能反抗（《结婚》）。这种抗争的意识，也渗透到其他诗歌中，例如《我的路》《我们不赌，我们就死，不然能怎样》《下错赌注》《你的存在对我很重要》这些诗歌，表现出了一个阶层对另一个阶层的抗争。抗争也出于爱。《在寺庙》讲述了一个心酸的社会故事，描述了一种近乎荒诞的底层生活："所有人都在给/坐在大堂中央的弥勒佛/上香/只有一个/穿着邋遢的小孩/给旁边的天王/不停地/合掌叩拜/我很好奇/他怎么会/喜欢这个面目凶猛的家伙/便走过去问他/他说/这个人的脑袋/长得像他爸头上戴的那顶/矿工帽"。

当然，李异也是城市生活的一员，会看到也有权利享受到城市的神秘的美感，比如《冷月亮》写道："从窗子的一角/瞥一眼过去/这个城市/的灯火/像一艘船骸/在深海/散落/的/金币",书写了真实的城市景观,带有一种别样的审美,阴郁,惊悚,奇观化。《半透明的星》书写的是一个非典型的城市生活片段和一个诗人非典型的行为:"我想知道/有多少人和我一样/每到夜里/推开浴室的门/发现有个女人在喷头下/仔细地/擦洗自己/会惊讶得/坐回到桌子前/将这首/诗/写下"。

九、王小龙:城市日常生活的书写者

王小龙的城市诗,书写的是城市日常生活的内容与景观,但是书写又建立在某个戏剧性的场景或动作之上,带有很强的叙事属性。这种叙事,是一次性的,也是反复性的;既是诗人自己的经历,也可以是城市普遍意义上的经验,比如,《出租汽车总在绝望时开来》《孤立无援的小鸟》《外科病房》等,《老洋房的骨头》《坠落》书写的是某个一次性的事件,但是所表现与带出的东西,又是普遍的经验。《最孤独的地方》或许真在这几个地方,例如最有时代感和生活感的是足球场上的禁区、开幕式的酒会、殡仪馆的吸烟处这三个地方,这是一种可以体验、可以想象到的孤独,而非现代主义诗歌笔下那种存在主义式的孤独。但是诗歌结尾笔锋一转,与伊沙《梅花,一首失败的诗》那样,将"孤独"主题转向了一

首诗歌的完成。《外科病房》写的是某个大城市某个大医院的日常景观，戏剧性、时代性与现场感都非常强。诗人似乎一边在观察，一边在体验。从体验的角度来说，这些诗句"她一开灯天就黑了/天黑以后蚊子的嘴脸特别大"，显得特别真实、精彩。《出租汽车总在绝望时开来》也是典型的城市生活景观和心态。在滴滴打车、共享车出行还没有到来的前些年，想必"等待出租车"这种经历和"绝望"的感受是每个人都有的。诗歌借助两个充满戏剧性的场景来描绘，诙谐有趣。需要注意的是，诗人并没有借此发表微言大义，牵扯到更多更大的主题，比如，政治、文化、人性、现代主义、现代化反思、大城市病等，很明显，诗人认为这是城市生活本身的一部分，无需过度阐释。因此这些诗题材是城市的，意识也是城市的。《孤立无援的小鸟》写的是杯水风波，夫妻争吵，但在孩子面前，他们还得温文尔雅，维持表面关系。显然这与伊沙、沈浩波笔下的农村或小镇夫妻赤裸裸、火辣辣的争吵不一样，遵循着边界，尺度把握得严实："这恶意不多不少/刚够我们争吵"。同时又始终带着幻想，保持着风度，"我想知道朋友们都在家里做什么/和妻子玩牌还是分析一首诗/也许还赖在床上/他们不争吵/全世界的夫妻都比我们幸福/看上去情投意合经验丰富"。这是城市里知识分子吵架的典型方式无聊，但也是生活的一部分；虽然无奈，但也着实有趣。

十、蒋涛：城市新生活的书写者

蒋涛的诗极其贴近当代生活，比如关于雾霾（《雾都孤儿》）、星座（《狮子没带零钱》）、欧洲足球联赛（《梅西吉祥》）、泰新马旅游（《有一位叔叔》）、圣诞节（《圣诞树上挂着羊肉串多好》）、社区生活（《亲戚》）等，具有鲜明的城市生活与城市诗辨识度。看似漫不经心的、见怪不怪的、纪实性的书写，却在无意中确证了人类新生活的生存样式：这的的确确是不同于过往栖居生活、穴居生活、田园生活的新生活。

蒋涛诗歌的另一个鲜明风格是，口语叙述，故事化、戏剧性，不急不缓地书写"事实的诗意"，比如《姐姐》《丽姐给两年未见的丈夫的短信》等。《丽姐给两年未见的丈夫的短信》以书信体的方式，展示了新时代复杂混乱无奈的夫妻关系。夫妻分居，两地不见，维持着表面的关系。奇怪的是，妻子居然完全接受了这种现状，坦然面对。这是"五四"以来女性主义的彻底溃败，还是当代生活的复杂到如此程度，不得而知。

十一、韩东：城市生活的和解者

韩东已经不是当年那个先锋诗人了，缺少了许多锋芒，如伊沙所说，现在的韩东，"气比较弱"。他自己也知道。他虽然说："只是写，不再诗歌"，但毕竟还在"诗歌"。与以前的先锋诗歌相比，他的诗歌已经没有了战斗锋芒和姿态，与生活、与身体、与他人都达成了某种和解，自觉退到边缘处，观看他人，学会理解，学会感动。然而，他这种写作路向，恰恰成就了自己城市诗的风格，无意中又成为另一类的先锋。

《这些年》抒发的是一个曾经的先锋、战士回归生活后的感触，虽然有许多无奈，但更多的是人生的笃定、不惑与智慧。《卖鸡的》是诗人作为旁观者，捕捉到了底层或者他人生活的某些隐秘，感受到了生活的温暖与美好。《看电影〈海豚湾〉》这不仅是一个生态的主题，还带有对生命的尊重与思考，揭示出生活的残酷与荒诞："人间绮丽的风景总有红色相伴/如此壮美/如此吓人"。当然，这是一个虚拟的生活场景，看电影，抒发的是都市生活感触。《强奸犯、图钉和自行车》表达的是，只有时间可以改变一切：改变一个人的面貌，改变一个人的身份，改变一个人的命运，当然也改变了一个人对另一个人的看法，比如，"我"对这个"强奸犯"的认识。改变了什么无关紧要，而"改变"本身足以让诗人、让读者感慨。《月经》这是日常生活的一个场景，但是诗人却将联想触及几十万年之前，两种景观形成对比，产生了一些另外的意味。《起雾了》写一个城市闲人，或者一个敏感的诗人，对日常生活的观察与描绘。但诗歌没有停留在描绘上，而是将笔触延伸，赋予这个观察以意义："如果我不惊讶于这一点/就没有人惊讶于这一点"。见怪不怪，日子多如麻、乱如麻，人们已经麻木，不再对生活产生惊奇新鲜感，就像诗中反复描绘的，对烟尘、雾、月亮、我的上午与昨天等，"没有人惊讶于这一点"，这才是令人惊讶的地方。在此基础上，诗人的思考进一步延伸，得出新的"可怕"的结论："敷衍生活比敷衍一件事容易多了/应付世界也比应付一个人容易多了/增长了即时反应，丧失了全知全能"。这种发现，在诗人看来是触目惊心，但或许，这就是生活的本质？或是诗人无意中写出当代城市生活的秘密？

与时间有关的是，诗人对亲人的留恋与回忆，毕竟，时间才能带走生活中这些最重要的部分。《写给亡母》《忆母》回忆母亲，《思念如风》回忆父母，《井台上》回忆自己的父亲，当然，包括那些过去的生活与岁月。自己曾经是乡下人，进城后，习惯并享受到了城市生活，然而，随着亲人的离去，年龄的增加，让自己内心更加柔软，更加宽容，"怀旧"，让自己更多地带出了过往的生活。《某一世》写想象中的家庭、家族生活。《工人的手》是对底层、对力量的赞美。《食粪者说》是对自己的生活某种反思和无奈。

还是时间，让韩东改变与世界的关系，改变对世界的认识。《二选一》像一个隐喻，准确概述了年轻的韩东与年长的韩东的不同。年轻的时候，"他想得到基督的痛苦，或者佛祖的平静。二选一。"但是，"他不知道，基督的痛苦里有平静，佛祖的平静里有悲伤。"当他老了，"现在知道了。"

十二、唐欣："小城市"生活的"正常"书写者

唐欣，生于西部，成长于西部，表现比"西部"更"西"的地方，是唐欣创作习惯。相比"城市诗人"这个称呼，"西部诗人"似乎更贴近他的创作实际。他的《在青海旅游》《生日》《合作》《仰望蓝天》等都是书写西部或者与西部有关的佳作。但是我们也要想到，地域有"内地"与"西部"之分，城市其实也有"大城市"与"小城市"之别。东部有城市，西部也有城市。这些城市之间，都分享着"现代"这个时间之经，然而由于空间的原因，他们在具体的内容与形式上有着许多的不同。小城市、西部城市同样是中国的城市，由于地理与现代化程度的差别，反而补齐了中国城市生活的另一块空白。

跟选中的其他"城市诗诗人"一样，唐欣并不是一个有意识书写城市、表现城市、建立新型城市诗美学并成为城市人的诗人，他像一个"正常"的诗人那样，紧扣"自身"，自然而然地写作。作为人子，他怀念童年，书写父母；作为青

年，他走南闯北，书写不同的城市；年过半百，身体开始出现各种状况，开始描写新的生活。而作为西部的一员，"西部"也自然而然地成为自己的书写对象。

《童年》从第三人称角度书写自己的童年经历。这是一个工作家庭的小孩，灵性善感，加上"从小就不是个乐观的人"，由于寂寞，就在脑海假想父母下班途中遭遇种种凶险，也将自己陷入恐惧与绝望之中。父母回来后，孩子已经睡着，然而，他们只道是平平常常的回归，却"不知道他们这是凯旋"，而孩子"他假装睡熟默默咽下眼里的泪水"。这无声的戏剧，惊心动魄。《家庭故事》依旧写作为人子已经长大后的感触。养儿方知父母恩，自己有了家庭有了女儿之后，更加挂念操心父母。"夜里我摸着后脑勺 那儿凸起一点/被称为反骨 暗叫一声/惭愧"，想着父母的不易，心中更增加不安。凡事从自身找原因，心想或许自己天生是"不孝之子"，无端自责，着实有趣。

"甚矣，吾老矣"，那个灵心善感的小孩随着岁月的流逝，不可能感觉不到自身的变化，包括器官的老化。由于血压，他感受到了眩晕，有了《眩晕记》："背负着血压监测器 在地铁上/他获得了礼貌的注视/但没有获得让座/候诊室里 他和一群老人/并肩坐着 别的事情他都迟到/这回却赶了个大早"，由于听力的下降，有了《耳聋记》："治疗室像一次政治学习/他们围坐在沙发上　每个人的/头顶都悬挂着输液器"。这些关于衰老、关于疾病、关于现代治疗的方式，本来难以入诗，难以审美，但是在旷达的诗人那里，却成为新生活，幽默诙谐。当然，如果从另一种文化的眼光看到了这些，由于隔膜，会产生更大的喜剧效果。由于参与治疗，有了《感动的方式》。中国传统的针灸方式，在美国人眼里，呈现出："要是美国人约翰进入到/位于北京市近郊的这个房间/也许会吓个半死　他　诗人/患有耳疾　伙同几个老头/都光着上身分别躺在床上/他们的胸前　手臂　耳朵周边/还有脚腕上面　都扎满银针/这不是恐怖电影里面的场景/而穿着白大褂的年轻人/也并非凶手　此人正像绣花似的/捻动着小细针多么神奇啊/就有电流　从身体里流过/请你感觉吧　一阵酥麻/和刺痛　忍不住哎哟一声/几乎要惊跳起来　大夫按住他/安慰说好了　这就要好了。"当然，这又是诗人内心的景观，与那个想象自己父母下班途中险遭不测一样，这也是未曾真实发生的场景。但是，即使没有发生，想想难道不照样有趣？

　　作为一个现代人，他难免要旅游，他既有走南闯北的《外省人》经历，也有一路向西，去"合作"的经历（《又到合作》），当然还曾一直到"青藏高原"这个更西更高的地方（《青藏高原》）。在青藏高原这里，一切都如诗人所言，"世界屋脊/高处不胜寒/何似在人间/与古人所见略同"，也同样，

"面对青藏高原我尚没有/与之匹配的语言"。从"城市诗"写作的角度来说，我们认为《又到合作》这首诗，更有地方性价值。这里有西部小城的地方特色："我受命来给一群干部上课/我念得结结巴巴他们发现/古文和外语都差不多/实际上于我而言也是如此"；这里有时代无处不在的印记："破败的房子许多都刷上了'拆'字"；这里当然更有西部独有的神性："一个藏族姑娘拿出她剩下的半包药/'你把这个吃'　我要付钱/她说'病好了就行了'"；还有在"此刻这儿只有几个喇嘛在玩着单杠"的广场。这些的确是另一种城市景观。《外省人》是自己走南闯北的经验，记录有在烟台、南京、沈阳、华北某地小县城、广东某地几处旅游的见闻与感受，有趣的经历，有直观的见闻，也有个人的困惑。

作为"新诗典"成员，发现生活中"事实的诗意"并用口语表达出来，这也是唐欣诗歌的倾向。与其他口语诗不同的是，唐欣更多地在自己身上寻找"事实的诗意"。这些事实，在唐欣的诗里，体现在叙事上，也就是说，唐欣的诗，都讲了一个故事，然后再告诉大家这个故事的诗意与趣味在哪里。比如《香港》写一次在香港反传教过程，"怪不得　原来是教书先生哦/那么你是不会信教的喽"。《春天里那百花开》写一次招聘经历。如果进一步考察，这个"事实的诗意"其实建立在诗人自己想象的诗意、建立在自己"诗意的想象"

基础之上，换句话说，许多"诗意"其实来自自身的戏剧性结构事实的能力。比如，一个人挨揍了，本应是一件被刻意隐瞒的事实，但是《挨揍》却将它写得有声有色，诙谐有趣。而《童年》《家庭故事》等，其趣味都建立在一个有趣的人物/诗人的形象基础之上。第三个特点，唐欣的诗基本上都是写自己的诗，但是在叙事的时候，都假借了一个"他"第三人称，仿佛跳出自己，从他人的角度来"客观"地观察与书写。

十三、侯马：心怀大爱的城市书写者

《清明悼念一桩杀人案的受害者》写道："男人从乡下赶来/要把在城里打工的妻子/劝回家/妻子已另有相好/俩人吵翻了/大打出手/男的用菜刀/使劲剁/女的终于服软了/跪着说：/'我跟你回去。'/男人，望了一眼/快砍断的脖子说：/'来……不及了。'"

这是侯马广为流传的一首诗，可切入的角度甚多，多数时候，我们把它归入"打工诗歌"，认为它涉及当代中国"进城"题材和"民工"的生活与精神状况。这是一个性质恶劣的刑事案件，惨烈程度触目惊心，然而作为一首诗，它隐藏的信息意味深长。"妻子"为何要进城打工，进城后为何另有相好，"妻子"有相好之后，"丈夫"的反应为何不是"捉奸""惩罚"或直接"离婚"，而是要把她"劝回家"？"妻子"为

何坚决不回？等等。人们会在清明节悼念过世的亲人，但是作为一个警察悼念自己经手案件的"一桩杀人案的受害者"，就包含了更多的意味。除了悼念受害者的不幸，还悼念什么？"用日常的材料/攻致命的部位"，我们日常生活的"致命部位"是什么，什么又是诗人的"致命部位"？谢冕先生在分析《清明悼念一桩杀人案的受害者》一诗时指出，诗人的任务是什么？就是表达我们对人类的爱心，爱就是诗歌唯一的理由，没有别的理由。诗歌中可能表达一种非常复杂的情感，甚至愤恨，但是，出发点仍然是爱。《清明悼念一桩杀人案的受害者》，让我们想起了"哀生民之多艰"的隐痛。

　　"爱"或者"大爱"，是侯马诗歌的一个精神向度。但是，这种"爱"或"大爱"却被诗人隐藏了起来，如孙晓娅所言，侯马的叙事沉静却饱含情感，作为一个拥有社会责任感和忧患意识的诗人，他以现实的目击者的身份从现实生活中索取养料和创作素材，并隐藏了他对过往人世、生命存在的悲凉感悟，使作品具有丰富的叙事张力和内在精神强度。《十九个民工》是诗人正面表现当代城市底层人群的诗歌，两个"打瞌睡"（或疲惫不堪？）的民工驾驶着渣土车，压死了五个扛着铁锹的民工，自己也与坍塌的桥一起埋在废渣里，十二个民工扛着铁锹过来，挖埋在渣土下的七个民工。一共是十九个民工，生生死死。死的是民工，挖民工的还是民工，这一切，将在大桥建成之后，无声无息。《致未来》是侯马另一首广为流传的诗歌，其中作为父亲对儿子的爱，不仅包含在从儿子的角度去体悟无奈，更包含在鼓励儿子以最弱小的方式去表达反抗。"我眼泪差点掉下来/脱口说/孩子，记住/如果你想上厕所/就一定要去上厕所"。《蚯蚓的歌声》表达了对"无声者"的关注。在中国，有许多人是没有声音的，他们的生活与死亡简单到了极限，似乎只有两个器官，"发声器官和裹尸布合为一体"，更可悲的是，因为无助，所以他们"依然把救援的手视为加害"，"沉默是金"，或者"以梦为歌"，都是无声的。《鸟巢》从父亲的角度表达了对一个小生命的沉痛哀悼，主题依旧是爱。

有意思的是，侯马的诗歌里存在着与"爱"相关但是表现却相反的"对抗"行为，并且成为诗歌的一个潜在结构。《教育》是"我"与一个"小流浪儿"的对抗，《拉姆斯菲尔德如是说》是"我"与世俗的对抗，《唇语》是"我"与一个"黄牛"的对抗，《一个女孩》是"我"与"一个女孩"的对抗，等等。这或许由于警察的身份有关，或者仅仅是诗人的一个个人价值选择，"匡扶正义，锄强扶弱"或者是"决不妥协"？

另有一些是诗人自己把捉的生活中"事实的诗意"，这些无关正义，无关对错，但是有趣，比如《存在》写生活中自己吓自己的经历；比如《一切都是最好的安排》写与诗人朋友"伊沙""徐江"的暗中较劲，小小的得意与失落。《过丰草河》《开战》等，这些其实是诗人"爱"的另一种体现：爱生活！

十四、马非：城市生活戏剧性与细节的发现者

马非被称为"中国口语现代诗的 70 后先锋性代表诗人，和沈浩波已经无疑站在了最前沿的巅峰之上"[1]，虽然这个称呼连作者也都不那么相信，但是其诗作《每个少年都想成为一只猫》的确可观。这首诗写道："每个少年都有成为一只猫的意愿/但每个少年都可能屠宰一只猫"。唐欣认为："马非这首有些神秘的诗，由迷离和迷惘走到让人心悸的肯定。像戈尔丁的《蝇王》一样，写出了青少年时代的骚动和不安，也写出了每个人身上恶的可能性，这便是现代诗的冷峻之处和锋利之处"；伊沙也认为："读到此诗大感意外，马非的诗一根筋拐弯少，本诗却走起了猫步；马非喜欢下结论，本诗结论在开头，还有其罕见的神秘感"[2]。

口语诗总是与生活相关，发现"事实的诗意"其实要捕

---

1 《新诗典诗人访谈系列之诗人马非访谈》，见"马非的博客"：http://blog.sina.com.cn/qhmafei。

2 同上。

捉到生活中包括自己在内的戏剧性，而"戏剧性"的要义是"反差"，其效果则是审美愉悦，而"审美愉悦"在很多时候与生活中的愉悦、有趣等同，如果我们找到了生活中，包括自己身上那些有趣的地方与瞬间，"诗意"就更容易建立起来。当然，马非的愉悦、有趣不仅是生理上的，它还在幽默、诙谐中蕴含着价值观、态度。比如《那个人》的"戏剧性"在于：一个无足轻重的人，在单位一直在努力，在表现，然而直到退休"连科长都没有混上"。"他用一生在拖走廊/那截走廊居然越拖越脏"，这句话是说，他一辈子都在表演，还是说他的"事业"从失败到失败呢？无论哪一种，这里面是带有世情讽刺的。《与会者》组诗讽刺了当代开会的无聊和开会者的世相，比如一个开会时思想开小差者，"他太投入了/当一顶黄色安全帽/打某个工人头顶滑落/他'啊'地惊叫起来/当时领导正讲到高潮处/他的惊叫恰逢其时/领导投来赞许的目光"。《两条毛巾》通过生活中的细节反映了某种心理，当然，有趣的地方在于当事者为这些见怪不怪又确实奇怪心理的辩护："一个来访的诗人对我说/'这多么像我们的人生啊'/至于像怎样的人生他没说/我也没有进一步追问"，这可能又在无意中揭示了当代人心理的另一个侧面。《面馆里的民工》展示了另外的戏剧性，作为"城里人"，我以为"民工"都是能吃的，而实际情况正好相反："总之和我估计的不同/

他们没有那么能吃/有两个人甚至/深谙中华传统美德/剩一点，以示恭谦/我以为中间上厕所/其实是拍屁股走人/还不如我呢 我/扒下自己的/还把老婆的半碗/干掉"。生活在变化，民工在变化，没有变化的，是我们知识分子的偏见。《拉利伯塔省省长》写了另一个"身份与行为/待遇"之间的反差，不过这种反差，是在我们这个国家和我们这个文化当中才有的，真正的反差在于"我"对这个"省长"的想象和拉利伯塔省对自己省长的态度，发人深省。《无雾之地》也是。《秋天的蚂蚱》是一种自嘲，我们夫妻俩上楼，蹦蹦跳跳如同蚂蚱，然而岁月不饶人，即使是蚂蚱，也蹦跶不久了。

《一个诗人》书写的是另一种戏剧性：这个诗人，生前写过几百首诗，死后却只能活在别人诗歌的注释里。这是一件非常悲哀的事情，生前显荣，死后惨淡，好在他死了，未曾亲历这种尴尬："转而想到他死了/并暗自庆幸他死了/不知道这个事"。结尾又添了一个尾巴，说这个诗人姓马，是"我的亲戚"，无形中拉近了与"我"距离，似乎想说，这样的尴尬，人人都会遇到的，从嘲讽转向了自嘲。《在草原上》是诗人的奇思妙想或者胡思乱想，老鼠从自己的藏身之处冒死过马路，一定有原因："机警如老鼠者/不知道穿越马路的危险吗/我看不像/那一定是有极重要的事情/在公路另一边等着它们"。

《手指》《仿佛他犯了什么罪》的戏剧性就从有趣延伸到

了讽刺。一位诗人，写出了如同其他国家，比如英国、瑞士或芬兰这些国家的诗人写的诗，但是"我"却感到很不舒服，愿意在心中将他拉黑。因为，"海地"是一个贫困的国家，而这个国家的诗人却写出了富裕国家诗人一样的诗，这本身就是反差，这个反差是可耻的，一点也不可笑。《手指》表面写的是生态主题，实质是点出人性的复杂性："他竖起手指/对我特意为其点的/一道风干牦牛肉/他再次竖起手指/我注意到/是同一根手指"。

马非着意发掘生活当中自己身上的丰富的细节和有戏剧性的瞬间，无形中，他忠实地描写了生活、记录了生活，成为我们这个时代的画像。

十五、苏不归：城市背景的书写者

很难找到一首"纯粹""标准"的"城市诗"。一首书写城市的诗歌，它的焦点很难持续对准城市本身，总是在政治意识、现代主义或某种情怀之间游移，很多时候，一首书写城市的诗，却落脚在现代主义或其他意识形态上，城市，反而成了背景。即使如此，在 15 位中国"最好的城市诗人"中，苏不归是最接近"城市诗人"的一位。在此处，苏不归只选取了 8 首诗，这并不是说明，苏不归在城市诗的写作方面力不从心，实际上我们还可以很容易地挑选出这方面的诗

作，比如《日本地震》《天空薄得很》《柠檬海岸》《优雅》
《搬家》等。

苏不归出生在重庆，20岁的时候去英国学习了6年，之
后一直生活在上海，他的生活空间一直在这些大城市之间，
而他的日常生活基本上就是城市生活。从创作看，苏不归的
创作也是如此，包括上述补充的几首，他的诗大约写到了上
海、重庆、伦敦、佛罗伦萨、庞贝、萨拉热窝以及其他标识
不显的地方。这些诗歌，有许多是以观光者、过客的身份进
行了正面描绘、记录和介绍，比如《莱斯特广场》《庞贝歌
声》《萨拉热窝玫瑰》《柠檬海岸》《优雅》等，有些则以生活
者的姿态进行内在的书写，比如《天空薄的很》《搬家》，这
些诗作，都与城市形象和城市生活直接相关。另有《接机时》
《举起右手》这样的诗作，直接书写的是现代生活，而这些生
活，很明显只能发生在大城市。《只有手机还在跳动》书写的
是发生在上海外滩的一次踩踏事件，诗人在这首诗里抒发了
自己的悲痛："急诊大厅躺了一片人/有老有小/唯一相同之处
是都没呼吸了/好多死者口袋里的手机还在震动/打开来全是
亲友的/新年祝福信息"。因人的聚集而形成，但也因人的聚
集而发生灾难，这的确是城市病之一。

实际上，"城市"在苏不归这里，虽然是一个稳定的取景
框，但是却没有成为可以书写的对象，或许，在一个真正的

城市人那里，"城市"是天经地义的事情吧，相反，将城市生活、城市题材与政治意识、现代主义意识结合，这才是苏不归城市诗的一个特点。《我看见一个身体被锯掉一半的人在跑》模糊了具体的时空，但明显想表达的是普遍的现代人生经验。《萨拉热窝玫瑰》抒发的是对历史的凭吊和对和平的向往。《接机时》书写的是发生在城市一角，抒发的是对现代城市人之间关系的思考。

下编

城市时代的诗歌批评与研究

第六章　城市时代的诗歌批评

本章是几篇诗歌文本批评的合集。这些文本，有些直接关乎城市书写，比如叶匡政的《城市书》、梁平的《重庆书》中，"城市"是正面书写对象。在《新疆组诗》《黑池坝笔记》（第一辑）中，"城市"则化身于"资本""城镇化"和与传统对应的"今天""当下"。《到马路对面去》是一个出生于城市时代、生活于城市的 90 后女孩的处女诗集，"城市"在她那里是天然的时空，几乎不作为问题被单独强调。而在《新世纪先锋诗人三十三家》中，"城市"及"城市书写"则是一个创新的召唤，今日"先锋"的指称。总体而言，这些诗歌批评或远或近地呼应了城市时代的物质生活、精神生活以及审美状态。

第一节　"我不知道怎样爱你"
——叶匡政的《城市书》

叶匡政的《城市书》2011 年由花城出版社出版，收入诗歌一百多首。梁小斌作序《城市贫困精神生活的骄儿》，刘洁岷作跋《阅读者言》，诗集后收有沈天鸿评论《叶匡政简论》、祝凤鸣评论《城市世态的冷静记录者》，附录是《主要作品刊行年表》。这是一部集城市诗创作尝试和城市诗诗学思考的著作。

《城市书》的出版引发热烈讨论和高度评价。梁小斌在《城市贫困精神生活的骄儿》中说："几乎所有的中国诗人都是住在城市里的，但是以城市为诗书，有意而发、自觉成'书'者，我认为就属匡政了。"杨四平认为："在现今诗坛上，没有哪一位诗人像叶匡政那样真正专心致志地写'城市诗'，并将其结集出版为《城市书》。"[1] 在选材上具有"革命性"，同时，在艺术上也取得高度成就，因此，力夫说《城市书》"足以称为我们这个时代城市题材诗歌的杰作"。陈超进一步指出，《城市书》"不仅是典型的都市表象，而是一种心灵状态"。沈天鸿也认为："他的《城市书》的意义，在于从形式到内在层面都迥别于此前的同题材诗歌，不仅让我们感受到了城市的脉搏，而且真切地目睹了城市及其子民的生存与精神状况。"

这些发现深刻而一致，的确《城市书》是一部关于城市

---

1 杨四平：《叶匡政的城市诗》，"新华网"2005 年 07 月 26 日。

的"心灵之书"：或者是诗人自己面向城市的心灵敞开，一个关于城市生活体验和思考的书写；或是诗人关于城市的"代言"，一个经诗人充分观察和梳理之后的断论。但是，我们也同时注意到，作为有着深厚农村背景和农业文明底蕴的"城市人"，他注意到了"城市"作为新生事物而带来生活方式上的陌生性，同时作为诗人，它也注意到了"城市"表象的新异性和新奇感，包括种种不适应。他借用农业文明和现代主义的双重视角诚实地表达出了一个人类生活大转折时代一个诗人个体对城市生活的热爱、适应及种种不适应。这种表现具有了诗学上的美感，同时具有社会学意义上的心灵资料价值。换句话说，叶匡政是从农业文明视角和现代主义文本态度两个维度切入城市，进而袒露出自己的心灵。

有论者发现："在城市这个巨大的现代容器中，对立与类似都先于叶匡政早已存在。例如人与物的对立，人与人的对立，物质与精神的对立，时间与空间的对立，等等。"[1] 人与城市的对立而非和谐的相处，的确是《城市书》的核心结构。作为表现城市的书写，我们注意到，《城市书》引人注目的不是城市的表象：建筑、交通工具、各色人群、职业、菜市场等，而是通过这些表象所传递出来的情绪。很明显，这种情

1　沈天鸿：《叶匡政简论——以〈城市书〉为例》，《安徽文学》2013 年第 10 期。

绪并非来自诗人经历，比如某种挫折、失败，而是来自一种
我们非常熟悉的文本性态度：现代主义，或者说存在主义哲
学观念。换句话说，未必是某种现实原因而导致诗歌生发了
这种观念，而是这种"先于叶匡政早已存在"的观念让诗人
所经历的现实具有了这种倾向。这种倾向体现在人与城市、
人与人、人与自己等的对立与紧张关系上。在《城市构成》
这首诗中，我们感受到了这种情绪，甚至感受到了城市对他
的压迫："在这里，天空对人群俯就/我多么弱小，卑微，沉
闷/擦着多余的手"，"大厦黑暗的深处/电视咬啮人的头颅"。
这个意象或许是一种客观现象的扭曲变形，但更是"我"个
人观察后的主观结论：城市"吃人"！城市与人的关系竟然如
此危险紧张，"情侣们相拥时的孤独密封在各自心中"。别人
的内心诗人如何知道，显然这也是以己度人，对城市人与人
之间关系的一种负面思考。《潜在的邻居》描述了一种新型的
居住方式带来的陌生的人际关系，这种关系，诗人是无法接
受的。由于"他"一贯的缺乏安全感，警戒，所以他感到
"隔壁的邻居/对你看得如此仔细/他熟悉你的脆弱，就像熟悉
/你作业换下的背心"，而"我"却无法了解他，观察他，只
是感觉到这种威胁是"潜在"的，甚至"你不能说他是存在
的"，但实际上"他"是存在的，因为"我"感觉到了他的威
胁。甚至在家中，"我"也感到了孤独，不被理解："一家人

围坐在你身边，没有一个人/愿意了解这颗还未解冻的心"（《初春笔记》）。

在城市里，不止"我"一个人感受到屈辱，不快乐，比如《职业》写道："我多想弯下腰，有另一些选择，/那扇窗口，那虚构的青春。耻辱/在办公室墙壁，划出道道重痕"。在《被洗的纸币》中，诗人借助"被洗的纸币"暗示"我"的生活并不愉快，如同"被洗的纸币"，脆弱而暗淡："水珠还原了它们的脆弱"。如同"被洗的纸币，就这样/摊开我暗淡的日子。"更多的人也似乎如此，一个"既不残忍，也不温情"的工程师，胖，丑陋，愤怒，现实令人厌倦，而未来"只有数据，无穷无尽，浮起他的一生"，"令人恐惧"（《工程师的星期天》）。"一个下班的工人"也不快乐，他"不想触摸被机油染黑的额头/他想就这样走入黑夜/不带任何安慰"，"也没有眼泪可流"（《一个下班的工人》）。"午夜的货车司机"是"一只寒蝉"，"这辆货车，像午夜爬动的寒蝉/他是它心中的寒蝉。/两只不同的寒蝉都有着无法知晓的冬天"，自然之物也异己于自己（《午夜的货车司机》）；一个"多像我的童年"的男孩，也如此孤单（《一个男孩》）。"南苑公寓楼门卫"是又一个不快乐的人，"闷闷不乐，审视每一张脸"，但"我已忘记，他就是我，曾经是我"。"我"与"门卫"的相同之处，或许在于"睡着了"，也保持警戒的姿态（《南苑公寓楼门卫》）……如此等等。虽然，"我"也有快乐的时候，但是我们知道，这是反讽：这种快乐是因为在"闹市区"，"没被解雇"，"也没离婚"，"还没有一个借口/让他放慢速度"——这就是生活："没有高处，/没有低处，一切都握在手中"（《快乐的一天》）。

然而，"我"也并非完全不快乐。"我"的快乐在过去，在"我"工厂区的童年时光。快乐的"工厂区的童年"是诗歌中极少的阳光地带，诗人感受到了温暖、温馨，诗人赞美这种已经逝去的生活，然而，之所以赞美它，完全是因为"人们因为无所期待而活得容易"（《想起工厂区的童年》）。

真正让诗人感到快乐的，是诗人"郊游"，遇见自然、回归乡村的时候：

在蜂箱上日益浑圆的是苹果

骑车的男孩从坡上冲下

惊奇捂住了他的嘴巴

快看！快看！那一片红苹果

我先看见你的黑眼睛

大概是一朵捧着露水的鲜花

点一盏什么样的灯

我的心灵才能睁得比眼睛还大

这看见的多美

这下垂的声音，蜂箱上的声音，多美！

我抿紧双唇，只

怕自己

会一下喊出这美的名字

——《郊游》

回归自然，诗人才会发现美，才会惊奇、愉悦。并且，诗人用农业文明、自然的事物去表达这种惊奇与愉悦："大概是一朵捧着露水的鲜花"。城市里没有的"美"，诗人在这里发现了它们："这下垂的声音，蜂箱上的声音，多美"。在《葡萄藤》这首诗中，诗人进一步表达了自己对自然的亲和关系："我三岁的女儿/她喊我哥哥，她喊我姐姐/她喊我宝贝/我都答应了/因为我渴望有更多的亲人/傍晚，坐在后院/我们一起仰起头/我们一起喊：'爸爸，爸爸……'/我们喊的是邻居屋檐下/那片碧绿的葡萄藤/我们多么欣喜/我们紧紧地抱在一起/因为我们都喊对了/它是我们共同的父亲"。与美相伴的，是他对这种"美"的皈依，和在皈依中的自由与快乐。《益民街的槐树花》《银河菜场》《米饭谣》这些诗歌也表达出了类似有意味的信息。

　　叶匡政"谨以此书献给我的外祖母"，倾诉、怀念或者取悦，应是《城市书》的应有之义。杨四平说："叶匡政面对城市，表面上他是持批判态度的，骨子里他依然爱着它。"[1] 我们认为这种观点是对的，叶匡政没有理由去憎恨一个自己生活的城市，而且我们在《城市书》中，我们也没有看到来自城市的具体伤害，比如，"蛀空的头颅仰放着，睁着眼/不愤怒，也不悲伤"（《秋晨》），从全文看，这些"愤怒""悲伤"并无来由，缺乏文本内说明，它似乎也跟传统诗学上的"悲秋"不同，哀而不伤，不会"愤怒"，说明城市并没有真正伤害他。因此，与其说这首诗或这类诗表达了城市的某种东西，不如说表达了对城市的整体情绪，完全是一些主观的个人感受。这种与城市的明显的疏离、对立，与其说是城市生活本身的某种明显的缺陷不足，不如说是，来自中国现代新诗或者说世界现代诗歌"自带"的"现代主义"——对现代化、工业化乃至城市的反思、批判——这种文本性态度。另外，我们也不能忽略来自传统田园审美传统的强大惯性。诗人不是不爱这个城市，而是说，我们或许还没有找到爱它的方式。

1　杨四平：《叶匡政的城市诗》，"新华网" 2005 年 07 月 26 日。

这些惯性与文本型态度体现在对新鲜事物的认识上，比如面对"黑暗的影院"，"黑暗的影院，黑暗把一切变得漫长/只有人与人的距离似乎更近，这黑暗中的默契/比黑暗还要虚无，还要目空一切"（《黑暗的影院》），"黑暗中的默契"，的确是影院中发生的现实，在观看电影的过程中，观众默认了"以假做真"的现代艺术手段，这种手段，借题发挥，说它荒诞亦无不可，但把注意力聚焦到"假"的事实，也就是电影故事本身而非电影这种表现技术，或许是常态，我们可以说是诗人的敏感，也可以说一种文明对另一种文明的少见多怪。比如，诗人面对天桥这个"奇异的结构"，在它下面，我感觉到"他漂浮着，她漂浮着/……又不是他俩……"，这种遐想很可能是"过度联系"（《初秋的天桥》）。

但是，当诗人，一个新城市人，面对城市更强大的、几乎无可辩驳的事实的时候，还是暂时搁置了自己的先入之见，愿意认真观察它。比如，地铁。地铁是现代城市的基本配置，提供了交通便利，让城市生活简单有趣。这实实在在的"好处"，城市人、外乡人，应该是无法否认的吧，至少对于一个没有地铁的城市居民，面对地铁，他还无法判断是该欣喜，还是该抵触。但无论如何应该还是先观察，先体验，不忙着抵触。但内心的节奏已经在发生变化："谁抬起沉重的脚，内心的节奏/被它扰乱？"进入北京地铁，想象到要进入一个未知的城市：北京。"在他将去的地方，强壮的城市/会以什么方式迎接他的到来"，地铁是"强壮"的，正如"城市是强壮"的（《北京地铁》）。

沈天鸿梳理了从雅斯贝斯到马尔库塞以来城市在现代语境中的地位与认识。在《时代的精神状况》中，雅斯贝斯讨论了西方现代化进程与精神文化变迁的关系，他认为，城市生产着"时代的精神状况"，但"精神状况"却是消极的，是一种精神困境。在马尔库塞那里，城市更成了他所称的"单面人"的生产基地，是现代最大的荒原。单面人所缺乏的种种维度之一的审美之维，城市必然也同样缺乏，而且应该是先于单面人的缺乏。这一点，从城市一直很少成为诗的对象也可以得到佐证——"工业是缺乏诗意的"，工厂上空的月亮的确不是原野上空的月亮。[1] 城市是现代人精神困境之源，城市是不美的，这种传统一直保留下来，并且作为一种文本态度和取景框，不断地产生新的文本。叶匡政的《城市书》也大致如此："……我想这也与叶匡政处理的题材有关，他的题材中所包含的危机不是他个人的危机，而是城市化时代的人的异化，或者说单面化的危机。因此，即使是在那些纯粹观察他人的诗中，毫无疑问也同样有着叶匡政在现代城市的

1　沈天鸿：《叶匡政简论——以〈城市书〉为例》，《安徽文学》2013 年
　　第 10 期。

荒原中，体验到的紊乱、困惑、欢愉和痛苦。"[1] 在叶匡政笔下，杨四平说："城市与现代性几乎是二位一体的。"[2] 其实，我们应该说，叶匡政的"现代性"其实是"现代主义"。铁舞也曾说过，城市诗就是现代主义。它虽然没有像"波特莱尔、艾略特等西方现代派诗人那样一味诅咒城市文明带来的负面效应"，但是《城市书》的确传递出了现代城市人与城市之间的尴尬微妙关系。

作为一部关于城市书写的诗作和代表作，我们有理由在美学上考察它给我们带来的精神愉悦，同时又要思考在社会学上它所带来的问题。一个居住在城市、热爱城市的诗人，面对自己的城市生活，习惯性的、本能的被"现代主义""异化"这些文本性的态度，先在地设定了人与城市的对立关系，导致几乎完全无法感受到城市带给自己的便利，发觉城市生活中的美，始终处于一种紧张焦虑的关系之中。这是一种悖论，如果这种紧张焦虑在现实生活中不存在，那么我们说诗人的写作是不诚实的；如果因为上述原因而真的发生，那么诗人真正成为了"单向度的人"，这的确是一种遗憾。但我们宁愿这么理解：我们热爱城市，并且愿意表达这种热爱，但

1　沈天鸿：《叶匡政简论——以〈城市书〉为例》，《安徽文学》2013 年第 10 期。
2　杨四平：《叶匡政的城市诗》，"新华网"2005 年 07 月 26 日。

是，我们还没有学会如何热爱它并且恰当表达它。在这个人类生活大变革面前，如何与城市相处，不仅是一个社会问题，也是一个诗学问题。

第二节 "城市好远"：一个人与一座城的"胶着"与"抗衡"
——梁平的《重庆书》

2003 年 9 月，梁平的《重庆书》在《诗刊》下半月刊发表；2005 年，它又与《三星堆之门》一起，收进《巴与蜀：两个二重奏》一书。全诗共一千三百多行，分四十二节，六个部分，从一个人与一座城血肉联系的角度，书写了重庆这个城市的形成、历史变迁、文化性格、复杂的生活方式等，既有知识的梳理，也有深刻的思考，更有切身的感触与情绪的抒发，丰富、复杂，堪称大作。《重庆书》问世十几年来，在诗坛引起持续反响。虽然它如诗人自己所言："起笔于远古而侧重的是对巴文化来源的当代审视"[1]，是一次文化寻根之旅，但由于"在中国的新诗史上，关于城市的诗不少，但关于一座城市的长诗不多"[2]。近来，它又越来越被当作诚实记

1　梁平：《自序：经验和精神的重逢》，选自《巴与蜀：两个二重奏》，作家出版社 2005 年版，第 3 页。
2　蒋登科：《一座城市的精神抒写：来源和去处——解读梁平的长诗〈重庆书〉》，见《巴与蜀：两个二重奏》，作家出版社 2005 年版，第 117 页。

录人与城市物质与精神纠缠的"城市诗",与叶匡政的《城市书》一起,作为当代城市诗探索的代表作,双峰并峙。与许多抒写城市的诗歌不同,它表达了个人与城市不可分离、血肉相连的"胶着"关系,又流露出前者对后者情感上的"抗衡"。身在城市中,但感觉"城市好远",这种深沉、复杂、紧张而微妙的关系,在城市时代来临、新生活开启的转型时刻,具有重要的社会价值和典型心理学意义。

第一部分《扉页:城市血型》总括了重庆这个城市的文化性格:"接纳五湖四海,接纳所有",相较于其他地方"更刚烈而倔强","更阴柔妩媚","日子滋润"但"脾气火暴"。第二部分,也就是第一章《以前,人与事件》,承接"扉页"的整体论断,从第三人称的角度对重庆这个城市进行了历史溯源,回答了上述"重庆性格"形成的原因。从巴蔓子将军抗楚、钓鱼城军民抗元到革命军邹容、蒋介石、郭沫若、白公馆英烈等,"抗争"是一贯性格,"刚烈而倔强"因此形成。第三部分,也就是第二章《现在,羊皮筏记》则将笔触转到当下,围绕"我"的出生地、生活地、工作地、生活环境、籍贯等,详细书写了"我"的成长经历,"珊瑚坝"——"中华路"——"天官府"——"上清寺院"——"我的办公室"——"城市北郊"——"读书梁"——"对面岛上"——"丰都",是本章的地理线索。这些地方,是这个城市的一部分，又与"我"紧密相关，构成了"我"的全部城市生活，当然还包括"我"隐秘的精神状态那一部分。"城市"是伟大的，"我"的生活却如此平凡、细微，远谈不上壮怀激烈、慷慨激昂，反而在深夜的时候、独处的时候，感受到了深深的孤独、异化与格式化的痛苦与虚无："夜半的时候在电话上拨出一个号码/想和人说话、想以这样一种方式/回到原来，和以前一样"。甚至自我怀疑，自暴自弃："我也是从半岛那边挤出来的脂肪"，"减到现在，有点格格不入、丢人现眼"。

第四部分和第五部分，也就是第三章《还是以前，相间黑白》与第四章《还是现在，城市森林》则将"城市"与"我"结合在一起，集中描绘了"我"与这个城市"胶着"与"抗衡"状态，并回答了其中的原因。"城市"在成长，"我"也在成长，但是二者并不同步，相反，二者的错位给"我"带来了如许的失落。小龙坎、海棠溪、朝天门、曾家岩、抗建堂、纯阳洞、《新华日报》总馆旧址、沙坪坝公园的红卫兵墓地等，它们都给这个城市打上或辉煌或沉重的印记，这些印记让"我"引以为豪，同时也构成了"我"记忆的一部分，但现在那些印记都逐渐淡化了："棉花街"的小路没有了；"沙坪坝"找不到一块像样的坝子；"海棠溪"没有海棠；"曾家岩"的红色的石头不见踪迹；"观音岩"的话剧舞台"一夜之间消失了/取而代之的是价格不菲的商住楼";《新华日报》的旧址前的叫卖声随风而去……这里既有历史怀古的幽思，也有对一个城市未来发展的思考，但更多的是个人成长的失落，毕竟，它们是城市的一部分，更是自己的一部分。"现在，就连印象中的街也没有了/青石板路不在了/喝酒的小店找不到了/再也没有人可以和我进入以往/以往模糊不清/我不知道，这里丢失了什么"。遗憾与怅惘，难以掩饰。第四章写的是繁杂的当下，重点书写的是个人对城市的怨怼。香风熏染的镇子"没有了油菜花"，依旧"香气逼人"，变得暧昧；神女峰树了千年的旗帜因为"舒婷的那年的歌唱"，"在一夜之间坍塌了"，伟人"高峡出平湖"的浪漫变成了现实，然而依旧有人不高兴。上清寺的广告像"白癜风"，灯红酒绿下坐台的"娟娟"是自己的邻居。还有那鬼鬼祟祟的"打听"、遍地的"流言"、"开满鲜花的嘴"、恶俗的人与物的包装等，这些让"我"极度失望，甚至想逃离，诗人内心的纠结、感情的复杂到了高潮。

第六部分，也就是《跋：作者独白》部分，诗人将上述复杂的、"抗衡"的东西强行"胶着"在一起，说服自己：城市，好比自己的母亲，一个人不可更改自己的出身，他身上永远流淌着城市母亲的血液。虽然，"我"与这个城市的今天渐行渐远，但"母亲"不会抛弃我，一定会像在某个时候，

"轻轻走到我的床前"，给予"我"月光的关怀。

高洪波说，我看到了梁平对重庆这片地域的热爱和自豪，同时也看到了诗人的无奈、感伤和忧郁。[1] 这种发现是准确的。重庆是一座特殊的城市，对于我们这个国家，我们这个民族，都很重要，值得被反复书写。但是它又不仅仅是一个符号，而且还是一个生活空间，一种生活方式依托，更是诗人"我"生长与成长的地方。在理智上，诗人无限热爱"重庆"这座城市，因为这座城市有辉煌的过去、伟大的性格；因为她是自己的"母亲城"，无法更改。但是在情感上，诗人幸福却不快乐。"我"出生在这个城市："今天开始，我在这个城市见到了天空"，"血红雪白：1955 年 12 月 12 日"，在这个城市长大，熟悉这里的角角落落。但是，多少年之后，"我"依旧没有在这个伟大的城市里感觉到快乐，除了"梦想"："梦是我在这个城市唯一的快乐……"

诗人并没有做到身子在这个城市，灵魂也在这个城市；没有做到把这座城市当作自己的"居住地"，也当作自己的"精神家园"，让自己的灵魂有片刻的栖息。《重庆书》传递的信息是犹豫的，甚至是矛盾的。何处是家园？诗中提到了"丰都"。诗中说，自己儿子的籍贯是"丰都"，而自己的籍贯

1　蓝野整理：《穿越城市时空里的灵魂——梁平长诗〈重庆书〉学术研讨会纪要》，《中外诗歌研究》2003 年第 4 期。

跟他一样。"我的儿子和我长得一模一样/儿子的祖籍填写丰都，也一模一样"。但"丰都"虽然是我们每一个人迟早都要去的地方，既是"我"的出生地，也是"我""死后"的归宿，但死亡之地、"人人都要去的地方"不等于真正的精神家园。

学者杨青说，梁平有更大的"野心"，他要寻找的是从物质家园到精神家园的路。[1] 诗人在《重庆书》找到了自己"从物质家园到精神家园的路"了吗？"这里是城市最洁净的地方/所有与生俱来的杂念和欲望/都不能生长。"好像是，但这里说的是珊瑚坝，"我"出生的地方，"珊瑚坝从来都没有生长过珊瑚/一片五千年的河漫滩"。珊瑚坝，那个最美好的地方，却在"旧乡"，在过去，一去不复还。而且，在"我"心中，它与"城市"本身是对立的："这里是心灵最安全的居所/没有喧嚣，也没有尖锐的灯光/可以，把日子平放在松软的芦苇被上/安安静静地欣赏/细雨穿石的舞蹈/城市好远/已经看不清模样"，"城市好远"。

"城市好远"！我们注意到，诗人与重庆、"我"与"城市"，一个人与一座城，远远谈不上水乳交融。实际上，《重

1　杨青：《向上的路和向下的路是同一条路》——读梁平长诗集〈巴与蜀：两个二重奏〉》，见梁平：《巴与蜀：两个二重奏》，作家出版社 2005 年版，第 137—138 页。

庆书》如果表达了认同，那也是对这个城市的过去——历史——的认同，对"我"过去——籍贯与儿时——的认同，而对当下，却流露出了深刻的失望。"我"不是在走向城市，拥抱城市，而是在远离城市，至少在精神上已经远走高飞："我已经坐在长途汽车上，走向城市更远的地方/那里有草原和牛羊，有燃烧的锅庄"。回到"原来"，回到"天堂"（丰都故乡），走向"远方"。而这个"远方"，是重庆的辉煌过去吗？是乡村的丰都吗？是远离现代的农业文明吗？似乎是！

　　爱重庆，相信诗人与千万重庆人一样，发自肺腑；爱重庆的辉煌的过去，爱童年时期亲切的旧乡，在心理学上说，是人之常情。但爱重庆的当下，城市时代的重庆，无论对于诗人，还是对于千万重庆人，甚至当代人，却更为重要。我们注意到，《重庆书》书写城市与"我"的过去的时候，亲切而善意；写到当下，则不由自主地转向负面与消极。这不公平，从心理学上情有可原的东西，未必符合社会学的现实——诗人有意或无意地过滤了城市更重要的那一部分："城市，让生活更美好"。而这一部分，已是和将是人们生活的现实，或者迟早要实现的现实。

　　认可城市，亲近城市，以"城市"的标准而不是农业，或者是"现代主义"的标准去苛责它，进而为当代人重建一个真正的、可以托付身心的精神家园，是真正的城市诗的根本。或许,《重庆书》只是一个开始。

第三节 城市精灵,见诗如晤:徐电诗集《到马路对面去》

去年的某个时候,徐电说要赶到宝山来约我喝酒,后来她改变了主意,说要约上老酒庄一块过来喝酒,再后来就没有了关于"喝酒"的音讯。我们的交往,止于微信上的偶尔交流而已。但我还是比较喜欢这个孩子,觉得她具有某种特别的东西,对她充满了好奇。

我并非一定要特别关注年轻人。像我们在高校工作,每天接触的都是这个年龄段的大学生;也并非一定愿意与女诗人交往。作为一个搞文学研究、诗歌批评的人,接触到的女诗人着实不少。我对徐电充满了好奇,浏览她的微信公众号,关注她的生活状态,追踪她改来改去的名字,但在很多时候,是关注一个"打拳的女孩在写诗",而并非因为她写诗,或者她是一个"诗人"的缘故。从她以前发给我或者从她微信转发的零散诗歌来看,我觉得她的技巧还比较幼稚,思考也简单了一些。我曾建议她多读诗,多模仿,以此提高技艺。为了"开脑洞",还安排过她仿写轩辕轼轲的《故事的中心》。建议她要读一些哲学方面的书籍,甚至某些专业的知识,比如"打拳",等等,以增加自己思考的及物性和深度。现在想来，之所以这么建议，还是因为我对她的诗不太了解的缘故。在集中读完她的诗集《到马路对面去》全部作品之后，我的想法发生了一些改变，并对诗歌的"青春写作"再次充满了信心。

《到马路对面去》在结构上分《无风篇》《无常篇》《无名篇》《失语篇》《云起篇》《止语篇》几个部分，每个部分构成了与篇名大致对应的主题。从专题命名看，这些带有玄学意味的"大词"似乎暗示了作品的某种"深度"向往，而这些词语自带的沧桑、挫败、消极气息，也在透露作品的风格追求。然而我们不要被这些"词不达意"的命名干扰，《到马路对面去》恰恰描绘了一个新奇而温暖的世界，清浅、明净，朝气蓬勃。从题材上看，诗歌基本围绕着亲情、友情、恋情、乡情展开，表达的是一个涉世未深的女孩对这个世界的感触，与读者分享一个正在成长的女诗人许许多多"永远第一次"的喜悦、颤栗以及莫名哀愁。在诗人眼里，这个世界值得信赖，安全感首先来自给自己"做葱油饼的"母亲，"包工头"的父亲等。有那么多有趣的人，比如"吴念真"（《吴念真》）、"沈随心"（《沈随心》）、"雪小禅"（《雪小禅》）等；比如那些特立独行的"女友"："在夏天逃跑的女人"（《写给一个在夏天逃跑的女人》），"有色彩的女人"（《写给一个有色彩的女人》），"一个吃肉的女人"（《写给一个吃肉的女人》），等等。

我们知道，这些"女人"，带有她自己的影子，或者干脆就是她自己；甚至自己也是一个"挖掘不尽"的宝库，有那么多的矛盾性、戏剧性。诗集完全打开了一个"90后"的内心世界，这个世界充满了爱，爱爸爸妈妈、爱家乡、爱身边一起成长的小伙伴，当然更有那个"他"。这个年龄，爱情是最紧要的事情，总是与那些美好的回忆和惊心动魄的体验相关。有人生初见之温馨："那一年大冬天/那一年阳春面/你说你身上未带钱/我惊慌得泪流满面"（《诗与你》）。也有失去之疼："桌台上的烟一根没少/你/不是我的了"（《致乌有》）。当然，更有"痛定思痛"之感悟："爱情比昙花凋零得还快/思念却总是没个尽头"（《蓝色爱情》）。然而，一切都是那么美好、干净、乐观、积极向上。

《到马路对面去》刻画了一个乖巧而叛逆的女孩形象，这个女孩，在诗中努力练习，想成为"诗人"，然而我们知道，这个女孩即使不写诗，也是一个诗人，因此，诗人的自我书写、本真写作，本身就具有了某种诗意。"诗言志"，"文如其人"，我一向对这种说法持保留意见，因为作为艺术一种，诗歌所提供的"志"与"人"并不能天然提供诗意，自动从生活范畴提升为艺术审美对象。诗人之"志"与诗人之"人"并无特权，除非诗人之"志"与"人"本身具有超越日常、让人重新发觉"人"之存在和"人"之美好的诗意。《到马路对面去》正是如此，它是关乎一个"写诗的女孩"的生动自画像，其人如诗，见诗如晤。这个女孩，认真地胡闹，认真地纠结，清新脱俗，让我们觉得她是"事实的诗意"。她保持着孩童的"傻"："但有一个如风的姑娘/和两句无厘头的傻话/总在记忆的弄堂里游荡/'姐姐真好'/'长大了要和姐姐一样漂亮'（《上海往事》）；她有着孩童的奇思妙想："他们说这儿的空气好/让我来此地养病/我怕大海被我传染/跟着我一道生病"（《写给一个在大连海边养病的女人》）；她总是说大白话："艾草没有出现的时候/我以为我会爱檀香很久/可藏得再老些的檀香/也抵不上在你的肩头深吸一口"（《艾草香》）；她能在自己身上发现有趣的东西："其实我是心慌的/只做诗人这一件事/就叫我心慌了一上午"（《枉为诗人》）；她"举止乖张"："她像找一只狗一样下楼梯找丢掉的笔"（《丢东西的女人》）。这个女孩，在这个现实得透不过气的世界，无疑是一股清流、一阵清风，让我们暂时忘记了生活本身，得到了类似艺术的体验。

《到马路对面去》已经展露了诗人可贵的才华，虽然整体上，作品的质量并不平衡，甚至在有些诗内部，前后也不平衡；也能够明显看出诗人的模仿痕迹，比如"民国范"，比如席慕蓉、汪国真，"乌青体"，"轩辕体"，"菱形体"，歌词体，十四行体，还有英语诗等。纵然如此，天才的火花依旧随时闪耀。比如，开篇的《初雪》，虽然后面有些拖沓，但是第一句却起笔不凡："这就是你允诺过的初雪吧/你看它多傻/跌跌撞撞地/像那天你来找我道歉"（《初雪》），这种生动带有不可预料性。有时候，诗人对生命的体悟也超越了自己的年龄，有着某种"通神"的辽远："倒是那流着就回不了头的护城河/站着站着就撑不住的老屋/盼着盼着也没有音信的孙儿/一个恍惚一场寒冷/就这样别了一生"（《村庄》），而许多比喻，比如类似于"乡下女人脚步凌乱/有时比太阳还慢/有时比倾盆大雨跑得还快"（《乡下女人》）这样的句子，诗集中有很多，让人拍案叫绝。

《到马路对面去》是徐电第一部诗集，需要改进的地方有很多，而青春写作也只是一个诗人写作的某个阶段性工作方式与工作状态，不可持续。徐电的诗正处于改进之中，如她所言："我的长短句/正和我一起/换牙长骨头"（《枉为诗人》）。徐电的诗将来可以写得更好，是可以预期的事情，但我们想说的是，不因追求某种知识性的"深刻"和"复杂"，或者更具有辨识度的现代主义诗歌气息标志，比如"颓废""绝望"等，而主动放弃本真的写作也十分重要。在今天，坚持诗的某种个性、风格，已不仅仅是趣味，也是世界观。

2017 年 4 月 7 日，上海大学

第四节 "梨花是我的假想敌"

——陈先发的《黑池坝笔记》（第一辑）[1]

据陈先发说，《黑池坝笔记》最终完成（发表/出版）时，将会有十辑，60余万字。他将《黑池坝笔记》（第一辑）命名为"杂谈"，我认为这是他的"诗学"。但这个描述或许也不太准确，因为诗学主要是谈自己对诗歌的认识，谈自己的阅读经验和创作经验，进而上升为一些普遍规则，可以指导别人的阅读和创作。而陈先发在《黑池坝笔记》150则"杂记"里，他主要以《道德经》《禅宗语录》《查拉斯图拉如是说》《哲学研究》《存在与时间》等著作的言说和论断方式，以片段、格言、警句、断语的形式，讨论现实生活、历史、传统、文化、心灵、情感等内容，似乎要以一己之力，与老子、庄子、柏拉图、尼采、康德、黑格尔、叔本华、胡塞尔、海德格尔、索绪尔、维特根斯坦等哲学、语言学大师对话，争辩，就这个现成的世界继续探讨生存、现象、本质、意义等问题。除了有限的几则，绝大部分谈的是语言，而且充满了困惑、矛盾、焦躁、忧虑、犹豫，没有直接针对诗歌。但

1　原载《名作欣赏》2009年第1期。

是，整个《黑池坝笔记》（第一辑）却无处不与诗歌、诗学相关。可以说，《黑池坝笔记》形成了陈先发行动的决心，而这种决心对于当下汉诗的创作是大有帮助的。

他首先自我剥夺了诗人（和诗歌）不被追问的"豁免权"，从生活世界现象学、存在现象学、语言现象学、接受现象学、阐释现象学、身体现象学、语言现象学等多个方面，揭示（或解释）了自己与这个世界打交道的方式（见 30、38 则等）。其实这不是一个诗人应该做的事情，也不是中国诗歌（诗人）经常做的事情。因为，诗人们往往陷入这样一种惰性中，即要求与白痴一样获得某种"豁免权"，不必用混账的逻辑学来证明他们确信并正在说出的一切（见 61 则）。

是的，白痴是独裁，诗人也是独裁，他们从不与人讨论，也从不反思。虽然，"最开阔的心灵是独裁"（见 10 则）。但是，无论是"主情"还是"主智"，都得面临一个问题：诗人的感情比常人的感情更高尚、更有价值、更美吗？诗人的思考比哲人更深邃、更正确、更富有独创性吗？诗人看待这个世界的方式与常人、与哲人完全不同吗？在现象学看来，以上问题的答案都是否定的。如果不是，诗何以成为诗，诗人何以成为诗人，中国新诗百年发展后，的确有必要进行自我反思。20 世纪早期的"浪漫派诗人"与"中国新诗派"诗人是幸运的，他们的抒情与思考从来没有被人怀疑过，也从没有被自己怀疑过。如果说那个时候，他们的"经验"多多少少具有一些个人性，而他们挪用的西哲的"玄思"，对于中国读者来说，还具有一定的陌生化效果（因而更具有欺骗性），而如今，中西文化的交往之门全面打开，胡塞尔的现象学已经彻底地介入了诗歌领域，一切都得重新估定价值。

既然我们每一个人与这个世界打交道的方式是一样的，那么每一条"河流"的"本质"都会因人而异（见 30 则），而"柳树"也不会自动说出自己，得靠诗人自己发问（见 38 则），"河流"和"柳树"的"本质"就是一个语言问题。所有这些，都不将是一个"孤立的生活经验"，"生活经验最终借语言之途到达"（见 67 则）。因此，"物永远不等同于它自身，物总是大于或小于它自己"（见 45 则），我们面临的是语言以及语言负载物的层层积累，正如诗歌，"我们目睹的月亮上有抹不掉的苏轼，我们捉到的蝴蝶中有忘不掉的梁祝"。这确实是一个荒谬的问题，因为"苏轼和梁祝成了月亮与蝴蝶的某种属性"（见 95 则）。"苏轼"和"蝴蝶"肯定不是月亮和蝴蝶的本质属性，"当一条河流缺乏象征意义时，它的泡沫才不至被视为本质之外的东西"（见 9 则）。只有恢复到事物的本真状态，即经过"现象还原"，穿越语言意义的层层积累，我们才能直接触摸到事物。但这是有难度的。

《黑池坝笔记》有多则谈到了"梨花"，如果排除"梨花"

的精神分析学说意义上的性的暗示，那么，"梨花"之"白"，应包含如下意义：声音之白（未听见），空间之白（未占有），颜色之白（未染色），身体之白（未侵入，处女），话语之白（未赋义）。"白"不是"虚无"，也不是"无意义"，而是"有"的开始、准备，"意义"生成的原初状态（见35）。"梨花点点、白如报应"（见58则；何谓"报应"，见59则），"梨花"如"报应"那样，开出自己的点点梨花之"白"，是其所是。其"白"在语言之外，又在语言之内。实际上，陈先发是借"梨花"谈语言，是诗人对语言和命名所追求的一个最高境界。然而对于诗人来说，"梨花也包含着对'观看者'的内心和语言的追索能力"（见62则），要准确地说出自己的梨花和梨花自己之白，难度可想而知，因此可以说，梨花是他的假想敌。

在这一点上，陈先发与"新生代"诗人达成了一致。但如果《黑池坝笔记》（第一辑）到此为止，却只能说明陈先发的思考仍旧停留在80年代。新生代反对朦胧诗的武器也是现象学，它们认为朦胧诗是用一种意识形态反对另一种意识形态，在美学上用一个陈词滥调去反对另一个陈词滥调，这样的诗，是不值得尊敬的。因此它们要求：现象还原、文化还原、语言还原，诗到语言为止。这种探索是有针对性的，可贵的。然而，现象学、分析哲学对诗歌的伤害也几乎是毁灭性的，"现象还原""本质悬搁""语言游戏"，取消了诗歌的"象征""隐喻""抒情"后，诗歌无疑被缴械了，折断了能够超越日常生活的翅膀，只能贴在地面爬行，这就是"新生代"诗歌被迅速历史化，当下"口语诗""梨花体诗"遭人诟病的原因。当"大海"被还原成了"大海"（韩东），"土豆"被还原成"土豆"（何小竹），诗歌和诗人、和世界的深刻联系就被切断了，像那个离开大地的巨人一样，诗歌的生命力就自动消逝，尤其是在技术主义横行的今天，"速度消灭深度"（见 103 则），传统被割断，意义被消解，生活碎片化，经验片段化。重建诗歌与大地的深刻联系、恢复天地人神以尊严反而成了当下诗歌最重要的事情。他是这么想的，"流星砸毁的屋顶，必是有罪的屋顶。我是说，我欲耗尽力气，把偶然性抬到一个令人敬畏的底座上"（见 24 则）。

他在以下几个方面展开了探索（实践）。首先，他与传统握手言和。在他看来，传统（如果不是一种假定的话）是我们的传统，反传统也是我们的"传统"（见 29 则）；如果他个人的语言能力与历史有某种潜在的承袭关系，"那么我也不会去动手解除这种关系"（见 74 则）。然后，他在诗歌日益简单、浮躁、肤浅的时候，加强智性、知性和技巧的难度，所谓"炫技"也是"必要的手段"（见 19 则，这也是陈先发被拉进"知识分子写作"的原因）。然而，一旦靠近传统这个庞然大物和滑进"知性写作""智性写作"的轨道，问题便如影随形。一方面，如上所引，传统包含巨大的惯性，写作变得"容易"，"所有'容易的'，本质上都是无意义的，都是恶的。屈从于那些已经形成的东西，是最大的精神恶习"（见 72 则）。当然，陈先发遇到的困难不仅是诗歌的，更主要的倒是语言（汉语）的。语言与世界已经形成了牢不可破的关系，甚至已经成了人与物的牢笼。不仅猫这个生物体被"猫"这个符码"鬼魅一般紧贴着"（见 56 则），连我们"都被关闭在一个'词'中"（见 84 则）。另一方面，"炫技"不可能不深陷"逻辑"的泥淖，而"如果语言永在该死的逻辑分析中，那它还有什么灵性和生趣呢?"（见 53 则）

陈先发又想到两个办法，第一，他求助于东方哲学的"空白"（见 12 则、52 则、65 则、66 则等）和禅学的"明觉"（见 6 则、8 则等），追求一种"立言不证、持烛不燃、一语成谶"（见 115 则）的"直接说出"的效果（见 71 则）。第二，他讨论"声音"对语言的抵制（见 80 则）和"颤栗"（见 16 则、66 则）的超语言功能，宣布"知识就是取消"（见 123 则），"屈从于不及物"（见 109 则）。第三，他干脆自造新词。像德里达一样，他自己也造了一个词（见 120 则）。如此，他似乎又转回来了，但是这一次，是在新的平面之上，回到了"梨花"身边。他宣布：

> 柳树立在坝上。它不是传统的。它不是现代性的。它也不是后现代的。（见 143 则）

因此，我们可以说，《黑池坝笔记》不仅是从胡塞尔到海德格尔再到维特根斯坦，从追求事物本质的幻象到语言游戏，结合自己物质生活和情感生活一种思维训练、逻辑训练，而是，经过一段"对语言（符号）的觉悟和犯险"后，达到了"找到并唤醒自身"（见 72 则）的目的，形成了诗歌行动的决心。诗人绝不是在阐释传统哲学、转述传统诗学、印证传统美学，诗人也绝不是在无条件地向西方"大师"（诗歌、哲学）致敬。所有这些，在他那里都经过了现象学的"还原"，抖落它们身上的象征、隐喻、意识形态内蕴，恢复到一种"无本质"的本真状态，然后重新赋予自己的意义："目光所达之处，摧毁所有的'记忆'：在风中，噼噼啪啪，重新长出五官"（见 95 则）。确实如此，陈先发的思考"噼噼啪啪"地超越了"朦胧诗"的"有意义"新生代诗、口语诗的"无意义"，"噼噼啪啪"地超越了知识分子写作、民间写作。这就是《黑池坝笔记》（第一辑）的意义所在。

第五节　"用言词留住瞬间"：耿占春的《新疆组诗》[1]

哪条路，哪道水，没有关联，

哪阵风，哪片云，没有呼应，

我们走过的城市，山川，

都化成了我们的生命

——冯至：《我们站立在高高的山巅》

一

一个人去异地旅行，大约出自几种目的：参观、朝拜、学习生活，试图找回自己，或者因为厌倦而从"现在"逃脱，遁入一个时间找不到自己的地方。与电子摄影术不同，用诗歌记下行踪，是一次世界内心化的过程。这样的旅行其实有两次，一次用脚，一次用心。如果是一个诗人兼沉思者在时间中行走，他既要观，还要想；既要抒情，还要争辩。那么，读这样的诗篇，我们真不知道，是大地上曾经有一个人在雪山、河流、边城、寺庙、巴扎和麻扎前走过，还是一个人在静坐，他内心的表象：雪山、河流、边城、寺庙、巴扎和麻

1　本文刊发于《当代文坛》2008 年第 5 期。

扎，在眼前缓缓浮现。

《新疆组诗》包括十个篇目：《奥依塔克的牧民》《巴里坤的庭院》《采玉》《喀纳斯河短句》《库车大寺》《萨依巴格》《莎车：苏菲的城》《塔什库尔干》《吐鲁番车站》《吐峪沟麻扎》。从上传的照片背景和诗行中某些句子，如"没有二零零四年/没有这个浮云流水的日子"（《莎车：苏菲的城》），大致可以断定，诗人的这次旅行发生在2004年夏秋之间。组诗发表于2006年，在行动形成文字的两年时间里，回忆补充、增强、加深、修正了现场的感觉和思考，里面包含着诗人的生命体验、沉思和哲学。

二

作为一个渊博的学者，诗人对西部的历史知识、宗教掌故、山川地理、风俗人情了解得够多了，他为何做此一游？诗中有一些冠冕堂皇的借口。但这些借口不值得推敲。在《库车大寺》，诗人不无尴尬地写道：

> 不明含义的静默，仪式的模仿
>
> 既非参观也不是朝拜，我们并不了解
>
> 内心残存的神圣，应该献给
>
> 天地间哪一个神灵

或者是突发奇想，在《莎车：苏菲的城》，给那个"赤足的苏菲信徒"以布施，就"从他保持的秘密信仰中提炼了/一份希望，在一个宽容的安拉那里/已经寄存在我的名下？"但这是无法肯定的。

或者是在《塔什库尔干》向"加诺尔"倾诉："加诺尔/你不知道　我从多么遥远的地方/带着一颗厌倦的心，在这里/学习遗忘　和简单生活的梦想"。但是，同莎车一样，塔什库尔干这个城市，"时间抹去了现实的现实性，时间把历史变成了一种风景"（耿占春《人生沉思录：痛苦——挣脱？忍受？》）：

> 一个民族缘何在梦魇的历史中
>
> 出落得如此健康美丽？似乎从没有过
>
> 赤乌国，蒲梨、若羌、羯盘陀这些尘世的
>
> 帕夏们的王国，是什么使你单纯高贵
>
> 如石头城下的金色草滩？

这个地方，历史幻化、事件并置、人物错综，它仿佛有意遗忘了时间，从而征服了死亡。因此，"傍晚抵达塔什库尔干　是一个/梦的开始"。但这不是神话中的奇遇，而是诗人的一个粗犷的人间想象，一个体验"人生如梦"的表演。诗

人一刻也不愿意离开现实，他深深知道，在时间消失的地方，人只能"体味到一种更加加剧的人世沧桑感，一种失却家园的悲哀"。如诗中所说："生活的一切会更加快速地/走向衰老"。所以，诗人迅速宣布：

> 傍晚抵达
> 塔什库尔干是一个梦的
> 结束。

那么，这次新疆之行，真有点像《采玉》人：

> 采玉人已经遗忘了为什么踏入冰河
> 他苦行一样地行走

三

但不能说这是一次生命的浪费。这是诗人用行动去追忆行动，用时间去唤醒时间的生命连续性行为。"1962 年的夏天站在一片青嫩的豌豆秧的清香气息中的那个我，还在我身上吗？"诗人时常在自问，也时常"怀着中年人开始变得凄凉的深情回首眷望 1962 年夏天的青海高原"（耿占春《中魔的镜子》)。寻找远逝的童年和飘零的爱，搜集散落在时间碎片中的自我，应该是西部之行的模糊的原始动机。

> 日近中午，我们在巴里坤
>
> 古城墙上散步，墙脚下的庭院
>
> 洁净，明亮，一个老妇人收拾着
>
> 青菜，一个年轻的女人在晾晒衣服
>
> 进出她们的小平房，唉
>
> 中年的旅人突然厌倦了旅行
>
> 渴望在异乡拥有一个家，在八月
>
> 豆角和土豆开着花，而城墙下
>
> 堆放着越冬的劈柴
>
> ——《巴里坤的庭院》

诗人曾经宣布："我曾置身其间的世界、事物、亲人，如今它们仅仅置身于我的心中，而在世界任何地方都不再有它。我的心中怎能担当起它们的存在"（耿占春《人生沉思录：痛苦——挣脱？忍受？》)。但是现在，他又想起和看到了"一个短暂的景象"："一个孤单的老人"，"悄无声息地在那儿剥葱、洗菜、擀面条……"这是"姥姥"！诗人仿佛又回到了"上耿楼村"，回到了那"贫困、温馨"的"一生中最幸福的时刻"。

此时，诗人是多么幸福：姥姥，"只要您在我身边，我就仿佛永远生活在故乡"。

看，诗人对"爱"是多么地珍惜、慎重，他决不轻易说出来。在《吐鲁番车站》，他看到人间"与亲者离"的一幕，但中年的诗人，替那个母亲保密，将她的强作欢颜说成装作哭泣："她装作哭泣　装作/用手臂来回抹着眼泪　她布满/细密皱纹的眼睛一边微笑/一边从手臂上方望着车上的儿子"。诗人同那个"大男孩"都感受到了："开始晃动的汽车似乎就是她/从前拥在手中　小小的摇篮"。这是人间最温馨的瞬间，这是人心最柔软的瞬间，这也是诗人曾经（为人子、为人父）经历过的瞬间。在他刻骨铭心的记忆中，母亲是微笑着离他而去的。多么熟悉而珍贵，他要将这个时刻永留心间。所以：

> 我几乎已经认识了
> 他们，却没有　挥手告别

四

诗人带着敬畏、厌倦、困惑和"难以治愈的疾病"来到西部。他像受伤的孩子、迷途的羔羊、久病的患者，寻求着雪山母亲一样的拥抱、安拉父亲一样的庇护。他完全不是指点江山的观光者，意气风发的巡礼者，浮光掠影的过客。作为一个社会学上的"异族人"，却在生命的感受上，与西部息息相通、水乳交融。他由衷地欣喜和赞叹西部顽强的生命和西部对顽强的生命由衷地赞叹和欣喜。在《萨依巴格》，诗人看到："一条雪山之河，或仅仅是一道/冰山溪水，抵挡了沙漠的游牧/临水而立，是西北白杨，胡杨和红柳/连玉米、瓜秧和葡萄也那么勇敢"。他是多么喜欢这个地方和这个地方的名字："巴格！一个简朴的天堂：这么从容"；"萨依巴格/是戈壁滩上的花园！""它是只有一个词语的诗篇"。

但在奥依塔克和吐峪沟，诗人是多么地感伤和无奈。《奥依塔克的牧民》，拥有雪山和神灵的民族，却生活在巨大的阴影和危机中。夏季很短，属于小牛和小孩的快乐时光有限。生活"被分成两瓣"。孩子们要上学，在学校学维语和汉语，在家里说祖先留下的语言。不学习不行。学习完了，更不知道怎么办。牧民很穷，已经（只能）习惯用牛羊换取米面。谁更需要安慰？诗人顽固地拒绝"看"，也拒绝"想"，只是倾听。如同在深夜，身世沧桑的石壕村的老者向心灵更加沧桑的诗人杜甫倾诉自己的苦难。只有声音。诗歌坚决拒绝对奥依塔克的牧民的生活进行审美、升华、净化，它缓慢、感伤、沉痛，通篇只有老者恍若隔世的陈述和诗人无力回天的悲天悯人。风景不能祛除贫穷，贫穷也会成为风景，市场经济最终取消风景。结局将是：

> 赚钱的是那些开发的人
>
> 我们会失去这个夏季牧场
>
> 我们的奥依塔克将会属于别人。

给他们带来打击的不仅是市场经济，还有信仰危机。在疾病和死亡面前，宗教正在遭遇极大的考验。在吐峪沟，那个"带着一只狗的男人"和"六个圣哲"曾经一起在一个山洞修行，我们知道，当修行者"心中的道德如美玉一样诞生"（《采玉》）时，山洞就成了"麻扎"（麻扎其实就是坟墓）。那些"朝圣的男女"正在祈求，那个"脸色蜡黄的/维吾尔青年，垂头坐在干枯的/麦草上"，而"那个面朝麻扎祈祷的老人/应该是他的父亲"。生命不能让渡，时间也不能让渡，父亲只能转而为儿子求助神灵。但是，连"道德的美玉"也没有挽留住圣者自己的时间和生命，他们又能在世俗的层面给谁存亡续绝呢？这对那个青年无疑是个打击，因为"也许他/知道，对父亲的祷告/长眠的圣人和在天的胡大/比我这个异族人所能够做出的回音/还要渺茫"。可最绝望的将是诗人：

而把我带到这里的

故事，已经是一场难以治愈的疾病

五

什么是诗人"难以治愈的疾病"？在《人生沉思录：痛苦——挣脱？忍受？》和《改变世界与改变语言》两部著作中，诗人都作了一个比喻，人生开始是他时间的开始，时间好比是他体内一个结石，随着时间的展开，结石也慢慢长大。当结石足够大时，就会结束一个人的时间。所以，"时间本身已成为痛苦之源……这几乎是一场永不会痊愈的病"。在"向死而生"的痛苦中，诗人是"挣脱"？是"忍受"？这次西部之行，我们有理由相信，诗人夹带着"治病"的企图，在离安拉最近的地方求医问药。如果伟大的哲学和宗教，不能够为"存在与时间"这个人生根本问题提供答案，我们又能求助于谁呢？

生命就是存在与时间的纠葛，生生死死的此消彼长，如同"巴扎紧紧围绕着麻扎"（《莎车：苏菲的城》）。生命以时间为脊柱，时间又以瞬间存在的事物为依托。瞬间存在的事物转瞬即逝，但里面包含着"我"与事物的遇合。在一个个具体的存在单位里，"我"不断地生，不断地死，不断地增殖，不断地分裂。就像《花腔》中葛任的那首诗——《蚕豆花》（或《谁曾经是我》）——所说的那样，"谁让镜子碎成了一片片，/让一个我变成无数个我？"人在时间中行走，"我"散落在事物中。

"弃我去者，昨日之日不可留。乱我心者，今日之日多烦忧。"如何把握瞬间存在？诗人曾经说过，静坐是拥有眼前现实，拥有当下性的方式。（静坐）也是重新拥有过去和往事的途径。静坐就是"想"，我想我在。如何让过去和往事复活，"我悄悄地自言自语：描写，就是拯救"（耿占春《人生沉思录：痛苦——挣脱？忍受？》）。因此，诗人坐下来，写下了《喀纳斯河短句》。

但是："喀纳斯河，在我写下这几个字的时候/我知道，你仍在一个真实的地方流淌"，而"当我写，'喀纳斯河在流淌'，这些文字不会/改变你的行程，不会增加或减少一个波浪"。喀纳斯河和"喀纳斯河"哪一个更真实？就像过去的"我"和现在的"我"，哪一个是言词哪一个是事物？哪一个是影子哪一个是本质？"我为我心中的您不再是您而痛苦。我曾经记住的生命的真实性又在哪里？怀念是多么虚幻，除非我能够把您想出来"（耿占春《人生沉思录：痛苦——挣脱？忍受？》）。除非能够把过去的事物"想出来"！"想出来"，我的理解是：拒绝遗忘，回到自身。

　　　　　但此刻，我差点儿就把你从心中想出来。

　　诗人似乎得到了救赎，然而又没有。想也是用语言在想，语言没有这个魔力。诗人明明知道，"写作活动是原始魔力的永久更新，但不一定会成功"（曲春景、耿占春《叙事与价值》）。原始部落相信通过"咒语"的魔力，能够驱赶死神、唤回时光，但是现在，"语言作为有魔力的事物已被明智的人类所抛弃，现在剩下一些信心不足的写作者仍生活在崇拜并依靠语言的原始魔力的文学部落中"。所以，我们发现了诗人的犹豫：

　　　　我差点儿就把你从心中想出来

　　如果这种犹豫是真实的话，我们更有理由相信，世界也是真实的。反过来说，既然世界是真实的，那么犹豫也是真实的。从"遗忘"的虚无中挣脱出来，在时光流逝中回到那些曾经存在的瞬间，让那些存在的瞬间又回到自身。就像"我""想出来了"喀纳斯河的位置、形状、颜色这些时间中的细节，"想出来了""我们"遇合的那个时辰，那个事物在空间中的永恒形式。就像通过言词收拢散落的"我"的碎片，将往昔的时间化作内心的空间，将走过的山川河流化成生命。

这些只是一种真实的幻象。既然幻象也是真实的，所以我们不能嘲笑这种幻象，同时还要真诚地相信：

　　"喀纳斯河"：这仍然是你的一条支流

　　穿越字里行间，你依然在我心中滚滚流淌

第六节　当代中国实力诗人点将台

——读《新世纪先锋诗人三十三家》[1]

　　从新时期到新世纪，"反抗"，一直是当代诗歌前进的动作。朦胧诗反抗政治抒情诗，口语诗反抗朦胧诗和政治抒情诗，口水诗、梨花体反抗精英意识形态，"下半身写作"反抗"上半身写作"，民间写作反抗知识分子写作，城市诗反抗农业诗，等等。就表面看，当代诗歌乱象纷呈，但实则元气充沛、活力十足。这种活力来自持续的、大幅度的"反抗"，从美学上说，大幅度的"反抗"实质就是创新，我们一般将之称为"先锋"。虽然，许多的反抗是无谓的，但中国当代诗歌所有的成就与全部的活力，大多与先锋诗人的反抗息息相关。昔

1　原载《杭州日报》2018年3月23日，文章发表时有删减。

日先锋今何在？谁又是今日的先锋？诗人、评论家李之平编选的《新世纪先锋诗人三十三家》部分探讨了这个问题。

新世纪先锋诗人当然不止"三十三家"，从新时期算起，当代先锋诗人何止"三百三十家"。然而，"反抗""创新"是一个高难度高风险工作，"先锋诗人"自然是稀有身份。在反抗与创新当中，许多先锋诗人或是剑走偏锋，走火入魔，自寻绝路；或是后浪推前浪，被后继的诗学与诗歌颠覆、覆盖；或是自己丧失了创新的激情、动力与能力，在千军万马的进军中被淘汰。回过头来看，昔日的先锋到今天已经是寥寥无几，然而硕果仅存的，毫无例外成了当今诗坛的主将或者悍将，"新世纪先锋诗人三十三家"自然也是如此，在某种意义上，这个选本是当代实力诗人的点将台。这些诗人，有些参与了当代诗歌的演进与转折，比如韩东、杨黎、沈浩波、臧棣等；有的正在建构当下诗歌的格局，比如李少君、潘洗尘、张维、谭克修、安琪、周瑟瑟、侯马等；有的则坚守一隅，在古典主义、现代主义、自然主义等多个维度掘进，如宴榕、泉子、蒋立波、高春林、江雪、孙慧峰、魔头贝贝、黄沙子、苏野、曾纪虎、太阿等。他们被收录进这个集子里，可以称赞主编李之平慧眼如炬，也可以说，这个名单也是当代诗歌自然选择的结果，与编选者的"洞见"与"偏见"并不构成必然关系。当然这个名单还可以加长，也需要加长，录入标准除了美学标准外，也要加入历史标准。

程一身认为，判断先锋诗的基本维度是语言，不能在诗歌语言上有所创新并形成自身的独特风格就很难成为先锋诗人，此言不虚。他认为，在语言的先锋性上，余怒诗歌语言的客观性以及由此产生的歧义性与费解性、臧棣语言的纯熟轻盈、精微品格最为人称道，这个判断是准确的。但实际上，"三十三家"先锋诗人几乎"家家"都形成了自己的语言风格，他们在语言的使用上都能根据自己的表现对象，如日常生活的反常或稀有之物，内心世界的异象，景致的极致，人格的卓绝或者自反，奇崛的思想，等等，选择准确并带有标志性的观看角度、感受装置、理解方式与表达方式，让那些事物熠熠发亮，形成各自的语言奇观，将各自开创的方向与诗学理念推向极致。

这些诗人除了在语言的先锋性上取得了共同的成就，还在现实、思想、心灵、灵性等各个"题材"方面，展开了多向度的探索。周瑟瑟、谭克修，两个湖南诗人，在自然而然、"无知无觉"中将"巫楚文化"带入了诗歌，类似于《林中鸟》《蚂蚁雄兵》《一只猫带来的周末》这样的诗歌，根本不是在模仿现实世界、寻找现实世界的诗意，而是在创造出新的世界和新的诗意，创造了当代诗歌中的"神实主义"，在某种意义上，也是他们提倡的"地方主义"在美学上的实践。

沈浩波、侯马等人将"下半身运动"进行到底，《玛丽的爱情》《棉花厂》《清明悼念一桩杀人案的受害者》这些诗歌继续撕扒当代现实和人性的底裤，揭露出不忍直视的惨淡，只不过一个"心藏大恶"，一个"心怀大爱"，殊途同归。而育邦的《你也许叫中国》、桑克的《我抗议》《修改》等诗歌则将当代高级知识分子内心的挣扎表现得惊心动魄，留下了一个时代苍凉的精神印记。安琪、李轻松、冯晏、从容等女诗人则将舒婷、陆忆敏、林白、翟永明等前辈诗人开创的女性主义传统引向生活化、哲理化、综合化等多个向度，类似于《像杜拉斯一样生活》《最后的青苹果》《收藏》这样的诗歌，无疑是当代女性主义诗歌的新收获：决绝的更决绝，丰富的更丰富。李少君、潘洗尘、张维、韩东、李德武、泉子、蒋立波等则精心呵护内心的柔软，努力修复当代诗歌与世俗、传统、宗教、山野、自我之间的关系，《抒怀》《这些年》这样的诗作可以看作是当代诗歌与传统、与生活优雅的握手言和，其中杨黎的"回归"让人感慨，《桉树》在向《题都城南庄》致敬，那种"桃花依旧""人面不见"的人生情境被重新激发出来，曾经的"废话诗人"如今如此多情。另外值得一提的是施茂盛与津渡二位，前者是身居中国最大、现代化程度最高的城市——上海——的田园诗人，后者是思想深邃却童趣洋溢的儿童诗人，他们的创作格外别致。

　　昔日的先锋，已成为今日的主将，"功成名就"，然而当代诗歌并未停下探索的脚步，新的先锋正在崛起。在这"三十三家"中，谭克修、聂广友等人开始了新的征程。谭克修开始了"更新范式"的写作，"强调与乡土诗歌的区别，深入探索诗歌的现代性内涵"（耿占春），将"现代性"落实到"城市"与"城市化"这个划时代转折的最现代也是最现实的实处。而聂广友则"几乎以一己之力改变了本雅明意义上的城市漫游者或'拾垃圾者'形象，处处表现出城市定居者的良心"（王东东）。在一个乡土诗国度创建一种基于"城市生活"和"城市意识"的城市诗，无疑是今天最大的先锋之举。

　　作为一个选本，《新世纪先锋诗人三十三家》自然有自己的偏见，但相对于众多的同类作品，它具有较高的公信力。一是在美学考量之外，《三十三家》实际引入了历史评价（虽然还要加强）。二是编选者李之平从诗歌编辑到诗歌活动组织者，一直没有脱离诗歌一线，对当代诗歌的存在现状与历史脉络有着直接的观察和直观的感受，比一般的学者选本更接地气。三是这个选本是李之平着手"华语实力诗人联盟""中国好诗人""明天诗歌现场""新世纪十五年优秀诗人巡展"等前期工作的结果，并非仓促上马。这些活动牵涉了中国上千优秀的诗人、数十位评论家，每个诗人的成就基本上得到了公认，选本的权威性有保证。

第七章　城市时代的诗人研究

本章依旧是几篇诗人诗歌与诗学的合集，其中有关于实力诗人陈先发、吴少东的整体研究，有对活跃诗人李之平的整体印象，也有对晏榕等诗歌创作的点评。第三节是关于海子死亡哲学的研究，提出了新观点，得出了新结论。"城市"在这里以研究的时代背景存在，化身为立场与视野，渗透到具体的论证中。

第一节　语言的隐身术及医疗术：陈先发的诗学和诗歌[1]

如果说，甲壳虫是卡夫卡的隐身术（《黑池坝笔记》，见100则），那么什么是陈先发的隐身术呢？"坐在镜子背后，你们再也看不到我了"（《我是六棱形的》）。问题先得做一个

1　原载《星星》诗刊（上半月刊）2008 年第 7 期。

转换，"镜子"意味着什么？"不妨认为，这'镜子'便是我们所依赖的语言"（《黑池坝笔记》，见43则）。是的，在镜子面前，我们只能看到自己，而看不到隐藏在镜子后面的人。似乎有一个悖论：无论是作为一个记者，还是作为一个诗人，陈先发都离不开（书面）语言，正是语言照亮了世界，也给他带来通体光明，他为何要以及如何能够在语言中隐身？

一

《黑池坝笔记》第一辑共151则，诗人使用的博客标签是"杂谈"。在其中，诗人"杂乱"地"谈"到了哲学、禅学、玄学、逻辑学、诗学、美学、语言学、伦理学、社会学、心理学等命题，似乎，诗人要同老子、庄子、尼采、柏拉图、康德、黑格尔、叔本华、卡夫卡、海德格尔、索绪尔、胡塞尔、维特根斯坦等人认真地探讨生存、现象、本质和语言这些形而上的问题。在形式上，《黑池坝笔记》是虔诚的，它模仿了《道德经》《禅宗语录》《查拉斯图拉如是说》《哲学研究》《存在与时间》等著作的言说和论断方式，但在内容上，《黑池坝笔记》却是专断的。它不是在转述大师们的思想，向他们致敬，而是同他们争辩，甚至以偷换概念的形式挑起他们之间的矛盾，引起诗学、语言学和哲学的混战。

从逻辑学上讲，《黑池坝笔记》不十分严谨，哲学立场也不坚定。它总是断章取义，转移命题，随心所欲，闪烁其词。比如说，它提到了"良知"和"畏"，却并未在海德格尔存在论意义上去理解和阐释，反而有意地进行了曲解，赋予它道德感和伦理学意义。同他的记者工作一样，《黑池坝笔记》似乎也要在形而上的层面彻查事物的本质，把握事物的真相。一方面，它相信事物有本质，而且存在于事物本身。"当一条河流缺乏象征意义时，它的泡沫才不至于被视为本质之外的东西"（《黑池坝笔记》，见 9 则），并且希望：一、事物直接说出："遇见柳树，幡然断喝：'柳树！你是如何表现出自己的呢？'"（《黑池坝笔记》，见 38 则）；二、通过"天才""直接说出"（《黑池坝笔记》，见 71 则），类似于自己的"语言之马"，"一语成谶"（《黑池坝笔记》，见 115 则）。但是，另一方面，它又认为，"一切活着的东西，皆为'心灵的摹本'"（《黑池坝笔记》，见 47 则），否认了事物的自足性。问题迅速转向了胡塞尔现象学："每条河流皆由不可拆解的三部分构成：'水''流动'和'我'"（《黑池坝笔记》，见 30 则）；然而，在胡塞尔那里，它又一带而过，转向了索绪尔的语言学的"能指"和"所指"，进而进入维特根斯坦的语言哲学：语言即游戏。那么，《黑池坝笔记》对事物真相的追求其实是一场空，它们只是"语言游戏"。

然而，在对事物本质的追问向语言游戏转换的思考过程中，诗人从胡塞尔的"现象还原"和维特根斯坦"命名即是贴标签"论断那里得到启发："屈从于那些已经形成的东西，是最大的精神恶习"（《黑池坝笔记》，见 72 则）；"目光所达之处，摧毁所有的'记忆'：在风中，噼噼啪啪，重新长出五官"（《黑池坝笔记》，见 95 则）；"不能因为我们都能'看见'而屈从于它所谓的'公共性'"（《黑池坝笔记》，见 128 则）。因此，他似乎坚定了一个信念：诗歌不应该迁就读者（《诗歌不应该迁就读者》）。并且，在诗歌写作时常陷入困难的今天，"炫技"似乎有特别的意义："对意志力的控制往往能在炫技的愿望上得到充足的补充……我有时也把炫技当作必要的手段，以其勇敢之心维系于荒凉无收的劳作"（《黑池坝笔记，见 19 则》）。

我们看到，诗人决定放过事物的真相："作为年近四十的殉道者，请允许我是/献身的，和脱离事物真相的"（《残简》，见 21 则），转而去追求语言和语言游戏，并且不去迁就读者，在诗歌中炫技。如果把《黑池坝笔记》看作诗人的诗论，转而去观察其诗歌的惊悚凶狠的私人意象、时空并置的超现实结构、眼花缭乱的人称转换和物我人神的移情想象，我们似乎对那些无法按世俗和传统去解读的诗歌有些理解了：诗人以诗歌为隐身术，在语言中隐藏自己。现在的问题是，诗人为何要隐藏自己？既然如此，诗歌对诗人而言又意味着什么？

二

在《黑池坝笔记》第一辑中，我们注意到"梨花"的意象，一共有16则提到了"梨花"，占十分之一。而在诗歌中，只有两首确切提到"梨花"，其中一首明显指向爱情（《梨花开放》）。我们从"梨花点点，白如报应"中感到诗人隐瞒了什么。按《黑池坝笔记》的逻辑，梨花之"白"有多种解释：空间之白，即"空白"，未占有；视觉之白，未看见；颜色之白，洁白、苍白；声音之白，未听到（梨花的自我展现）；话语之白，不能赋予意义。每一种解释都是成立的，如果从精神分析的角度去思考，梨花是象征"性"的（进而引申为少女、处女、爱情等）。刻意地书写爱情是有意味的，刻意地不书写爱情，也是有意味的。弗洛伊德认为艺术是性爱的升华和转移，并非完全没有道理。如果我们联想到陈先发在复旦大学有过一次深刻的初恋，以及一个长长的"悲剧的尾巴"（何冰凌《作为日常生活的乌托邦——诗人陈先发评传》），必将有所思。当然，我们只能猜测："梨花"是诗人的隐痛之一。

如有论者所说的那样，陈先发的诗歌有一种"深入骨髓的刺痛"（敬文东语）。实际上，这种"刺痛"更是一种沉重的隐痛，无可言说，在语体语貌上却表现为狂躁。在诗歌中，充斥着"斩首""尸体""死亡""谋杀""老虎"等意象、形象和幻象，甚至恶毒的咒语。狂躁源自"痛"，这种"痛"，首先来自"盐和黄土"："我在六棱形的耳中、鼻中、眼中/塞满了盐和黄土"（《我是六棱形的》）。

与很多诗人不同，陈先发同时在做两件工作：写诗，做记者。这让我们想起了"文载道，诗言志"的传统分工。这种分工却在他身上得到强行统一了，造成的后果是：后者对前者造成了深刻的伤害。从 20 世纪 90 年代起，他陆续采访和撰写了如下主要新闻（1990—2006）：《清官为何成"另类"——江苏宿迁市热议"刘朝文现象"》《富了为何难舍"穷帽"》《平价粮能否再现》《面对贪官，他们为何沉默：安徽 18 个县（区）委书记垮掉的警示》《农民张其均痛说"告状难"》《讲诚信的贪官更危险》《白条子风波凸现农村金融风险》《看客现象透视》《合肥大违拆调查》《强化对"一把手"的监督刻不容缓》《"阜阳腐败群案"的背后》《乱征地引发无地无业之忧》《土地流转权怎容侵害》《当前妇女卖淫的新趋势》《初探处置群众性闹事的法律准备》等。这些文章，涉及公平、正义，生活、伦理，光明、黑暗，等等，即诗歌中所说的"秩序"和"盐""黄土"。作为一个记者，陈先发是成功的，"年仅 30 岁，陈先发就被破格晋升为教授级高级记者，当时，他是新中国成立后获得该职称的最年轻者之一"

（何冰凌《作为日常生活的乌托邦——诗人陈先发评传》）。但是，很多问题并没有得到彻底的解决，让诗人时而陷入焦躁，时而又感到沉痛。"街头嘈杂，樟树呜呜地哭着/拖拉机呜呜地哭着/妓女和医生呜呜地哭着。/春水碧绿，备受折磨。/他茫然地站立/像从一场失败的隐身术中醒来"（《隐身术之歌》）。

屈辱感也越来越强："秋天，流水很响，白云几乎成真。/我屈膝倒挂在树上，看院中野蜂飞舞。/……我等着你来，结束我端居耻圣明的铁板人生。"（《秋赞》）在这里，诗人使用了典故和反讽的手法。"端居耻圣明"出自孟浩然《望洞庭湖赠张丞相》，虽然我们不能说陈先发一定有"坐观垂钓者，徒有羡鱼情"的攀附心理，但是他一定感到了"欲济无舟楫"的无奈。他"屈膝倒挂"，故意说是"端居"，不能不说是自嘲或反讽。他虽然有"去死吧，世界整肃的秩序"（《青蝙蝠》）的呼喊，但是这个秩序整肃的世界不会因之改动一毫。在《器中器》中，诗人感到了自己的悲哀："整个下午我忙着把四边形切成/三角形，获得足够的锐角和钝角，/它们多么像我少年和暮年的样子啊……/不流血的下午，没硝烟的下午/一个人悄悄用尽了他的垂直。"是的，人到中年，"下午"，没有经历谭嗣同那样的流血，没有经历硝烟，却已经向世界整肃的秩序屈服了，丧失了原则和反抗：用尽了他的垂直，丢失了锋芒："我几乎要瞎掉了"，"免不了裂胆摧肝"。

　　让诗人感到疼痛的，还有生命的无常、故乡的丧失、文化的颓败。在《中秋，忆无常》中，诗人在这个特别的日子（团圆），时间意识和生命意识得到恢复，忆起"死掉的人"，例如亲人，相对于这个以月亮为代表的永恒世界，人生是多么短暂和渺小。死掉的人已经死掉了，活着的人必须感受活着（当然会更加感觉到活着的悲哀和无常）："相对于/死掉的人，我更需要抬起头来，看/杀无赦的月亮，照在高高的槟榔树顶。"对于短暂的生命，月亮是无情的，任何被它照过、正在照的，将要照的，都必将死去。因此，它是"杀无赦的"。一个人的生命是如此短暂：当"我们这批，镣铐中的父亲"，还"在落日楼头酗酒"，"而她从高高的树冠荡下时，也已经很老了"（《残简》，见 23 则）。生命又是如此的脆弱和不真实："两年后将吞金自杀的女店主/此刻蹲在寺外，正用肥皂洗脸。"（《残简》，见 17 则）当诗人在关心，"去年夏天在色曲"看到的"那几只小鱼儿，死了么"时，"对住在隔壁的刽子手却浑然不知"（《鱼篓令》），因为，（对美好生命的）杀戮无时无刻都存在。《黄河史》即中国古文化史，然而它从"源头哭着，一路奔下来，在鲁国境内死于大海"。"一个三十七岁的汉人"，"抱着她一起哭"，"常常无端地崩溃掉"（《黄河史》）。"黄河"是我们的文化家园，"故乡"是我们的精神家园，而现在，"这些熟悉的事物，拖垮了我的心：/如果途经安徽的河水，慢一点，再慢一点。如果下游消逝的/必将重逢在上游。如果日渐枯竭的故乡，不再被反复修改/那些被擦掉的浮云，会从纸上，重新涌出/合拢在我的窗口：一个仅矮于天堂的窗口"（《在上游》）。"故乡"恐怕永远不会在"我"的"仅矮于天堂的窗口"重现，因为，它正在被"反复修改"。

三

在世俗层面，记者职业为诗人带来了荣誉，或者说，成功。但在心理学层面，诗人却是极度受挫和失败的。或许，"诗人总是比社会的平均值更小和更弱。所以他对自己在世界上的存在所受到的重压，要比其他人的感觉远为强烈和沉重"（雅努赫《卡夫卡谈话录》）。因此，反过来，问题和病转移到诗人身上。这个时候，需要救治的反而是诗人。我们就理解了这句话："诗歌，是作为一股医疗者的力量出现在我的生命之中。"（《自我批评的准绳：答问录》）

对于社会而言，诗人只是旁观者，或者在诗歌里蜗居为隐身者（当然是不成功的），但并不是说，诗歌真的百无一用。诗歌可以医疗诗人的心理疾病、心头隐痛，它还可以医治诗歌自身。在诗歌的语言领域、想象世界，诗人绝对是自由的，专断的，独裁的。他自己给自己授权，安排这个世界新的秩序，尊卑地位，人身关系，时空位置，甚至给那些已经消逝和正在消逝的，存亡续绝，起死招魂。

诗歌首先在存在论上揭示了自己的"沉沦"，一种发自"良知"的"畏"让本真存在醒来。诗人发现了自己是"木偶"，"我是两个老木偶中的一个。但又忘掉了到底是/哪一个"（《你们，街道》）。而"日常生活的尸体"，每天都来到他的身上。他虽然"想混入那些早起的送奶工人。学他们的样子"，"可一个断然的句号把我们隔开了。/我。还在这里。/我的替身。也还在这里"（《白头与过往》）。当然，诗人也发现了"常人"的"沉沦"，"常人"的"沉沦"与自己的一样惨烈，却更加不自觉，因此更具有深刻的悲剧性。他们或者"被斩首"，"被砍了头"（《残简》，见 24 则），是"无头的人"（《残简》，见 3 则）或者像鸟雀一样被"剜去双目"（《残简》，见 1 则）；或者像永不凋谢的"冬青树"，"一街的冬青树都扑到窗玻璃上喊着'臭婊子，/臭婊子'"（《白头与过往》）。他们没有头脑，没有眼睛，没有自己的思考和思想，没有自己的看和看见。但是，他们却是生活的形式主体："看见满街的人都/活着，而万物依旧葱茏/不可惊讶"（《街边的训诫》），且繁殖力与生命力无比强大："我知道她的短裤中，有令人生畏的子宫"（《残简》，见 1 则）。

我们必须把"常人"与"他们"分开，就像要把卡夫卡、海德格尔和陈先发分开一样。"他们"肯定也是"常人"，但

"他们"不仅将"常人"形而上拘役、抽象斩首，而且还构成了"常人"看得见、摸得着的存在，实实在在的存在。所以，这的的确确是双重荒诞的。在海德格尔那里，"常人"是在主动的上手、操劳过程中"沉沦"的，但在这里不仅如此。因此，陈先发的反抗是荒诞的反抗，戏剧性（喜剧性）的反抗："在狱中我愉快地练习倒立。/我倒立，群山随之倒立/铁栅间狱卒的脸晃动/远处的猛虎/也不得不倒立"（《秩序的顶点》）。就这样，"整肃的秩序"被改变了，通过改变自己的姿势（语言、想象），（荒诞地）改变了这个（荒诞的）世界。

诗人可以通过颠倒自己的方式去颠倒这个世界，去改变这个世界"整肃的秩序"，也可以自己去安排另一个世界的秩序。"被制成棺木的桦树，高于被制成提琴的桦树"（《丹青见》）。在这个世界里，物象"堆积本身，就是为了展现人的内心的秩序"（《谈话录：本土文化基因在当代汉诗写作中的运用》）。诗人还可以以"爱"的名义改变尊卑地位，在自己的历史里，母亲进入了"本纪"（《母亲本纪》），进而，以"母亲"的名义，更加渺小的事物获得了尊重："怀孕的巨蝇/多么像我的母亲在1967年"（《残简》，见16则）。

这个世界正在"以速度消灭深度"，技术加紧对世界之诗性的剥夺（《黑池坝笔记》，见103则）。不仅在城市如此，乡村也是。没有人为乡村的孩子叫魂，也没有人为乡村叫魂。

然而，"有鬼神文化的乡村是深邃而立体的，是至美的"(《谭鬼》)。挽救时代的深度，为乡村、时代和文化叫魂，是陈先发诗歌的一个使命。

正像诗人在《黑池坝笔记》第 24 则中说的那样，"我欲耗尽力气，把偶然性抬到一个令人敬畏的底座上"。他的诗歌完全打通了时空限制、人称限制、物我限制，丝毫不考虑"柳树立在坝上"的传统性、现代性和后现代性(《黑池坝笔记》，见 143 则)，以"前世的某种定义"和天赋的"透视能力"去挑战物性，向严格的逻辑学和唯物论去争夺诗性(《黑池坝笔记》，见 133 则)。在《前世》《伤别赋》《最后一课》《轮子》《甲壳虫》《秋日会》《捕蛇者说》《注入陈瑶湖的河》等诗歌中，人与物不是相互孤立的，也不仅仅是相互的象征，"轮回""前世"和"拟在场"的"如在"将他们以及"我"的情感、生死、存在连接为一体，呈现出一个并置、超现实的世界。在修辞上，诗人使用了他最钟爱的"副词"："更"高、"更"快、"更"慢、"更"白，等等。用"变"连接事物：变(高、蓝)——变形——转变——轮回等，将线性叙事转变成了场景叙事、一次性反复叙事，事物的"变"最终凝结成了"不变"和永恒，在时间的流逝和空间的转换中，具有了自足性和深度，这样，语言将世界永远保存。在他的诗歌世界里，再也不存在单独的事物和孤立的时空，人有魂，物也有魂，因此你必须对这个世界（包括自己）重新产生敬畏。

四

医疗这个正在变得浮躁、单薄的当代诗歌，也是陈先发诗歌一个自觉的使命。现代诗歌走过 90 余年风风雨雨之后，经验教训、成就得失已经看得很清楚了。在《天柱山南麓》组诗中，诗人形象地回顾了现代汉诗的发展历程，表达了自己的诗学观念。当然，这组诗可以有另外的解读。"中年了，许多事物变得容易确认"，当然包括现代汉诗。"我坐在河岸，用红笔标出你的位置"，"你"指的是汉诗或者是前辈诗人。诗人谦卑地把自己比喻成"燕雀"："燕雀不知鸿鹄"，但同是作为诗人，大家命运和情感是相连的："燕雀不知鸿鹄，却是秋日同窗／在宿命的丛林／你变成我，我变成你"。"哭着：要解开，要割断"，或许指的是现代汉诗一次次要求断裂、割断传统的冲动。"炊烟散去了，仍是炊烟／它的味道不属于任何人／这么淡的东西无法描绘"。传统是无法断绝的，它总以某种形式存在，正如传统诗歌（文化、精神）像"气息"和"基因"一样，深入汉诗和汉字的骨髓，难以辨认，却能感受到（《谈话录：本土文化基因在当代汉诗写作中的运用》），这也正是汉诗区别于其他文化和民族诗歌的所在。在最后一节中，诗人表达了自己的选择和立场："我把诗稿置于陶罐中／

收藏在故乡雕龙的屋梁"。"穆旦啊，北岛，你们在夏季的圩堤冲出缺口/而我恰是个修补圩堤的人"。

　　不存在真正的回归传统，也不存在真正的反叛传统："墙是往事的一部分，而砸墙的铁锤，也是往事的一部分"（《黑池坝笔记》，见 29 则）。在精神气质上，诗人是与"往事"不可分割的。虽然，"在旁观者眼里/我们是完全不能相容的两个人"（《姚鼐》），虽然"那时的他们，此时的我们/两不相见，各死各的"，但是，"两阵风相遇，有死生的契约"（《端午》）。不仅是姚鼐、屈原，我们还能在诗歌里感受到李贺的峻急、李商隐的伤感，儒家之"仁"，佛家的悲天悯人，道家的"不一而足"、空白之美，民族的神话思维，如此等等。在题材内容上，梁祝传奇（《前世》）、白蛇传说（《两条蛇》）、三国英雄（《戏论关羽》）、秦汉爱情（《虞姬》）、水浒草莽（《陈绘水浒》）等，大量的人物原型、故事母题散发出古典的气息。而在表现形式上，诗歌几乎将传统诗歌的时空并置、超时态叙事、拟在场手法、通感、移情运用得炉火纯青。近年来，诗歌中还大量使用或仿用古色古香的词牌、小令作为诗歌的题目，并在诗歌的叙事前面引用相关古典诗句，营造一种古典氛围。

　　然而，这些都是作为一种"气息"而存在的，诗人绝不是在阐释传统哲学、转述传统诗学、印证传统美学，更重要的是，诗人也不是在无条件地向西方"大师"（诗歌、哲学）致敬。我们或许可以说，陈先发的诗歌写作是他自己的私人写作，也是民族的综合写作。

陈先发一面在诗歌和语言里隐藏了自己的隐痛，将诗歌当作自己的隐身术，一面在诗歌和语言里象征性地医疗了自己的隐痛。在这个诗歌写作如此困难的时代，我们认为陈先发的诗歌是有价值的。价值在于：其一，他的隐痛是真实的，现实的，可贵的，是一个正义的知识分子才会感受到的。虽然他刻意的"炫技"给阅读带来了障碍，但我们必须理解他的"刻意"，就像罗杰·加洛蒂评价卡夫卡那样："卡夫卡的世界，他周围的世界和他内心的世界是统一的。当卡夫卡对我们谈到另一个世界时，他同时使我们理解到另一个世界就在这个世界里，就是这个世界"（《论无边的现实主义》）。其二，他重新赋予天地人神以尊严，因此，他的诗歌也有了尊严。

第二节　无碍春天的大局：吴少东
诗歌中的"美"与"痛"[1]

雨水下得多一点，少一点；花儿开得早一点，迟一点，

又能怎么样呢？它们无碍春天的大局。那个听到雨声、看到花开的诗人，听到听不到雨声、看到看不到花开，又能怎么样呢，他同样无碍春天的大局。实际上，几乎所有人的存在都无碍春天的大局，无碍世界的大局，他们的忙忙碌碌只是重复而已，如同"去年飘过的云，又落在了湖心"（《春风误》）。然而作为一个"依赖夜晚、绝不肯轻易睡去的人"（《夜晚的声音》），在洞悉存在之虚无，乃至经历"用一种白填充另一种空白"（《服药记》）的拯救之虚无后，他又该如何，又能抓住什么？

作为一度因"深度经世"而停笔，最终又"归来"的诗人，吴少东的诗歌创作少而精，其作品，主要集中在《立夏书》诗集里。从题材上说，他的创作主要有三个方向。第一个方向，主要表现亲情之美好以及对逝去亲人的眷恋与追忆，这类作品有《孤篇》《描碑》等。与这个题材及主题相关的是，由对亲人生命的离去延展到对世间生命的敬畏，借助于"死亡"事件考察生命与人生存在的意义，如《在乌拉盖看杀羊》等。表现"生命"的在与不在是关键词，主题指向"爱"。第二个方向，主要借助时间的推移与流逝，考察万物存在的意义，这些作品有《节日》《春风误》等。"万物"的存在与不在是关键词，主题指向"意义"。第三个方向，借助于空间形式与日常生活状态，考察自我存在的意义，包括

《悬空者Ⅰ》《天际线》等。"我"的存在与不在是关键词，"悬空"是重要线索。当然，还有一些唱和诗、游记等，比如《过太仆寺旗》《过洣河》等，它们精致而优美，抒发的是一些传统文人或体制内知识分子的情怀与性灵，精致清新。

在《孤篇》《描碑》等诗中，诗人塑造了完美的父母形象和有趣的儿子形象，情感纯正而浓郁。诗人怀念与赞美母亲，在他的诗中，母亲对父亲的忠贞与依恋，善良、坚韧、刚强，感人至深。诗人怀念父亲（《孤篇》），理由也十分充分，因为父亲以天下独有的方式爱"我"，而作为父亲，他依旧活在"我"身上："这封信我几乎遗忘，但我确定没有遗失。"同时，这种爱又通过"我"延续到儿子身上："我在被儿子激怒时，常低声喝令他跪在地板上。/那一刻我想起父亲"，饮水思源，慎终追远。

父母的去世，是生命的消失，留给诗人的是无尽的痛。推己及人及物，无论如何，生命的失去总是不幸的，在这个情感维度上，一种生命对另一种生命的剥夺，诗人绝不会赞同。"风吹草低，密集的羊群/似草原上凌乱的墓碑/白云一般白"（《在乌拉盖看杀羊》），草原上，人类的狂欢与杀戮即将开始。那些美丽的羊群，在诗人眼里却如同"凌乱的墓碑"，美丽而不祥，如同1989年海子眼中的桃花：它们一边在开放，一边在死亡；每一种生命形式的展开，必伴随着相应生命内容的消逝（见海子《桃花》《桃树林》等）。诡异的是，诗人看到了这一切，想到了这一切，却无能为力，在行动上也似乎无动于衷，甚至他还要参加盛宴，品尝另一些生命做成的"美食"，并给予赞美。

反讽是一种修辞，修辞带来美感，然而这美中却沉浸着痛。对于生命的失去或即将被剥夺的痛，诗人以回忆与赞美来化解，或者以修辞来转移，但无论如何，反讽对于现实，无济于事，"美"也不能取消"痛"。

如果说因生命的失去而导致的痛感刻骨铭心，真真切切，明明白白，"有理有据"，那么，还有许多痛是看不见，甚至是感受不到的，因为它们"悬而未决"。

我们注意到，面对万物"依旧""又""依然"这些永恒、无穷、循环的状态，诗人却感觉到了存在与时间的双重荒诞，表现出了强烈的厌倦。今年的树叶与去年相同，去年的云又飘到了湖心，一切都是重复，毫无差别，甚至"自己"与"自己的敌人"也没有区别："我可以放过自己和自己的敌人，模糊/意识与意义。"（《二十楼的阳台》）

世界年年如此，不为尧存，不为桀亡，问题一定出在审美主体身上。

在《天际线》等诗中，诗人袒露了自我形象和内心世界。"我"居仟在二十楼阳台，亦在世间"悬空"。"我"与它们并列，自然是同类，定然感受到了那种与"绝望""孤独"和"悬而未决"一样的失重感。

悬空之物不仅在身外，它还在身内："我的痛悬在我的胸口/但不能确定位置"。治疗"我"的痛的白色药片，像朝阳，像落日——它们也是"悬空之物"："我的痛，明亮又明显/但一直悬而未决。""悬而未决"即是失重，失重的可怕之处在于：你不知道自己是在上升，还是在下降；你以为在上升，或许恰恰是在下降。当然，你更不知道何时可以停下来。

诗人感受到了失去之痛，也感受到了失重之惑："这几年，我像退水后的青石/止于河床。流水去了，不盼望/也不恐怕。不拘于栖身的淤泥与/缠绕的水草，依旧守清白之身。/像河床上的青石，将风声当水声"（《二十楼的阳台》）。

作为一个有着清醒意识的人，诗人也尝试反抗这种虚无，反抗"悬空"状态。干脆"坠下去"，不再依恋高处、不再恐惧低处，又怎么样？内心的痛已经成为"病"，反抗"病"需要药物，依赖的药是白色的："我依赖一剂白色的药/安度时日"（《服药记》）。然而，生理的疾病可以治愈，情感的病怎么治愈？虚无的病怎么治愈？"其实我依旧在寻求/一剂白色的药/用一种白填充另一种空白"，即使找到了这种"药"，它也是另一种"空白"。实有之"白"如何去填充"虚无"之"空白"。面对虚无与荒诞，"我"无能为力。

　　反抗是徒劳的，但反抗本身或许有意义？"就像这些年来，怀抱石头爬山，/一个趔趄，石头跌下山去，然后/重新抱起、攀爬。而那些滚落的声响/我忘记了"（《以外》）。在反抗中，诗人或许能理解西西弗斯的努力与绝望。诗人甚至想到，反抗或许能成功，"痛"能转化成"美"，"将自己像钉子一样钉入大地，大地疼痛/病树上开出花来"（《以外》）。

　　当一切无济于事的时候，诗人想到了死亡，唯有死亡能赋予生命意义，赋予生活、生存以深度。在这个意义上，我们甚至可以理解，为什么诗人如此沉浸于表现亲人乃至生命的失去，因为正是生命的失去，不仅能给存在，包括无意义的存在赋予意义，还能带来实实在在的痛感，感觉。但是，诗人在对生存意义的追寻并非任意的，他希望获得意义，但是这个意义必须由自己赋予，而不是他人。"遍体鳞伤的天空下，/我最想亲历的仪式是/捧着自己的骨灰，走过/割草机刚割过的草坪"（《仪式感》），死亡是自己的死亡，无可替代；存在的意义应该由自己获取，而不是他人赋予，这或许就是诗人所向往的人生仪式的价值所在吧。

　　我们无需过多地去追问，诗人的"痛"究竟来自现实中"政客的嘴脸""讨厌的小众"，还是来自存在主义哲学、"现代主义"或"启蒙"等等概念的文本态度，能感受到"悬空"之虚无并能将之命名为"痛"，本身已经提醒我们，"痛"是，并且是应该存在的。虽然在这个时代，"痛"和"反抗痛"本身都成为一种"美"的表演，成为另一种虚无和荒诞。由于诗人深切的反思与自省，将内心无可名状、不可乃至不便名状的"悬空"真切地展露——虽然它们依旧"无碍春天的大局"——为我们保留了一份极其宝贵的当代知识分子的心灵档案，为这个时代清醒的知识分子的精神生态立此存照。

人在诗坛中，诗在潮流外。这么多年来，吴少东一直坚持自己的创作风格，不随潮流，也不标新立异，在学院派与民间派之间独自奋力前行。他的诗虽然总量不多，却能挑选出许多代表作，如《立夏书》《过梅岭驿道》等，已经在当代中国诗坛产生广泛影响，成为安徽乃至当代中国诗歌的重要收获，而其选择与坚守的"情感""美感""痛感"与"意义"写作，在诗歌写作趋于浮躁、粗疏、无聊的今天，具有特别的意义。

第三节 从"幻象的死亡"走向"真正的死亡"
——论海子的死亡哲学[1]

海子对自己的诗歌创作充满了期待和自信。一方面，他

1　原载《巢湖学院学报》2004 年第 5 期。

渴望建立一种前所未有的诗歌范式，成就"伟大的诗歌"
（《诗学：一份提纲·伟大的诗歌》），并由此成为诗歌之
"王"。这种诗歌，除了但丁、歌德和莎士比亚，无人能作。
另一方面，他又希望通过自己的生存方式（包括诗歌创作），
"拯救"世道人心：请求"情欲老人、死亡老人"放开"那位
名叫人类的少女"（《太阳·土地篇》），使人类"用火用粮食
用歌曲用诗人的生命长久地活下去，在心上活下去"。[1]

　　这个工作是海子难以完成的。首先，创作"大诗"或
"史诗""对作者具有毁灭性"，因为长诗创作的"激情方式和
宏大构思有必然冲突"[2]。对于海子而言，激情的宣泄可以缓
解内心情绪积累和理性思考的焦躁，然而创建"大诗"的理
想又必须强行节制它如火山般的爆发，这使他陷入冰火激荡
般的内心失衡，直接影响诗歌创作，像他的《太阳·七部书》
部分章节只存题目就是例证。其次，当代诗歌无可挽回的衰
落，尤其是他的诗歌和诗歌理想在生前并不被人充分认可，
如类似"人类只有一个但丁就够了"的冷嘲[3]，让海子感到

1　海子：《动作·〈太阳·断头篇〉代后记》，见西川：《海子诗全编》，生
　　活·读书·新知三联书店1997年版，第886页。本文海子语录和诗句均出
　　自此书。
2　转引自骆一禾：《海子生涯》，见崔卫平：《不死的海子》，中国文联出版社
　　1999年版，第5页。
3　转引自西川：《死亡后记》，见崔卫平：《不死的海子》，中国文联出版社
　　1999年版，第29页。

深刻的失望。"对胜利的渴求使死亡从超越倏忽前来,而诗人旧日的承诺成为逼命的绝对命令。"[1] 这是对海子死亡原因的一种推测:他死于欲望的受挫。但问题可能要更加复杂,海子是有反抗他人判断的能力和勇气的,否则他不会自杀。是什么杀死了他自己?

创建"大诗"的工程和成为"王"的过程是合二为一、同步进行的。海子认为前人的诗歌关注的只是"幻象",忽略真理和真实,忽略生命存在的本身,"人生的真理和真实性何在无人言说无人敢问"(《诗学:一份提纲·朝霞》)。那么一旦思考触及生命存在的最基本的现实,人就会沉重起来:人不是神。只要我们活着,就只能面向死亡的噩耗。正如海德格尔所说,人是要死者的个体存在。关注死亡,正视"大地束缚力(死亡意识)",通过诗歌使"恐怖""直接而真实地到达人生"(《诗学:一份提纲·朝霞》),这是海子诗歌的追求。海子不可能只关注别人的死亡,死亡意识也纠缠着他。对生命有限性与暂时性异常强烈的直觉,使他一方面增加生活的强度与密度,不断地将死亡和死亡意识转换为美学意象,形成诗歌的形式和诗歌的内容,如骆一禾所说,"不能永远生活,就迅速生活"(《生存之地》)。大多时候,他足不出户,

1 肖鹰:《向死亡存在》,见崔卫平:《不死的海子》,中国文联出版社 1999 年版,第 230 页。

可他的幻想、幻觉、思考的触须，却极度活跃，神游天堂、地狱、太阳、世界的末日、宇宙的尽头、历史的纵深、个人的前生与死亡等，他虚拟的生活几乎是无限的，最终"用脑过度而不能写作"（骆一禾语）。另一方面，他又要通过诗歌的形式去寻觅生命的终极意义，平息生命内部的恐惧、冲突和分裂，探讨个人的永久存在。他的大部分诗歌，尤其是《太阳·七部书》，有一个潜在主题，那就是"土火争斗""死中求生"，习惯死亡、热爱死亡，最终超越死亡。如伊利亚斯·卡内蒂所说："生命的目的十分具体而且郑重，生命本来的目的乃是使人得以不死。"[1]

这种工作，早在两千多年前就有人尝试，并形成了完整的思想体系。海子想到了老子，想到了庄子，想到了"道"，他甚至想，"也许庄子是我"（《思念前生》）。但海子不屑于中国传统哲学，在海子看来，老庄之"道"的对立转化、死亡再生，是"将人类生存与自然循环的元素轮回联结起来加以创造幻想"（《诗学：一份提纲·朝霞》），这个"幻想"，是一种"幻象"，而幻象"绝不是死亡"。"如果幻象等于死亡，每一次落日等于死亡（换句话说，沙漠等于死亡）——那么一切人类生存的历史和生活的地平线将会自然中止、永远中

---

1 贝克勒等编著：《哲言集：向死而生》，张念东等译，生活·读书·新知三联书店 1993 年版，第 145 页。

止", 老庄哲学的内容, 正是海子要批判的对象。然而海子对老庄哲学的借鉴却是全面的, 或者说他的哲学形成于对老庄哲学的突围和反叛。他把自己的哲学也命名为"道": "道——实体前进时拿着的他自己的斧子" (《太阳·土地篇》)。命名和命名过程受庄子的启发是显而易见的: "一受其成形, 不化以待尽。与物相刃相靡, 其行进如驰, 而莫之能止, 不亦悲乎!" (《庄子·齐物论》) 海子有意误解了原意, 把"刃"作名词解。这把斧子, 既抡向他者, 也挥向自身。实体存在的过程就是在"斧刃上行走"的过程。老庄的"道"是阴性的、母性的, 具有创生的伟大作用: "泽及万物而不为仁" (《庄子·大宗师》), "道生一, 一生二, 二生三, 三生万物" (《老子》第四十二章), "道"具有"万物之母"的禀赋。而海子的"道"却是父性的、阳性的、暴虐的、血腥的、恐怖的、绝对的, 带给人的无一例外是死亡。西川把海子的形而上学称为"道家暴力"。他的"道"具有暴力虐杀的一面, 但也有死亡再生的功能。"道家暴力", 归结到物, 是"元素的秘密" (《我热爱的诗人——荷尔德林》); 归结到人, 是命运。

海子自命为"王子", 任务是"拯救" (人类, 包括诗人同行, 事实上还应包括自己)。他编织了一个诗歌王国的"血统": 凡·高是他的"瘦哥哥", "二哥索福克勒斯", "不幸的兄弟"荷尔德林，"叔伯兄弟"卡夫卡，还有雪莱、叶赛林、坡、马洛、韩波、克兰、狄兰——"他们是同一个王子，诗歌王子，太阳王子"，而海子"与这些抒情主体的王子们已经融为一体"。他们是天才，生命的最辉煌的现象之一。这些天才与芸芸众生一样，不免一死，甚至大都英年早逝。他们本来可以成就为"王"，然而，"命运是有的，""它不管你承认不承认"。"正如悲剧言中，最优秀、最高贵、最才华的王子最先身亡"（《诗学：一份提纲·王子·太阳神之子》）。这让海子常常产生"痛不欲生"的感觉，他把"王子"们的命运归结为自己的命运，把他们的死亡视为自己的死亡。一旦想起那些"命中注定的天才"，死亡意识就笼罩着他的诗篇。"暮色苍茫，永不复还的人那"（《诗人叶赛林》），"奔向远方，你去而不返，是哪辆马车"（《夜晚·亲爱的朋友》）。命运秘密而残忍，天才诗人永远处于被动的地位。他引用了荷尔德林的诗，感叹："但最为盲目的/还算是神的儿子。/人类知道自己的住所/鸟兽也懂得在哪里建窝/而他们却不知去何方"（《我热爱的诗人——荷尔德林》）。《太阳·弑》是海子完成的一部最完整的诗剧，展示的是命运的迷惘和残酷：所有人物都无可挽回、盲目而又亦步亦趋地遵循着命运的设置走向失败和死亡。诗剧开始就预叙，事业必定成功，而骨肉必定相残。伟大的君主和伟大的反叛者，他们在主观上越是强烈地抗争或逃避，在客观上越是加速悲剧结局的到来，巴比伦王、宝剑、红、青草、吉卜赛、猛兽、十三反王等人以自己的命运演绎着"道家暴力"。悲剧主人公宝剑，是一位王子，同俄狄浦斯、哈姆雷特一样盲目而悲苦，绝望地抗争着，却不得不接受命运的主宰。海子在感受别人死亡的同时，自己也愈来愈感到死亡的压迫。西川说，"我想海子是在死亡意象、死亡幻象、死亡话题中沉浸太深了，这一切对海子形成了一种巨大的暗示"，"或许海子与那些'王子'有着某种心理和写作风格上的认同，于是'短命'对他的生命和写作方式形成了巨大的压力"。[1] 或许相反，对生活有着大爱的智者、"先知"（朱大可语），会不会特别敏感于死亡，他挣扎的狂躁与绝望的悲哀成正比，也未可知。随着 1989 年 3 月 26 日的临近，诗中不祥的意象愈来愈稠密。"九月的云/展开殓布"（《九月的云》）。"秋已来临。/没有丝毫的宽恕和同情，秋已来临"（《秋》）。1989 年 1 月 7 日《遥远的路程》中写道："远方就是这样的，就是我站立的地方。""黑暗""秋""远方"是海子诗歌中的常见意象。"黑暗"是荷尔德林住的地方，"远方"是韩波的栖息地，而"秋"在中国神话思维里，是时空与价值统一的意象。它那里，太阳西沉、万物萧瑟、

1　转引自西川：《死亡后记》，见崔卫平：《不死的海子》，中国文联出版社1999 年版，第 29 页。

阴盛阳衰，掌管杀伐的西王母杀气腾腾。1989 年 3 月，海子创作并改写了 5 首有关桃花的诗。时值春暖花开，桃林似锦，生机勃勃，海子却看到了自然中"道家暴力"的残酷。桃花不是在开放，而是在死亡！桃花每一种生命形式的展开，必伴随着相应生命内容的消逝。此时，海子感受到"垂死"的压迫，甚至看到了自己的生命结局："我是黄昏安放的灵床：车轮填满我耻辱的形象"（《两行诗》）。他是否同安德烈·马尔罗一样想到，"改变命运唯有死亡"？[1]

每一种哲学都要解决有限与无限的冲突，消除个体对死亡的恐惧，实现个体生命价值的不朽和飞升等问题。成为"诗歌皇帝"和进入"不朽的太阳"的欲望，使海子既要同物理时间比速度，又要同玄学时间比耐力，他转而求助于轮回。海子"道"的哲学同样假定事物的对立转化、死亡再生，是"火在土中生存、呼吸、血液循环、生殖化为灰烬和再生的节奏"（《诗学：一份提纲·辩解》）。他愈是贬低生命的现实形态，有意犯讪地去谈论死亡、尸体，愈是显露出对生命的珍爱。"因为他的真实意图并不是想否定生命，而是以他独特的方式化解人生有限与无限的冲突"。[2] 要命之处在于，海子死

1　贝克勒等编著：《哲言集：向死而生》，张念东等译，生活·读书·新知三联书店 1993 年版，第 265 页。

2　刘再复、林岗：《传统与中国人》，安徽文艺出版社 1999 年版，第 211 页。

亡哲学坚持认为，在再生之前，一定有一个实在的死亡。不同于庄子的"心斋"和"坐忘"，在幻想中灵魂逸出个人的"心斋"，物化为外在的世界，达到精神上暂时的"永恒"。基督是永恒的，死于血淋淋的十字架上。海子说"断头的日子正是日出"（《太阳·诗剧》），并在诗中写道："和所有以梦为马的诗人一样/最后我被黄昏的众神抬入不朽的太阳"（《祖国（或以梦为马）》），但此时，"我"只是"一具太阳中的尸体"（《太阳·土地篇》）。无论是诗歌还是肉体，通过有目的的死亡最终都能达到提升与永恒，但这些只能发生在"幻象"中。如果海子执着于自己的形而上学并身体力行、指导行为实践的话，结果只能是，"幻象的死亡/变成了真正的死亡"（《太阳·诗剧》）。西川认为，"他（海子——笔者注）死于道"。[1]

《庄子·齐物论》中说，庄子在梦中，分不清自己是蝴蝶还是庄子，醒来还模棱两可。《庄子·逍遥游》中，有一条叫作"鲲"的鱼，振翅一飞，从北溟上了南溟，就变成了"鹏"。多年来，少有人过问，蝴蝶如何同庄子进行角色转换，"鲲"是如何变成"鹏"的。海子以自己的"道"重新演绎了这个过程。《太阳·断头篇》是几个再生神话置换变形后的组合。《逍遥游》之前是《山海经·大荒西经》北溟大水的神

---

1 转引自西川：《死亡后记》，见崔卫平：《不死的海子》，中国文联出版社1999年版，第29页。

话："风道北来，天乃大水泉，蛇乃化为鱼，是为鱼妇，颛顼死即复苏"（这里也没有详细指出"化"的细节）。海子解释为，蛇化鱼，蛇死去，鱼诞生。"我"以颛顼自诩，是那具"九泉之下彻夜不眠的王"。"王"附着在鱼身上复活，但地狱之王欲求飞升，还须经历一个死亡的过程。海子认定那只名为"鲲"的鱼就是地狱之王，化而为鸟后，才命名为"鹏"。海子详细地描述了"化"的过程："猛地，一只巨鸟轰然撕你肉体而去"，"你的身上火破鸟飞，脊背湿湿"。鱼成了"我"的尸体，但"我"在死去的同时却复活了，变成那匹飞向太阳、再造宇宙的"鹏"。这里，转化的关键是死亡，死亡是必须的。死亡是肉体的死亡，再生也是肉体的再生。海子于是赞美死亡。实体前进的过程是死亡的过程，同时又是再生的过程，是"土火争斗""死中求生"的过程。向死亡迎面走去，加速生命和死亡，既是对命运主宰的抗争，也是为了从速死中获得速生。死亡是进出大地与天空的门，"大黑光啊——代表死亡也代表新生"（《传说》），"黑夜是什么 所谓黑夜就是让自己的尸体遮住了太阳"（《太阳·诗剧》）。海子认为，再生和死亡必须经过尸体的中转。他又赞美"尸体"和"泥土"，破坏和毁灭。庄周不死为一具尸体，腐化为泥土，怎能物化为蝴蝶呢？匍匐在北溟中的鱼不死，就无在南溟高高的天堂上翱翔的大鸟。挣脱了一种肉体的枷锁，才有另一种更高级肉体的出现和伴随着精神的飞升，抛弃一种物质形式，然后有另一种物质形式的诞生。这就是海子"道"的对立转化、死亡再生的逻辑。"土地表层那温暖的信风和血滋生的种种欲望/如今要化为尸首和肥料"（《秋天的祖国》）。但"尸体"不是结局而是开始，是一种形式前的另一种形式。"尸体是泥土的再次开始/尸体不是愤怒也不是疾病/其中包含着疲倦、忧伤和天才"（《土地王》）。海子说，他是物质的短暂情人。这个物质，应该包括凡俗生活的种种，但主要指躯体。从这个意义上讲，活着的只是沉睡的躯体，是短暂的物质形式。

物质不灭，死亡只是再生的中转，然而海子对生命"大彻大悟"、旷达超脱的背后是对生命的执着。面对不可知的命运，海子一方面感到了莫名的恐惧，一方面调整自己的心态，试图平和地去接受、热爱并战胜之。"不但要热爱河流两岸，还要热爱正在流逝的河流自身，热爱河水的生和死"，"热爱元素的秘密"（《我热爱的诗人——荷尔德林》）。但他陷入了自己哲学的怪圈。"与其死去，不如活着"（《太阳·诗剧》）诗句表明，海子被生死问题纠缠很久了。如果要"活"下去的话，那么必须接受"死"的现实；如果要获得永生的话，按他的死亡再生的逻辑，只能死得更早。从本质上讲，海子的死亡哲学如同老庄特别是庄子哲学，都以谋求"永生"

为目的，但二者却走了不同的路子。庄子养生之"道"，讲求人生行为的"无为"，主体意识的"无心"，日常起居的"贵生"，以"生"克"死"。仰慕理想人生、"真人"（《庄子·大宗师》）境界并不意味着必须放弃现实人生和肉体生命，相反它在肉体生命方面力求获得最大限度的满足，而在精神和心灵方面极力泯灭自我意识，通过"吾丧我"（《庄子·齐物论》），达到从大道上消除与物的界限、差别，即泯物我、同生死、超利害、一寿夭。它的逻辑理路是，"万物皆种也，以不同形相禅"（《庄子·寓言》）。"物"即是"我"，"我"即是"物"，作为个体的、具体的"我"是有限的，而作为集体的、抽象的"物"是无限的，消除"物我"界限，"我"就超越了个体的有限性，获得了"物"的无限性。"死去何足道，托体共山阿"（陶渊明《挽歌》）。然而，这种超越却是在"心斋"内完成的，并不需要主体身体力行地去实践，"庄周梦蝶"关键是"梦"，因而这种超越其实是一种幻想和"幻象"。在幻象中死去，在幻象中复活、永生，说到底是自己同自己达成契约，通过修正自己的人生经验达到改变自己在现实世界中被动处境的目的。如刘再复所言，老庄哲学是"务虚"的哲学，带有一定程度的自欺性。但它试图通过调整心理上的失衡来换取生理上的健康，也有一定的实用性。虽然海子相信对立转化、死亡再生的辩证法，但他的哲学是"实证"的哲学、"科学"的哲学，否定"齐物"的模糊理论。他要成就"伟大的诗歌"，成为"诗歌的皇帝"，使他与"物"、与常人（包括诗人同行，还应包括那些"王子们"，因为海子的志向更加远大）区别开来。庄子的"再生"意识不限于形体，通过移情和角色转换，"鲲"可以转化为"鹏"，"蝴蝶"可以是"庄周"。海子的《土地王》诗篇似乎表达了类似庄子的理念："圣人之生也天行，其死也物化"（《庄子·刻意》），"圣人"终究"齐"万物，相互物化。但海子过于执着自我，他只认定，海子只能"转化"为海子，而不能是其他，"大地啊/你过去埋葬了我/今天又使我复活"（《春天》）。在《春天，十个海子》中，他表达了对执着于"活着"的海子的嘲讽："春天/十个海子全部复活/在光明的景色中/嘲笑这一个野蛮而悲伤的海子/你这么长久的沉睡究竟为了什么？"我们不讨论"十个海子"隐喻着什么，但"复活"的是海子"本人"无疑。那么，海子就享受不到"天乐"了，而庄子可以："知天乐者，其生也天行，其死也物化"（《庄子·天道》）。

海子诗歌中最基本的意象是"太阳"和"土地"，围绕它们的是"火""光""泥土""大地"以及引申出相反意象如"黑暗""阴影"等，核心的主题是"死亡"（引申出"再生"）。向光辉的太阳致敬，探索黑暗的死亡，他受凡·高、荷尔德林等人的影响是显而易见的。而浪漫主义的传统抒情母题"爱"的深度主题本身就是"死",海子诗歌的独创也并非是全面的。这里面有个文化继承、艺术借鉴、灵感启发的问题,但众多"天才"不约而同地注意到了"太阳",是否存在着某种共同的心理结构,也未可知。海子渴望"进入太阳""成为太阳",究其原因,除了太阳在太阳系中独一无二的地位、万众瞩目的身份、发热发光、拯救万物的功能外,或许潜意识里存在着自救的意愿。假如不这么理解:海子仅仅希望自己的诗歌像太阳一样放射光辉,照亮庸常凡俗的现世生活,指导人类追求诗意人生的话,我们必须清楚,太阳是"永生"的。海子诗歌狂想的、特立独行的背后,有着普遍的人类思维特征,并且充分利用了这些思想资源。如"我在丰收中看到了阎王的眼睛"(《黑夜的献诗——献给黑夜的女儿》),"断头的日子正是日出"(《太阳·诗剧》),只是神话思维中"谷神不死"和地狱天宫的顺向想象。正如他的长诗《土地》,匪夷所思、驳杂、狂乱的结构下,蕴含着整齐、简单的命运主题:"暴力的循环的"周而复始、死亡再生。太阳东升西落,"周行而不殆"(《老子》第二十五章),无疑给人类丰富的想象,事实上它成为众多文化类型中死亡再生的原型。叶舒宪认为,太阳是原生形态的"道"[1],老庄"道"的

---

1 叶舒宪:《中国神话哲学》,中国社会科学出版社1992年版,第118页。

体系的建立，比附于太阳的运行规律和变化法则。"黑夜一无所有/为何给我安慰"（《黑夜的献诗——献给黑夜的女儿》），因为黑夜孕育着黎明，孕育着"新"的太阳。海子诗中多次的"死亡再生"发生在太阳中，而他反复"进入"太阳，也许就是探索"再生"的可能性。不同于屈原、李白的地方在于，后者的思维止步于天堂、神灵、太阳的幻象，进入天堂、太阳，与神灵相伴，就自动意味着永生。海子的思考大大迈进了一步，他要实证地、科学地考察自己如何再生，以及神灵们如何永生。或许他失望了，他创作的《太阳》系列，本来就是用"创作来爆炸太阳"（《诗学：一份提纲·王子·太阳神之子》）。因此，他在最后的诗作里，表达了这种迷茫："大风从东刮到西，从北刮到南，无视黑夜和黎明/你所说的曙光究竟是什么意思"（《春天，十个海子》），大自然的"曙光"会按时到来，而死去的"海子"真的会重生吗？在生命的关键时期，海子有个犹豫的过程。大地上周而复始、死亡再生的动力和能量，来自太阳，至于"化为泥土"和"进入太阳"应该是同一主题，"火"在"土"中化为灰烬和再生，应该指的是人间世的生命轮回，《春天，十个海子》其实是"进入太阳"主题的继续。

个人谋求永生受挫后，他似乎可以退而求其次，如诗歌的永恒、精神的永生。事实上他也做了尝试，"我必将失败/

但诗歌本身以太阳必将胜利"(《祖国》)。但这并不能给海子带来任何心理上的安慰，如果这样，他的上天入地，死而复生，统统成了一种姿态，一个"修辞练习"(《我热爱的诗人——荷尔德林》)，一种"幻象"。很明显，他自己知道这种"幻象"的描绘，是"一种内心冲突、对话和和解"(《诗学：一份提纲·辩解》)。但海子哲学中存在着悖论：如果要化解自己的内心冲突，获得心理平衡，较长久地活下去，就会让自己探索死亡与永生的诗歌"经历"成为"幻象"；如果要成就自己的哲学和理想，抗争注定的命运，他必须放弃自己的生命和诗歌，而这也是违背他的初衷的，"我珍惜王子一样青春的悲剧和生命"(《诗学：一份提纲·王子·太阳神之子》)。海子最后的选择，似乎是一种循环论证：他牺牲了自己的诗歌和生命，却成就了自己的诗歌和生命。像杰弗逊所说："生活是诗的产物，而不是相反。"[1] 但这对于他人而言，又是一种"幻象"，只是"诗意地酿造了生活中的某些事实"[2]，因为死亡必须亲历才算得上是死亡。只能这么认为，海子通过自由选择的死亡达到实现了他自身，完成了他"一次性行动的诗歌"(《诗学：一份提纲·上帝的七日》)，因为只有死亡

1　杰弗逊、罗比等：《现代西方文学理论流派》，李广成译，北京大学出版社1992年版，第31页。

2　同上。

才是"真理的一部分"[1]。

第四节　女诗人的画像：小议李之平[2]

在李之平的诗作中，《我想按照我的本性，成为自己》和《在命名前》往往被认为是解读她诗歌价值取向的钥匙。前者的标题"我想按照我的本性，成为自己"和后者中的诗句"不要把我变成花朵/我不需要抽象的命名"，其决绝的语气，颇似女权主义者的呐喊、个人主义者的宣言，很容易让我们联想起陆忆敏《美国妇女杂志》中发聋振聩的诗句："你认认那群人/谁曾经是我/我站在你眼前/已洗手不干"，因而进一步将李之平的诗想象成某种宏大叙事的合唱。其实不是，李之平远不是一个坚定的女权主义者，也不是一个彪悍的个性主义者，虽然现实生活中她相当坚强。《我想按照我的本性，成为自己》中："就像我也爱佛陀/那么深/深得没有人知道/就像是/随便说说"，恰恰透露这样的信息：她只是一个热爱生活、感恩生活并认真体悟生活的女人，认真地去爱、并加倍地呵护小小的回报。或许，她正是这样的人："她不穿花哨

1　贝克勒等编著：《哲言集：向死而生》，张念东等译，生活·读书·新知三联书店 1993 年版，第 281 页。

2　原文载于《中国艺术家》2016 年夏季刊（总第 66 期）。

衣服/不爱浓妆艳抹/很少翻时尚杂志/走在大街上，迷路，/东张西望，回家写诗。/你不能说她不爱钱，她爱/更爱那些在论坛上/说她的诗好的人"（《女诗人画像》）。

我们可以通过李之平笔迹中的空间来勾勒诗人足迹，进而拼贴诗人画像的背景与底色。山西、北京、广东、新疆、湖南等地遍布她最多的脚印，隐隐标画出现世行走的物理版图。《舅舅》《裤子》《乡村记忆》《给过去写信》《爸爸的童年》等故事主要发生在童年的故乡，《在故宫拍照》《日影飘过的下午——在伊犁的冬月》《坐在尼勒克森林公园》《它们的背影——新疆尼勒克的羊》《过河南》《经过东北大坟地里》等则是记录成年的漂泊。有些地方她没有去过，但也充满神往，如《一棵树，站在美国的旷野上——听孙家勋讲美国一棵树的故事》，我们可以把它们归为诗人的心理版图。之所以这么说，是因为诗人相信："我没有去过布拉格/不代表没有爱过你"（《布拉格之恋》）。这不是一次在旅途中学习生活的过程，而就是一次在旅途的生活，个中的沧桑、温暖与辛苦，如同"红沙地边的山丹花/红了又绿"（《给过去写信》），被反复写进了诗篇，而那些经历的路、水、风、云、城市与山川，已悉数化作她的生命。

我们还可以通过诗人对自己诗作的整理来勾勒她的心路历程，感触这幅画像的内在律动。李之平曾把自己的诗分成了五辑，第一辑："风或风筝都是幸福的"，第二辑："我的故事"，第三辑："我想按照我的本性，成为自己"，第四辑："悖论之诗"，第五辑："明歌"。语言是思维的现实，从标题看，诗人对自己的生活有着深深的自反意识："幸福"的体验、"谁曾经是我"的反思，"成为自己"的经历、焦躁的自我斗争和通透的开悟。此后李之平还有更多的诗作问世，但是她没有归类，是没有了情致，没有了能力，还是感悟到，生活真的已经到了言语无法把捉、无比深沉复杂的地步？然而，无论哪个时期的诗歌，我们都能从中读出喜悦，虽然我们能够感受到诗人的辛苦与烦。这是诗人自己的选择："喜悦来自悲伤的脸/它是白色的"，"它减少受损伤的/免除那些痛苦的、疾病的、委屈的、怨恨的"，最终，"喜悦是一张发光的脸/我认出了它"（《喜悦》）。

了解一个诗人最简洁的方法是直接进入她的诗歌：题材或主题。李之平有许多关于爱情的诗，其中涉及婚姻，如《爱情方程式》《爱人同志的厕所图书馆》《爱人同志的泰坦尼克号蓝钻石》《温暖》《阅读深夜床上的老公》《相似》《变戏法》等。有人说，婚姻是爱情的坟墓，激情退后，婚后的爱情需要更大的耐心和包容。这是一个生活与写作的双重挑战：失去了禁忌与欲望，如何重新定义"爱"、说服自己并且重新去感受到它呢？叶芝在《当你老了》中"多少人爱你年轻欢

畅的时候，/爱慕你的美丽，假意或真心，/只有一个人爱你
那朝圣者的灵魂，/爱你衰老了的脸上的痛苦的皱纹"，感动
了无数人。然而，根据诗歌自己的逻辑，"爱"就是"年轻"
"欢畅"与"美丽"，这首诗表达出的情感已经不是"爱情"
了。从婚姻中感知、坚守爱情并表现它，是李之平对当代爱
情诗歌的贡献。这不仅是诗学上的开掘，更是伦理上的坚守，
虽然二者都有极大的难度。

　　她这么定义"爱"："它被发出来/一个单音，/来自对面/
历经心、肺和喉/来到你面前/跟在后面的是/血液，软组织，
毛发/以及笨拙/难以命名的气味/和梦的残余物"。这种"爱
情"有许多无奈，"'亲爱的，我们不要互相伤害了。'/他轻
轻地说/搂住我的肩膀/我看到，他的眼角/有一块眼屎"（《爱
人》）。但之所以还要爱，是因为在"爱"之下，有一个需要
大家遵守的"爱情伦理"："我们望见了存在的虚无/和地平线
上并不存在的反光"（《爱情伦理》）。还有一些"爱情诗"是
通过写"无爱的悲哀"来抒发"爱情"的信念，如"天亮时/
我梦见你跟别的女人/亲密地在一起/看起来你们已非同一般/
你是我的爱人/我们结婚已经半年/我后悔/梦中没有和你离
婚/只有傻乎乎地哭泣"（《梦里的冬天》）。而对"爱情"的理
解最为惊心动魄的是这样："惊蛰过去谷雨就来/敲窗门的声
音跟鸟啄食/没有什么差别/薛平贵回来实在是一场意外"

（《意外——关于王宝钏和薛平贵》）。

李之平写过很长的诗，也写过很多的诗，但给大家留下深刻印象的，却是她为数不多的"小诗"。这里所说的"小诗"，不仅包括那些短小之作，也包括那些比较长但在主题指向上比较"小"的作品。它们或观察生活一隅，或体悟内心一瞬，或抒发自己小小的爱与忧伤、痛与悲悯，乐而不淫、哀而不伤，简约、精致、清澈，节奏明快，格调明朗，富有感染力，表现出了诗人丰富的眼中世界和内心世界。

《婴儿》写道："我看见摇篮里的他/他没看见我/在各自的幻觉中/隐身"。这是多么有趣的一幕，然而似乎又包含着更多未说出的东西，比如我们以为自己存在，但某些时候却像隐身一样不存在；或许相反，有些东西的确存在，但是我们只能看见自己想看见的、能看见的东西，它们就不存在。一只壁虎与我同居一室，它"突然奔跑起来的姿势"，"像亿年前的恐龙"，由于久久的凝视与冥想，它居然"认得我是前世的那人"（《壁虎与我同居一室》）。一根钉子，立在木头上，我长时间地看，简直入了迷，"就像/停在空中的锤子"（《目击》）。当诗人视线向内，体察内心的时候，我们就看到了这样的画面："我的痛苦就是两只鸭子/在即将干枯的河床/走过来走过去"（《世界》）。当诗人回忆过去时，一些东西也随着想象与词语蹦出来："还是像童年时/管狗尾巴草叫毛悠草/说到这个/打字的手指边/蹦出草地上的绿脖子蚂蚱/夜里被我们四处追赶的萤火虫/还在漫山疯跑的山坡"（《毛悠草》）。当然，这样的情境你一定遇到过，也一定会记住它，但是你不知道为什么："很多年前/我听见大雨里/有人喊救命/后来我忘了这件事/现在忽然想起来"（《悲剧》）。这到底是谁的悲剧，又是什么样的悲剧呢？还有这样的现象，想必我们也感同身受："真话走出嘴唇的/一瞬间/就想拐弯了"（《瞬间》）。我们也一定有类似的体验，一些记忆永远无法将它"本质化""审美化"，像化石一样淤积在心中，不可触及也无人开导："作为数学课代表/我踩着凳子站在黑板上/给同学们抄初一的数学题/炉子里火苗正旺/外面雪花茫茫/我的脸一阵红一阵白/我的手很紧/我担心着屁股上/那几块难看的长条纹/越来越难看"（《裤子》）。感谢李之平替我们说出了它们，给予了命名。

李之平是个真实的人，真实地感悟到了生活中真实存在却无法用语言把捉的瞬间，并真实地表达出来，虽然这些诗，很难说有某种哲学支撑，也谈不上是极端情绪体验，不以奇观意象取胜，更没有刻意形式探索，似乎很难给予一个"学理"评价，但是它们的确打动了我们，让我们感受到愉悦并引发我们思考。她的创作，包括她的"小诗"，还没有达到炉火纯青的境界，成就也难以与现代诗歌史上冰心、宗白华他们优秀的"小诗"成就相提并论，但是她已经表现出来的才能，以及隐藏在才能下更重要的喜悦与灵性，却让我们对她的创作充满了更多的期待。

第五节　诗人点评：晏榕、周瑟瑟、何冰凌、马行、路云、孙启放

本节收录了关于几位当代诗人的点评，发表在"华语实力诗人联盟"、搜狐文化等网站或自媒体，部分评语被重要媒体的报道引用。而关于马行、孙启放等诗歌"奇观化"理论，则引发了笔者对"诗意"进一步研究。

1. 高原式的写作——晏榕的诗

晏榕像一座遥远而绵延不绝的高原。"高原"既可描述他诗歌创作的数量、质量以及思考的深度与广度，也可描述他存在的孤寂状况。绝对的高峰引人注目，孤峰、沟壑、断裂乃至小丘突然的喷发也引人注目，但高原却一直在那里。

晏榕的诗歌表面上是先锋主义，但骨子里却是深刻的古典主义。这种古典既来自化为气息和情怀的中国山水隐逸传统，也来自更多表现为技巧、机制和术语的西方现代主义。这种奇妙的结合，就导致他诗歌创作呈现复杂的面貌。一方面，他的创作是智性与知性的，用词精准，逻辑周密，文本

与更多的诗歌形成多维度的互文，具有可阐释的深度与歧义，等等。另一方面，他的创作又是天才与冥思式的。在他的诗歌里，生活的世界、词语的世界与想象的世界是并置的。他能将具象的事物抽象化，抽象的事物具象化，也能将抽象的事物当作"事物"本身，赋予"抽象"奇妙的自主性，这种状况往往提供了阅读时额外的愉悦感，但同时也加大了理解的难度。

众所周知，自由诗的写作是没有门槛的，现在晏榕开始主张和追求的"有难度的写作"，其实也是现代新诗探索的一个方向。但是晏榕的实践却具有特别的难度：他有太多的东西可写，但又有太多的东西需要反对，这种在文本中与众多高手"过招"的玄妙，或者说不露痕迹的现代用典，如何告知匆匆路过的众人？丰富和复杂与本性与纯正是否能够统一？等等。

2. 创造一个新世界——周瑟瑟诗歌印象

周瑟瑟不是在发现生活中的诗意，而是去创造生活的诗意；他不是去发现生活世界的另一面，而是直接开创了另一个世界。这个世界有巫楚的底子，魅影憧憧；不知今夕何夕，又仿佛是异次元空间。在周瑟瑟的诗歌世界里，你完全感觉不到"诗"的存在，你只能看到一个叫"周瑟瑟"或模仿周瑟瑟的人，执拗、沉郁、特立独行，而这个"周瑟瑟"或模仿周瑟瑟的人，恍惚间是李贺、杜甫和李白的合体。

3. 何冰凌的诗

何冰凌的诗，有着鲜明的女性辨识度，无论是叙事记人，还是咏物抒怀，差不多都由一种发自骨子里的情感驱动。在诗歌叙事抒情普遍中性化、戏剧化的今天，她对自我的坚守、对"潮流"的不管不顾反而将她推向前台。然而，她的情感抒发又与意象叙事高度结合，情感着落在意象的营造上，收放之间，意味深长。

同样是情感，向外的时候，她的诗平和、谦逊、温柔、细腻，记事完整，写人亲切，如春风化雨，流水高山。然而一旦向内，就呈现出完全不同的风格，情感变得孤独而激烈。在那些忆旧或抒怀的诗里，事件高度情绪化，情绪高度意象化，其书写，如杂花生树，流星划过天际，闪烁跳跃，唯可辨识的是意象。其鲜明的意象叙事，与其说在倾诉，不如说在隐藏，没说出来的比说出来的多得多。其隐藏之深，连"九重葛缓慢开放"这样的意象都在借用，可见其刻意，可见其胆战心惊。这也就形成了何冰凌诗歌抒情叙事的独特诗学风景：你以为你读懂了，其实没有懂那么深，因为她没有告诉你那么多；你以为她讲完了，其实也没有，因为当她的事件退场的时候，意象却更加分明。这些意象，比如"九重葛""无患果""了断的波纹"，还有那春天最后的花朵，代表着

"最终的美丽""爱的思念"并"轻度厌世"的"蔷薇"等，引导我们继续前行，走向一个与我们自己的经历、与更广大的世界相连的地方，悠然心会，妙处难说。所谓"曲终人不见，江上数峰青"，或许说的就是这种效果吧。

4. 马行诗歌的"奇观"及"奇观化"装置

我们在谈论诗歌的时候我们在谈论什么？其实我们在谈论"奇观"。很多时候我们把"奇观"兑换成"陌生化"或者更陈旧的"创新"。我们希望在一首诗里看到：非日常的景观、情境或日常景观、情境的奇观化；非庸常的思想或思想的奇观化；非陈旧的情感或情感的奇观化；以及一切（日常生活、思想、情感）奇观在因被反复呈现而蒙尘后的二度奇观化等。

我们在谈论马行的诗歌的时候在谈论什么？其实我们也是在讨论他诗歌中的"奇观"以及"奇观化"的装置。作为一个地质勘探队员和诗人，他的日常生活与写作对象本身就是"奇观"：大漠、荒野、昆仑、雪山、草原、戈壁、星辰、雪豹、悲壮的牺牲、无尽的等待等，我们倾向认为，这些地方和行为更接近神灵，更容易通向神圣，进而更容易发现自己，回到自身。的确，我们在马行的诗歌里感受到了这些非日常化景观与行为的新奇感与震撼力。但这些还不够，如果仅仅停留于此，我们会说，马行的诗歌讨巧了，由于占有了职业与题材的便利，他自动成为优秀的"西部诗人""新边塞诗人""旷野诗人"等。我们其实关心的是，马行自己要如何面对和处理自己笔下的"奇观"？他如何将那些其实已经经过千百年的书写、早已"日常化"的"奇观"经过"奇观化"的处理，二度奇观化，从而与那些优秀的"西部诗人""新边塞诗人""旷野诗人"区分开来，提供更多的东西？

以我观物，借物抒情，情景交融，这是马行诗歌"奇观化"装置的一部分。感叹自己（包括自己的同类）的小、短暂，唱诵天地万物的广大、万能、神奇，在某些时候也通过某种程度上的"僭越"，比如希望自己成为万物的一部分的表述，向永恒的事物致敬，如"我就是罗布泊"，"冰峰是我兄弟"等，的确能让我们油然而然产生敬畏、崇高感，进而荡涤我们的灵魂。但我们不认为这就是马行的"慈悲"，因为如果这就是"慈悲"，那么万物其实就成了"马行"的一部分，至少是马行"本质力量对象化"的一部分。我们理解的"慈悲"是以物观物，万物中心论，无我，无我执，无生无死，就像马行诗歌里所表达的那样："我"以为"我"是一块石头；石头以为"我"是一块石头；我们各等各的；但"我"不是一块石头；《古诗十九首》是十九棵树；十九棵树是《古诗十九首》，尽管它们"相隔万余里，各自在天涯"……"慈悲"，的确是马行诗歌在深度与情感模式上"奇观化"的另一部分，经过这样的处理，诗歌就不仅成为马行物质与精神的世界，还成为马行的世界观。

当我们谈论马行诗歌的"奇观"和"奇观化"装置时，也并不意味着忽视了他的诗歌的"技巧"与"语言"，实际上，上述种种必须要通过"技巧"与"语言"来实现。之所以单独谈马行诗歌的"技巧"与"语言"，是因为马行诗歌在节奏、语感、意象设置、意境营造诸方面相当成熟，适度炫技，没有说出的比说出的多，等等。愉悦，是我们阅读时最大的感受，而我们通常就把愉悦感等同于审美感受。

5. 路云的诗

路云的诗里经常藏有对立的东西，比如彻骨的冷（包括冷静、颓废）与抵达临界点的热（包括深情、愤怒）、普遍化的象征结构（比如意象、隐喻）与私人化的体验、感性的生活内容与理性的思考模式等，因此呈现出复杂而丰富的面貌。需要特别强调的是，路云诗歌中的知识谱系、象征的对应体系等高度私人化（非通常意义上的"个性化"），也带来阅读与理解的陌生化。在诗歌写作越来越同质化、熟络平滑的今天，这种冒险是值得的。

6. 古典的皮相与自由的名士：论孙启放及《伪古典》

从诗歌技艺上讲，写诗一方面就是通过发掘或营造各种奇观，反抗口常生活的自动化、庸常与无聊，在相互参照中重建对生活的感知，像我们第一次发现生活、发现事物、发现自身一样。另一方面，写诗也是使用新的观看角度、感受装置、理解方式与表达方式，擦去已有事物身上的修辞尘垢、意义剩余，让它们再次熠熠发亮，重新回到我们的视野，是其所是，像第一次看到它们那样。我们把上述行为达成的效果称为"诗意"，诗意让一首诗成为诗。然而诗意又是一次性的，其垃圾化的速度甚至快于其形成。因此，诗歌的对立面始终有两个，一是日常生活，二是已有的诗意。

孙启放的《伪古典》的对立面也有两个：一是今天的日常生活，二是过去的诗意。诗人召回已经走远了的英雄美人，退隐了的梅兰竹菊，消逝了的白日放歌，重新营造了一个感时伤怀、洒脱不羁的古典名士形象，以此对抗今天的庸常。但这毕竟是以彼之矛攻彼之盾，古典终究是"皮相"。诗人对"古典"的征用只是一种设想：像过去的名士反抗过去的日常那样，今天的名士要反抗今天的日常。然而，真正的名士又是自由的，他可以用名士来反抗日常，可以用古典反抗现代，但反之亦成立。因此，在《伪古典》的世界，不存在真正的古典，所有的古典都是征用的，是"伪古典"，各种旧有意象、词令按需分配，随物赋形。一切的现在、当下，也未必就是"现代"的，它们身上保存有诗人喜爱的旧日气息。

古典意象，现代情怀，烟火气息，自省意识，名士形象，这是《伪古典》的几个关键词。但它们跨次元的组合，最终告诉我们的是：在诗人眼里，压根就不存在什么真正的古典或现代，也不存在什么真正的名士或知识分子，有的只是自由和对自由生活的向往。

第八章　诗歌本体研究

"诗"是一种怎样的文字艺术？如何让文字产生诗意，从而让分行文字成为"诗"？有关诗歌创作与接受的分歧长期存在，根源何在？当代诗歌不会凭空而来，那么百年来中国新诗发展脉络是什么？有无内在发展的逻辑与依据？当代诗歌的存在状态以及创新空间在哪里？本章关心的是这些问题，当然落脚点依旧与本书的主题呼应，我们相信，城市诗将是新诗创作"题材"创新和"艺术"创新的方向，至少在"城市化"历史使命完成之前，还将会依然如此。

第一节　"诗"是一种怎样的文字艺术[1]

"诗"是什么？有无数个答案，我们直接跳过"（审

1　原文刊发于《星星》诗刊 2016 年第 10 期。

美）意识形态""实践活动""话语"这些外围描述，回到它的本质上来："诗"是一种文字艺术。无论它"行善"还是"作恶"，"再现"还是"表现"，"沉思"还是"抒情"，它都是意愿、想象力、经验与技巧的综合。在英语语境里，Art有时被称为 Fine Arts，即"精致艺术"，这更加说明，艺术不是粗鄙之物，虽然它们可以描写粗鄙之物，但"技术"的介入总能把它们从日常或粗鄙状态中区分开来。缺乏"技巧"的情感、想象、经验，不会自动成为艺术，传递审美的愉悦，除非它们凑巧暗合了"艺术"的形式，或者已经经过了"艺术"装置的选择。如果我们承认诗是艺术的话，现在我们要讨论的是：诗是一种怎样的文字艺术？

第一，我们认为，诗是文字压缩的艺术，格律诗是，自由诗也是。相对于小说的"典型性"、戏剧的"三一律"等这些"以小博大""以少博多"的技巧，诗更是试图以最少的语言去表现最多的情感与生活信息，高度简洁、凝练是诗的首要特征，如诗人徐芳所言，一首好诗的标准，也许就是如何做到以最少说最多（《今天我们该如何写诗》）。在文字上做减法，删去一切不可观看、不可感知、无法产生意义、无关结构的字词，惜字如金，抛字之至简至少，这是诗在体制上的基本要求。

一段被称作"诗"的分行文字，总有自己的字面信息和言外之意。假如我们把一首诗要传达的生活内容、个人情感、经验智慧、判断认知等信息比作"所指"，而诗人所选择使用的文字及句式所实际传达出来的、读者可能会接收到的信息比作"能指"的话，也就是我们平常所说的字面之义与言外之意，通过考察二者之间的关系可以为我们判断分行文字，即所谓的诗，是否成立提供帮助。一般说来，如果它的字面之义与言外之意、"能指"与"所指"明显不符，这显然是词不达意，语句不通，缺乏基本的文字表现能力，这不在我们讨论之列。如果它的字面之义明显大于言外之意，"所指"大于"能指"，如果不是特别的修辞的话，比如刻意模仿、拟态或者追求一种饶舌的风格，那么这些分行文字极有可能是"啰嗦"。如果一段分行文字的字面之义、"所指"严格等于言外之意、"能指"，那么它们极有可能是公文，法律条文，科学术语、概念等，我们自然不能把它们称为"诗"。如果它的"能指"远远大于"所指"，"言外之意"远远大于"字面之义"，即我们需要用更多的文字去解释它的"言外之意""能指"，这样的分行文字极有可能就是诗了，或者说它们就是诗的语言，哪怕它们是不经意之间的生活语言。"只要一想起人生中后悔的事，梅花便落满了南山……"（张枣《镜中》），这样的文字充满了张力、潜台词，没有说出来的远远比说出来的多，其蕴藏在"所指"之中的意味，无论使用何种理论去整除，纵使知无不言，也会言之不尽，留有余数。

第二，诗是一种炫技、主动修辞的文字艺术。从传递信息角度上说，实用文体的写作追求文字的字面之义与言外之意、"能指"与"所指"的吻合，达到语言的明白晓畅目的，避免语言的不当运用，我们把这种语用称为消极修辞。而在诗这里，"明白晓畅""准确无误"会导致文字的一览无余，恰恰是要避免的行为。好诗往往使用或连续使用特定功能的修辞格，自由跳跃，超常规组合，甚至"扭断语法的脖子"，建构一种新颖别致的陌生化与"含混"的效果，让"所指"通向"能指"之路百转千回。从文体成规上说，诗以极简主义为立身之本，在文字的"所指"与"能指"之间，设置巨大的信息和情感容量与最小的篇幅之间的对峙，尽可能地通过修辞上的省略、并置、象征、意象切割、"蒙太奇"特写以及结构上的抛字、跳转等方式，简化语言同时又增大意蕴空间，留下有意味的"空白""不确定性"，完成特殊的文体审美要求。

在表情达意方面，诗自觉选择了"困难模式"，没有困难也要创造困难。格律诗是这种困难模式的极致，它将一首诗的字数、行数、声音及节奏等各方面做了严格限定，格律诗写作，就是戴着格律的镣铐跳舞的行为。当然，格律只是有形的镣铐，格律诗（包括仿格律诗、俳句等）的写作完成的是规定动作。自由诗不愿意遵循格律的限制，要求"自由自在"地创作，表演"自选动作"。但我们不能由此认为自由诗的写作就降低了难度，准入门槛"无下线"，实际上，自由诗写作是戴着无形的镣铐跳舞。我们很难比较格律诗与自由诗写作到底哪个的难度更大，但失去了格律的外在限制，许多人反而不知"创新"的方向和"自由"的限度，相反，借助于格律或仿格律的帮助，诗似乎更容易被完成、被辨识（这也是为何"老干部体"诗流行的原因）。但正如最优秀的运动员总能在限制中实现大自由、在自由中加大限制，尽可能地发挥人体潜能，诗同样要借助各种形式的限制，最大限度地发挥文字的潜能，完成由"文字"到"艺术"的提升。

第三，诗是一种反转度最高的文字艺术。叙事就是讲故事，故事是事件，叙事文体以讲故事、说事件为己任。长篇小说、电视连续剧讲长故事，讲人的一生、长时段的事件；短篇小说、小品文讲人的某个时刻、短时间的事件。无论是长故事还是短故事、大事件还是小事件，"变化"总是其情节线索：或人物的转变，或事件性质（我们对它的认识，比如秘密被揭示，意义被翻转等）的转变。长篇故事讲主人公的成长或颓废，短故事讲事件的突转、出人意料。巴赫金曾将人类的故事情节概括为"成长"和"死亡"两大变化结构，而"欧·亨利结尾"则形象地揭示了短篇小说/短故事的结构秘密：反转！但在结构上，诗却是一种反转度最高的文字艺术。这种反转或是体现在意象与意义之间，或是体现在行为与动机之间，或是现象与价值之间，等等。

特雷斯修女的《无论如何》写道，"人们不讲道理、思想谬误、自我中心""如果你友善，人们会说你自私自利、别有用心""如果你成功以后，身边尽是假的朋友和真的敌人"等，如此反复之后，她又坚定地告诉人们，"不管怎样，还是爱他们""不管怎样，还是要友善""不管怎样，还是要成功"。这里面存在着行为与动机的不合常规的断裂，到最后才告诉读者："你看，说到底，它是你和上帝之间的事，这绝不是你和他人之间的事。"行为与动机之间的反转，省略了完整的论证过程，极大增加了诗的容量，也让我们理解了诗人高贵的情操和异常坚韧的内心世界。

在很多时候，"反转"与"翻转""反差"是等同的，反转就是为了形成各个层面的反差。这种反转最常体现在它的体制上，即以高度仪式化、非日常化的装置去表现普通的生活内容、永恒的人类情感，在某种意义上说，诗是最"不自然"的艺术。这一点我们在古体诗、格律诗中看得更清楚，"白日依山尽，黄河入海流""床前明月光，疑是地上霜"等即是。这是内容与形式之间的反差，是"诗意"产生的重要渠道和外在表征。另一种常见的反转是在日常生活中产生新奇的发现，或者给日常生活赋予新的意义，像我们第一次发现它一样，这是自由诗、现代诗最常见的构思方式，当然也是"诗意"产生的内在机制。

在一首诗的内部，行为、意象与主题之间也会存在结构上的反转，雷平阳的《杀狗的过程》中，"金鼎山农贸市场3单元"发生的"杀狗"事件与记录这个事件的"诗"、杀狗的残忍与狗对人的忠诚、"人性"与"狗性"、表面的冷峻与文字内部的炽热等形成了意义上的对峙，但这些对峙所产蕴藏的惊心动魄的力量在结尾的反转中爆发出来："11点20分，主人开始叫卖/因为等待，许多围观的人/还在谈论着它一次比一次减少/的抖，和它那痉挛般的脊背/说它像一个回家奔丧的游子"。"回家奔丧的游子"与全文格格不入，刹那间扭转了上述各种对峙双方的位置。实现反转功能的句子可以在结尾，作为点题收束句说段落；可以在中间，它就是整首诗的核心句；可以在开头，作为核心意象；甚至还可以作为题目，比如伊沙的《张常氏，你的保姆》，"我在一所外语学院任教/这你是知道的/我在我工作的地方/从不向教授们低头/这你也是知道的/我曾向一位老保姆致敬/闻名全校的张常氏/在我眼里/是一名真正的教授/系陕西省蓝田县下归乡农民/我一位同事的母亲/她的成就是/把一名美国专家的孩子/带了四年/并命名为狗蛋/那个金发碧眼/一把鼻涕的崽子/随其母离开中国时/满口地道秦腔/满脸中国农民式的/朴实与狡黠/真是可爱极了"，正是诗的题目"张常氏，你的保姆"扭转了整首诗的文字信息：张常氏，不是他人的保姆，是你我的保姆，在文化传播与文化自信上，我们包括"外语学院的教授"都没有成人——这不是"真是可爱极了"，而是一点也不好笑。

诗永远是文字艺术，这其实是常识，但诗不被当作文字艺术已经很久了。不尊重常识，"常态"也不正常，诗也如此。否认或者没有认识到诗是文字艺术，等于完全拆掉了诗写作的门槛，导致"口水诗""老干部体"这些伪诗横行、泛滥，真正的诗反而被淹没。没有认识到或否认诗是文字艺术，导致我们这个时代对那些精致的文字、真正的诗充满了偏见，"读不懂""装""学院派"等伪批评甚嚣尘上。我们一边在抱怨没有"诗"，一边在抱怨"读不懂"；一边在恶意攻击诗的艺术属性，一边在责备诗的粗鄙。诗与批评、诗人与读者无法正常对话，最终受伤的还是诗本身。

爱诗之心等于爱美之心，读诗与写诗是自由选择，无可厚非，但是，读懂好诗、写出好诗却不是天赋权利，缪斯女神也从来没有按需分配，因为诗不是粗鄙之物，诗是文字艺术！

第二节　如何证明一首"诗"是诗

——论"诗意"的产生 [1]

没有格律、仿格律这种外在的诗歌标示，我们如何向大家证明我们写的分行文字——也就是今天讨论的自由诗——是"诗"而不是其他呢？让我们直接越过"诗言志""歌咏情"这些层面，直接讨论"诗意"，因为有了"诗意"，我们才认定一首"诗"是诗。

一个经常性的误解是，诗意等同于"真""善""美"，或者类似于新月派主张的"三美"，以为只要描述了美的事物、善的行为和真的感情，或者使用了"美丽的句子""匀称的结构"等，分行文字就成为了"诗"。事实是，作为非虚构文体，作者/诗人、隐含作者/理想诗人、叙述者/书写者高度统一，"真情实意"是诗意产生的必要条件，虚伪或者浮夸徒增笑柄。"真理""善"也不是诗意产生的充要条件，因为诗歌不是科学，而过分的"善"反而会形成道德压迫。同理，"美"也不是诗意，描写、歌颂美的东西不一定能产生诗意，"病的事物"进入诗歌未必不能产生诗意，例如《恶之花》。

1　原文刊发于《诗歌月刊》2016 年第 6 期。

　　什么是"诗意"？诗意不是什么玄之又玄、说不得碰不得的东西，在我看来，其实就是一种通过修辞与反修辞、远取譬与反取譬的形象思考，杂糅眼耳鼻舌身意等陌生化的手段，改变或颠倒观看世界的角度，深思事物之间可能或不可能的联系与秩序，进而发现新世界，刷新旧世界，重新感知生活和自身，获取一种生理与心理的愉悦。永远第一次，永远是奇观，这应该就是诗意。简单说，所谓诗意，就是诗人通过对内心世界的精粹提炼与外部世界的敏锐观察所传达给读者的独特意义与新鲜感受。从逻辑上说，诗意来自两个方面。

　　第一个方面，来自文字对情感、认识、生活信息的着意安排，也就是我们常说的与其他文体相异的"抛字""断句""跳转""分行"等写作惯例、有意味的形式设置，让它们获得一种超越日常本身乃至有异于其他文体成规的陌生化效果。"太阳下山了，黄河向东流。要想看得远一些，得再上一层楼"，这个日常经验我们很难说是"诗"，但它们确实就是《登鹳雀楼》的表现内容，特殊的形式让它们具有了非同寻常的意味，成为了"诗"。"长者问：'你愿意嫁给玉素甫吗？'／她说：'正合我的心愿。'／长者问：'你愿意娶吐拉汗吗？'／他说：'早就盼望这一天'"（闻捷：《婚礼》）。如果反向"破译"上述被称为"诗"的信息，它们其实就是大白话。如此看来，我们称之为"诗"的分行文字，它们与生活信息的区别，在很大程度上取决于反日常的语言选择和形式运用，比如押韵、对等句式、装饰性的词汇等，正是这些形式装置让它们具有了"诗意"。

这种现象在格律诗与仿格律诗上看得更清楚，但也并非仅仅如此。实际上，自由诗对格律诗、仿格律诗的继承要远远大于它对前者的否定，二者在反日常化方面是一致。从信息上说，自由诗也好，格律诗、仿格律诗也好，它们传递的信息差不多是我们生活中的常识或者是关于某些现象的共识，但是形式赋予这些常识以特别的力量，从而产生了"诗意"。比如，"我"从江南某个地方经过，引起一个美丽女子的误会，以为"我"是她思念的良人，结果不是。她很遗憾，我也很遗憾——这就是《错误》传递给我们的信息。但是郑愁予把这个美丽女子的失望、希望与再次失望用"莲花""莲花的开"与"莲花的落"系列主动修辞，将这个简单的和日常的情绪与心理戏剧化、陌生化了，我们感受到了生活信息之外的东西，像是从未经验过这样的生活。而作为背景的"江南""莲花""三月"等具有特定意味的时空、意象，又给它们增添了文化与宗教之丰富、神圣。

格律是对日常与口语的违反，自由诗是对格律诗的违反，同样，"口语诗"乃至"口水诗"是对自由诗的违反，它们都在形式上争夺"奇观化""陌生性"。实际上，模拟日常、表现日常、并赋予日常以存在论的意义和反日常的审美，历来是高难动作，我们能想到的，大约只是"自去自来堂前燕、相亲相近水中鸥""出门一笑大江横"等这样不多的诗句，而当代"口语诗""口水诗"的写作，绝大多数将"诗"写成了"屎"，其原因就在于那些"口语诗""口水诗"诗人，往往在不自觉的状态下选择了困难的写作模式，却力有不逮。在许多以日常生活事件为题材并用日常语言写就的诗歌中，我们注意到，诗歌语言的"日常性""口语化"只是一个让步修辞，它一定有一个在意义和语感方面大大的飞跃、突进、翻转，形成另一种精致，其效果绝非日常所能比拟。仿口语、仿日常之下，其实是严格的"技术"与"艺术"。

第二个方面，诗意来自对生活与事物新的意义和价值的认知，超越日常、尘俗的感受，"永远第一次""发现"或者"重新发现"这个世界。诗意把捉并非要一味追求新奇，日常生活、现象世界、熟悉的事物也能产生诗意。玛格丽特·怀兹·布朗的《重要书》中写道："天/重要的是/它永远在那边/真的"。仅仅因为一个陌生化的角度和儿童思维，让我们重新"发现"了天，熟视无睹的"天"突然焕发出光彩。华莱士·史蒂文斯《坛子的轶事》这样写一只坛子："我把一只圆形的坛子/放在田纳西的山顶"。这样的坛子平淡无奇，它几乎在生活中无处不在；这样的动作也不算怪诞荒唐，因为坛子不放在这里就要放在那里。但是诗人接下来的感知改变了它们的性质:"凌乱的荒野/围向山顶",刹那间荒野活了过来,开始行动:"荒野向坛子涌起,/匍匐在四周,不再荒凉。/圆圆的坛子置在地上,/高高地立于空中",此时的"坛子","它君临四界"。为什么会这样?因为"坛子"给荒原赋予了秩序和意义,以它为中心重建了一种社会。因此,这只坛子不同凡响,"这只灰色无釉的坛子/它不曾产生于鸟雀或树丛,/与田纳西别的事物都不一样"。诗人发现了坛子与田纳西荒原之间秘密联系的一种并揭示出来,因此赋予了这些日常事物焕然一新的美感。当然,重要的不是坛子,而是发现"坛子"的眼光。通过这样陌生化的描写,全世界记住了"田纳西"这个大名鼎鼎的"坛子"。雷平阳的《荒城》以物观物,将本来我们以为很荒凉、很杂乱、没有自主性的事物,突然变得生机勃勃;韩东的《大雁塔》、伊沙的《车过黄河》等将本来很重要的事物变得没有那么重要,而且我们发现,这样也对。育邦的《你也许叫中国》将以一次普通的太阳运行一天比附或者联想为一个宏大的主题,突然让我们的日常生活具有了深度。

陈先发的《前世》追问一个问题,并试图还原一个过程:梁山伯与祝英台如何"化"为蝴蝶的?他们"化蝶"成功之后,作为昆虫,是否还保留爱情的记忆,遵守彼此的许诺?如果是这样,它们"痛"吗?在梁祝"化蝶"之前,蝴蝶这个"物种"早已存在，所以，他们"化蝶"其实就是"进入"蝴蝶。"进入"蝴蝶，要伴随着如下动作：放弃自己的肉身，"脱掉了自己的骨头"；放弃自己的物质生活与精神生活，"脱掉了蘸墨的青袍"，"脱掉了内心朝飞暮倦的长亭短亭"，"脱掉了云和水"。如果这就是"死去"，那么"死去元知万事空"，倒也罢了，但是，他们在双双化为蝴蝶之后，依旧是梁山伯与祝英台，依旧没有忘记"前世"的往事，以及"脱"不尽的优雅。到此，这个爱情故事的悲剧性和刻骨的美丽就真正展露出来——这就是《前世》"诗意"产生的过程，它通过陌生化的形式，抖落掉梁祝故事在千百次转述过程中累积的灰尘，让我们感知痛，感知人性，感知建立在痛之上的爱情，我们像是第一次聆听梁祝的故事。

"城市，让生活更美好"，在现实生活中已经不只是一句口号，它也是一种物质追求和审美理想，人类如此大规模的迁徙，不能仅仅被解释为被迫、盲目；城市带给我们的，也不仅是"现代主义"的情绪和回望田园的乡愁。过去，我们只承认"田园""山水"是好的，"隐逸"与"乡愁"是值得赞美的，它们是诗意的故乡。只要提到了它们，诗意便源源不断的生成。但是我们也要承认，"城市"也是美的，也是诗意源源不断产生的地方。过去，赞美乡村的诗是诗，批判城市的诗也诗，就像我们的古典诗与现代主义诗所作所为。今天，赞美城市的行为也是值得赞美的，它们也可以成为诗，因为它们首先是诚实的，说出了一个生活事实；其次它们提供了新的审美内容与形式，这些元素我们永远不可能在李白、杜甫、陶渊明诗歌里找到。看到的是外滩，想到的是南山，写出来的是田园，无论如何这样的诗算不上诚实，也不可能提供更多的阅读愉悦。

对于诗歌写作来说，无所谓老套过时的题材，陈旧的价值与情感，也无所谓注定不能进入诗歌的生活，但的确有陈旧的眼光，单调乏味、没有想象力、词不达意的诗人。证明一首"诗"是否是"诗"，是诗还是伪诗，恐怕衡量标准就是是否能否提供"诗意"。吊诡的是，当我们从前人的诗、经典的诗当中总结出"诗意"来时，它们已经不是"诗意"了。"诗意"真的是一个玄之又玄的东西，因为它不是实在之物，"非法，非非法"，而是一个机制，"以无为法而有差别"，以不同而生成万千的诗。

第三节　"老干部体"的文化自信及其"天敌"

——漫谈作为社交礼仪的诗与作为文字艺术的诗[1]

五四"文学革命"从诗歌开始。新诗以思想革命和诗体

1　原文发表于《诗歌月刊》2020 年第 7 期，原文标题为《漫谈两类诗歌的交锋》。

解放为突破口，发展出了自由诗文体（也有称"白话诗""新诗"，这里统称"自由诗"，下同）。但自由诗的兴起，并不意味着旧体诗（格律诗或仿格律诗，下同）就会自动退出历史舞台，相反，一直有人挽留，一直有人召唤。无可讳言的是，旧体诗被"革命"之后，依旧有许多高质量作品问世，有些还影响极大，如现代时期的鲁迅、郁达夫、柳亚子等人的创作，更不用说毛泽东、陈毅等老一辈革命家的诗歌被收进了教材。有名人与伟人创作在先，自由诗与旧体诗的创作本应相安无事，但实际上双方更多的时候是冷眼相见，"短兵相接""擦枪走火"的现象也时有发生。后者（不限于旧体诗人群，包括不写、不读任何诗的群众）认为当代诗（主要是自由诗，尤其是"朦胧诗"一脉）脱离传统，脱离群众，自说自话，或晦涩难懂，或低俗不堪，早已步入歧途、病入膏肓。前者（主要是自由诗诗人，但也不限于此）则称后者为"老干部体"，诗中垃圾。双方坚信自己的诗是"诗"，而对方的则完全不是，彼此针锋相对、寸土不让。那么，他们都是哪来的自信？是否互为"天敌"？

问题或许出在双方对"诗"这种文体的理解上，大家在说诗的时候，极有可能说的不是同一回事。就旧体诗而言，其文字形式发轫于先秦，至唐朝时期已发展成熟。从内容上说，士大夫世界观、价值观、生活方式完成了程式化的审美，进退、出入、穷达都有了底线和高标，各种题材如行旅、边塞、后宫、田园、山水、怀古、游仙、讽谏、悯农等已先后形成潮流或流派，各有代表作。从形式上说，格律也成熟了，一首诗应该有多少字，怎么排列，如何押韵，有了明确的规定。遵照这些规则写作，作品就被认为是"诗"。不遵守这些规则，或者达不到这些规则的最低要求，就不被认可为"诗"，或被称为诗中次品："打油诗"。这种从内容到形式上"劲往一处使"的努力，曾让中国古代诗歌高度繁荣，美轮美奂，但它从创作动机到创作实践上的求同趋向，也给未来的发展埋下隐忧，同时我们也注意到，这种趋向的形成，非一朝一夕，根源其来有自。

孔子说过："不学诗，无以言"。为何要学"诗"？结合下文"不学礼，无以立"看，"学诗"显然不是为了成为诗人，提高写作技巧，写出惊世骇俗的诗歌，而是为了"言"。也就是说，学习"诗"（这里指的是《诗经》）是为了好好说话，正确社交。当然作为贵族士人的社交指南，另有专门机构与典籍，不限于《诗经》。《诗经》开创了中国诗歌"赋比兴"传统，其艺术价值与创新意义不用赘言，为何孔子选定它作为"言"的范本？他的解释是："《诗》三百，一言以蔽之，曰'思无邪'"，即《诗经》思想纯正。关于诗，孔子还另有说法，比如："小子何莫学夫诗？诗可以兴，可以观，可以群，可以怨。迩之事父，远之事君，多识于鸟兽草木之名。"从这里看出，孔子对诗的个人理解，着眼于诗用，比如诗可以作为社会调查的材料，作为学习自然知识的读本，作为阶层发声的渠道等。但结合不学诗"无以言"、学诗"可以群"，包括《汉书》中所说的"可以为大夫"种种说法来看，中国传统诗学中的"诗"更像通用于士大夫阶层之间的"艺术行话"，学习诗，就是在学习特定的社交礼仪，比如，如何使用规定的文字样式，通过描写美好的事物，抒发健康的感情，表达正确的思想。而作为艺术创新的思考，比如关于爱情，是否还有《关雎》《蒹葭》之外的表达，是否可以使用戏仿手法，甚至爱情本身是否还有其他理解等，似乎十分不重要，更不用说如何摆脱经典"影响的焦虑"，表达异见，创造新形式。"诗言志，歌咏情"即可，表达什么远比怎么表达重要。致力于诗歌艺术创新的，很可能成为末流，"小人"。当然，格律诗在高度成熟后，旁逸出词、曲等形式，从艺术形式上说，是为创新，但它们的地位更在诗之下。"此身合是诗人未？细雨骑驴入剑门"，陆游学诗学到头，学成了诗人，却成了他心头之痛。孟浩然山水田园诗冠绝一时，连李白都狂赞不已："吾爱孟夫子，风流天下闻"，但当事者本人却"端居耻圣明"，"坐观垂钓者，徒有羡鱼情"。诗嘛，学学就可以了，修身养性即可，当不得真。"十有九人堪白眼，百无一用是书生",何况还是诗人。

从某种意义上说,古代诗人写诗主要用于"明志"、社交,规范地表达自己,有限的形式较量只在暗中进行。如果一个诗人形式上的造诣非凡,但"情志"离经叛道,这样的行为不会受到鼓励。杜甫被尊称为"诗圣",首先是因为他"穷年忧黎元"而非"下笔如有神"。甚至有文章说,如果没有"安史之乱",杜甫可能是一个"二流诗人"。是不是可以这么理解:旧体诗在很大程度上是一种依据正确的形式(格律)表达自己正确的"人设"("情志")的文字。学诗、写诗的最终目的不是为了成为诗人,更不是提出一种新的价值观,创造出另外一种的生活形式与艺术形式。对于那些在诗歌艺术上没有野心的文人来说,只要形式大致符合规范,价值观合拍,写作即为成功。想必这些就是旧体诗创作,或者说"老干部体"创作的文化背景和诗学自信吧。

新文学基于对传统文学的反叛而发轫,自由诗也因有别于旧体诗而确立身份。在形式上,它致力于打破格律限制,字数行数不限制,押韵不押韵都可,"话该怎么说,诗就怎么写"。在内容上,表现当代生活,日常生活,尤其是平民生活;在价值观上,它着力表现现代意识,反对固有之道统。最初自由诗有过反对"文以载道"之诗用观的过程,后来发现自由诗也要"载"现代意识之"道","载"革命之"道",

因而一部分自由诗，比如 20 世纪三四十年代的中国诗歌会诗派、解放区诗歌、1949 年后的大部分诗歌等，都不再坚持，但那些坚持形式要现代、内容也要现代，反对一切之"载道"的"纯诗"，如新月诗派、象征派、现代派、九叶诗派，以及 20 世纪 80 年代前后的朦胧诗、新生代诗等，坚决以全新的方式与旧体诗决绝，坚持诗是文字艺术、个人艺术，以创新求变为目的（虽然很难做到，包括他们自己）。自由诗诗人之所以坚决反对"老干部体"诗，在他们看来，"老干部体"诗不仅形式上没有创新，在内容上也脱离个人生活、脱离时代，而在价值观上，它们多数仍停留在农业文明视野和传统道统与哲学为核心的认知体系。

如何表达与旧体诗、"老干部体"诗的蔑视与决裂呢？第一，他们反对一切诗歌的格律化和程式化，包括所谓的"郭沫若体""徐志摩体""贺敬之体""郭小川体""汪国真体""佛前万多花开体"等，在自由诗诗人看来，这些诗如同仿格律诗创作，都是"老干部体"的变种。第二，他们以碎片化的个人体验反对传统的宏大叙事、总体叙事，强调个人主义和个人意识表达。第三，引入异域和陌生化的诗歌材料，比如国外生活、大都市经验、宗教知识以及一切新鲜的诗歌资源，整体更新诗歌内容。第四，依次引入和演绎了国外（主要是西方）近现代以来的诗学和现代哲学，存在主义哲学、现象学，以及解构主义思潮是最主要的思想武器和诗学工具，并引发了一系列眼花缭乱的实验思潮。这些是旧体诗完全没有遭遇过的事物，也多是非专业诗歌研究和从业者不了解的内容，它们在某种意义上加深了两种诗体的隔膜，也因出于"看不懂"的自我保护和应激反应原因，加剧了"老干部体"诗人对自由诗的拒斥。

当然，造成自由诗与"老干部体"水火不容的原因，不仅仅在于上述指出的几个地方，更在于自由诗创作的反思和解构机制。实际上，真正的自由诗不仅反对一切形式的旧体诗、"老干部体"，也反对它自身。反对"陈词滥调"是自由诗和旧体诗创作的最低要求，但二者反对的出发点大不相同。后者出于避免创作形式上的过于同质化而选择新颖的语言材料，但表现的却是大致相同的生活经验、观念以及政治诉求、审美等，前者以过往一切的诗歌、诗学以及哲学观为假想敌，宣布上帝已死，怀疑、重估一切，"反思"是其本质。是否反思，以及是否反思到自身的反思机制，是区别"老干部体"与自由诗的根本区别。"老干部体"之所以成为"老干部体"，在自由诗看来，它们普遍缺乏反思的习惯和反思的能力，而"反思"是现代意识产生的起点。但现象学和解构主义思潮的兴起，开始让"反思"向着"解构"一路狂奔：它们不仅反对和解构"老干部体"，也反对和解构自己！自由诗的反思和解构机制造成它与其他诗歌，包括与它自己的分离和分裂。

当我们说"诗"的时候，首先要界定我们所说的"诗"指什么诗。在西方，自亚里士多德开始，也有相当长的时间没有分清作为文学艺术统称的"诗"和作为专门文体的"诗"，因此在讨论诗的时候，经常出现文不对题、自说自话的现象，在中国古代，也有相当长时期"文笔"不分。因此"诗"不仅有诗与非诗的区别，有中国诗与外国诗的区别，有旧体诗与自由诗的不同，更有"老干部体"与自由诗的不同，即使在自由诗内部，尿不到一壶去的现象也屡见不鲜。但整体说来，在"诗"这个文体内部，我们大概已经意识到了，可能真的存在两种诗。一种是作为社交礼仪，追求合群、趋同的诗，另一种是作为文字艺术，以反思为机制、以创新为绝对目标的诗，虽然前者可以把这种诗发展到艺术或形式的极致，后者也可以因"反思""反对""创新"而"合群"。作为社交礼仪的诗和作为文字艺术的诗基于两种不同的生成机制，它们在诗学与哲学上的不同，要远远大于文字形式上的不同，其不同甚至可以用时代和文明为单位来计算。当然，这样说丝毫没有否定传统格律诗的价值和它在世界艺术多样性上的贡献，也不是说旧体诗作为一种诗体已经完全失去了生命力，但一种文体样式的创作如果在可以反思的时刻，却懒于反思或者根本缺乏反思的能力，那么它们的创作很难以艺术创新来衡量。我们注意到，有很多坚持用旧体诗创作的诗人，同样能够在当代出新出奇，同样能表达现代意识。实际上，自由诗和旧体诗都可以创新，同样具有创新的难度，区别在于：一个使用格律，一个不用；一个表演的是规定动作，一个表演的是自选动作。二者没有高下贵贱之分，只有表现路径的不同，"反思"和"创新"是二者共同的"天敌"，绝不会偏袒任何人。

"老干部体"写作要充分意识到，"政治正确"在今天不再是诗成为诗的唯一条件，而自由诗写作如果依旧停留在贩卖或演绎国外"新"哲学、"新"诗学，以"解构"代替创新，同样是另一种"政治正确"，另一种"老干部体"。今天的阅读者比过往任何一个时代都见多识广，对诗这个艺术的要求更加挑剔，因此，诗要写好，无论是自由诗，还是旧体诗（包括"老干部体"），想要有所创新，得到阅读者，尤其是专家和专业阅读者的认可，同样要学习"诗"的文体知识，研究"诗"的创新原理，学习"诗"的写作技巧。今天我们依旧需要重申：不学诗，无以言！在这方面，我们应该虚心地向海内外诗歌同行、学科同行学习，比如"新批评"诗人群、创意写作学科，等等。

第四节 当代诗歌的"常态"与"新常态": 从余秀华热说起[1]

诗歌从来就没有冷过。在中国人的精神生活尤其是政治生活中,诗歌地位非其他文体可比。"热",是中国诗歌存在的常态,区别只在于"温热"或"火热"。但在过去的几十年里,当代诗歌却在多数状况下以非常态的方式"发热",非常态之"热",反而成了当代诗歌的"常态"。

许多人或许已经忘记了五十多年前的大跃进诗歌。那几年的诗歌,何止是发热,简直是高烧。"生产大跃进,文化紧紧跟",新民歌运动号召"村村有诗人","人人会写诗",全国年度诗歌产量以亿万计。大跃进诗歌创作现象形成的"热潮",构成了中国乃至世界诗歌史上的奇观。这当然是诗歌在非正常年代的一次非正常发热,但自此以后一次次的诗歌热我们也很难说有多么正常。离这次诗歌热最近的一次是"四五"天安门诗潮,这一次,我们依旧不能说它是诗歌运动,或是诗歌的胜利、诗人的荣耀。接踵而至的是一个又一个诗潮,一个又一个诗歌事件,当代诗歌一次次"发热"。遗憾的

---

1 原文刊发于《解放日报》2015 年 5 月 5 日,原标题为《成为诗人已不再是目标》。

是，在相当长的时间里，诗歌之热，只是诗歌作为现象、作为事件之热，而几乎每一次诗歌之热后，必引起社会对诗歌进一步的心冷甚至厌烦。它本欲引起人们对于诗歌的注意，效果却总是适得其反，这种三番五次、不长记性的弄巧成拙，借用诗人萧开愚的一个词语来概括，那就是：无聊。

中国当代诗歌何以从荒诞走向无聊？

这里面有逻辑可循。反抗，是新时期乃至新世纪诗歌的主题。反抗的目的是争夺诗性，让诗歌回到诗歌自身。然而，正当诗歌以反价值、反意义、反深度、反崇高的方式对包括朦胧诗在内的"政治抒情诗"的"价值""意义""深度""崇高"等"穷追猛打"时，市场经济抄了诗歌后路，等它们反应过来，"诗"已经跑掉了。跑到哪里去了呢？举目四望，原来它们已经钻进电视里面去了，爬到广告牌上去了，粘到包装纸上去了。不知不觉中，诗性已经大规模地从诗歌中跑掉了。"人，诗意地栖居"，涂在城市高楼的山墙上招摇，海德格尔正在为房地产商吆喝。现在诗歌要反抗的是市场经济，但谈何容易，市场经济成功地征用了既有的诗歌元素和诗性，从外部去充实它内部的空虚。在没有征得诗歌同意的情况下，诗歌的元素铺天盖地地覆盖了生活的方方面面，日常生活被充分"审美化"了。现在，那些操心诗歌命运的人陷入了两难境地，要么不写诗歌，只要写，他就是在为物质主义、消费欲望源源不断地提供精神资助，像一个共谋者一样；如果不写，就是默许。这个时候，诗人只能以极端的方式去写诗，以"非诗"的方式去夺回丢失的诗性，或者去重新建构诗性，证明现存的诗性无效，结果导致诗歌要么剑走偏锋，深不可测，要么废话连篇，口水横飞，或者诗歌论斤卖，自我亵渎，或者伪自杀，"以死相拼"，但所有的效果都无异于哗众取宠，以无聊的方式去反抗无聊。它不仅让正常的诗歌创作处于边缘状态，也让正常的诗歌趣味遭到耻笑。比如，你只能喜欢或模仿里尔克、穆旦、张枣，而不能喜欢或模仿徐志摩、席慕蓉、汪国真。就算是海子，你也只能喜欢或模仿《亚洲铜》《太阳·诗剧》，而不能喜欢或模仿《面朝大海，春暖花开》，如果喜欢，那你就是媚俗。在相当长的时间内，这种不正常成为常态。

当代诗歌苦于无聊久矣。其苦恼，连诗人自己都决心要"饿死诗人"。

诗歌又热了。最近一拨的热潮，由纪念海子刷爆微信圈、余秀华红遍整个中国以及雨后春笋般的诗歌微信圈、诗歌翻唱等事件引发，并且仍在持续发酵中。这一次的热潮与过往的热潮相比，它有着不一样的特征，有理由相信，转变或许就在眼前。

跟过往诗歌之热多与社会对诗歌的不理解/不愿意理解、

嘲弄、戏耍、围观不同，纪念海子与阅读余秀华，主要源自对诗人之爱和对诗歌之爱，源自成千上万个体的参与，更难能可贵的是，人们不仅爱，而且将这种爱大声说出来。虽然有媒体依旧试图制造诗歌事件，比如炒作诗人余秀华"脑瘫""农民"身份和"穿过大半个中国去睡你"香艳字眼，也试图以"比余秀华更优秀的诗人有多少""余秀华是不是中国的艾米莉·狄金森"等伪命题挑起批评的对立，制造诗歌"热点"。但媒体真的想多了，这次热爱诗歌的读者没有跟着他们的节奏走，购买或不购买，阅读或不阅读，完全依据自己对诗歌优劣的判断、对诗歌的热爱程度，他们以群体、无言的方式表达了自己的审美观念、诗歌理想。是的，就算余秀华不是中国最优秀的诗人，就算是脑瘫诗人、农民诗人，那又怎么样？我们读的是诗，我们喜欢。

"成为诗人"或从诗歌那里谋取利益，已不再是当代诗歌创作的主要目标，写诗或读诗越来越成为一种精神需要。热爱诗歌、写作诗歌、阅读诗歌，在许多人那里，本身就是一种生活方式。我们看到，许多"大老板"对诗人的尊重、对诗歌的虔诚以及对诗歌事业的物质馈赠，远远超过我们体制内的诗歌组织。热爱诗歌的人，自发地组建各种诗歌组织、阵地，类似于"明天诗歌现场""剑兰诗歌群777"这样动辄超过几百人的民间诗歌阵地，可以说是遍地开花，而相互赞赏或 PK，不计时间成本，乐在其中，也成为常态。《中国青年报》报道，最近"明天诗歌现场·周瑟瑟诗歌讨论会"在微信群中召开，来自海内外的 500 多名诗人、诗歌爱好者踊跃发言，"像洪水滔滔。一个小时的时间，整理删减之后还有5 万多字"。这是何其壮观的场面，只能说：这是对诗歌的真爱。

中国诗歌从来不存在"大众化"的问题，因为"大众"从来就没有抛弃诗歌，喜欢诗歌甚至敬畏诗歌是我们这个民族的传统。但，诗歌不会再有"化大众"了，大众已经有了自己的价值判断和审美追求。写自己的诗，喜欢自己的诗人，读自己喜欢的诗，让批评家说去吧。理性、多元、民主，是诗歌的理想状态，也是诗歌应有的正常状态，或许，中国当代诗歌的"新常态"真的来了。

第五节　"先锋"的实质及当代诗歌的创新空间
——中国百年新诗发展的来路与去路[1]

现有的文学史已经梳理出中国百年新诗从早期白话诗到

1　原文收录于张瑞燕：《诗的进行时——中国当代诗歌研究》，上海社会科学院出版社 2020 年版。文章根据本人在"中国当代诗歌临港理论研讨会"上的发言整理。

当代口语诗的格局与脉络，问题是，新诗发展的格局与脉络是一个确切存在、清晰明了的事实，是一个从已然，也就是今天的格局规划与需要出发，重新编排的具有戏剧性的"故事"，还是出于对未来的展望和对某种普遍性的认同与趋同而虚拟的一个召唤性结构呢？我们倾向于认为，中国百年新诗的发展虽然时断时续，错综复杂，但是在绝大多数时候是连贯的，有着自己内在的逻辑。这个逻辑十分强大，甚至在某些时候连政治因素也被牵涉其中，成为演变的内在要素，而不仅仅是外在杠杆。梳理中国百年新诗发展的连贯脉络，寻找出新诗发展的内在逻辑，不仅可以看清中国百年新诗的来路，也可以预见甚至在某种程度上干预中国新诗的未来。

中国新诗的起点是针对律诗与古体诗的内容与形式的整体革命，其目标是要用一种新的诗歌样式去表达新的观念和已经变化的现实。这个起点是严肃的，带有强烈的问题意识。新的诗歌样式建造，我们习惯于称之为"新诗诗体的现代化"；"表达新的观念和已经变化了的现实"我们习惯于称之为"言之有物"，"贴近生活与心灵"，"为人生"等。它们是一体两翼，但有时候却被冠以"为艺术"与"为人生"之名而虚假对立。用新的诗歌样式去表达新的观念和变化了的现实，是新诗建设的目标，也是中国百年新诗演变或者说是发展的内驱力，这种内驱力的外在表现是创新。有整体性的创新，比如自由诗/新诗相对于律诗/古体诗，现代诗/城市诗相对于古体诗/田园诗；有局部的创新，比如浪漫主义相对于白话诗、新月派相对于白话诗和浪漫主义诗歌、朦胧诗相对于政治抒情诗等。发现现实与当下诗歌的问题，分析并创造性解决，这是中国百年新诗创新的实质，而大幅度的创新，即是"先锋"，审美领域的"革命"。创新在绝大多数的时候以"反对"的形式出现，"反对"是中国百年新诗演变方式的关键词，这一百年间里，它时而化身为艺术"革命"、创新"先锋"，时而化身直接的政治干预，试图改善/改变现实（当然最终也会带来美学的变化）。

新诗在"五四"文学革命时期以白话诗歌的面貌出现，它的反对对象是陈旧的古体诗/格律诗，使命是建立现代白话新诗。胡适说："近年的新诗发生，不但打破五言七言的诗体，并且推翻词调曲谱的种种束缚；不拘格律，不拘平仄，不拘长短；有什么题目，作什么诗，诗怎样做，就怎样做。"[1] "若要做真正的白话诗，非做长短不一的白话不可。"他提出"诗体大解放"口号，要把从前一切束缚自由的枷锁镣铐，一切打破：有什么话，说什么话，话怎样说，就怎么说。白话新诗的另一位理论代表与践行者俞平伯在《白话诗

1　胡适：《谈新诗》，《星期评论》1919 年 10 月 10 日。

的三大条件》中说："用字要精当，做句要雅洁，安章要完密。音节务求谐适，却不限定句末要用韵。说理要深透，表情要切至，叙事要灵活。"早期白话诗观念无疑打开了新诗创作的思想禁锢，先行者朴拙的尝试也鼓舞了后来者，他们开创了不同于古体诗的新传统，但是也留下了巨大的缺憾。表现在：第一，"作诗如作文"，无疑模糊了诗与文的界限，导致白话诗的创作趋于散文化，普遍缺乏精致的构思和结构，违背了"诗是精致艺术"原理。第二，"话怎样说就怎样说"，模糊了口语与书面语之间的界限，诗歌的语言失去了凝练性与陌生化效果。诗歌语言当然可以拟仿生活语言，但我们知道，模仿口语的诗歌其实是对诗歌语言的高要求，也就是说，既要保留生活语言的生动活泼，又要兼顾诗歌内在的诗性营造与陌生化，这些并不是容易做到的事情，尤其是新诗的幼年时期，我们直到当代"口语诗"作为一个现象出现，才知道它的难度。第三，平白和达理的要求，失去了对想象和情感的重视，无疑剪去了白话诗的双翅膀，诗歌被迫在地面爬行。

弊端显而易见，新诗内在创新机制被自动激活，浪漫主义应运而生（后来还激起象征派的回应）。郭沫若提出了自己的新诗观念，他认为：诗歌的本质是抒情，重视情感和想象，诗＝（直觉＋情调＋想象）＋（适当的文字）；诗的创造贵在自然流露，不当参以丝毫的矫揉造作，这是新诗的生命；诗不必讲究形式，而他自己，是最厌恶形式的人，所著的一些东西，只不过尽一时的冲动，随便地乱跳乱舞罢了。郭沫若的呼吁得到许多人响应，一时浪漫诗风盛行，如湖畔诗社潘漠华、冯雪峰、应修人、汪静之的情诗创作，冰心、宗白华、梁宗岱等人的小诗创作，清华文学社的诗人群闻一多、朱湘等人的创作，还包括革命诗人蒋光慈、刘一声等也在尽情呼喊、控诉。但特定时代的浪漫主义诗风又带来了新的危机，比如，自然流露导致诗歌直露而少含蓄；自我抒情至上导致创作的轻率、随意；夸张的想象容易导致"歇斯底里"，大喊大叫，甚至虚伪和矫情；一味追求热烈、华丽、奔放，容易带来语义空泛，华而不实；专注内心，容易忽视身外世界等。

纠正浪漫主义的弊端，交由新月派/新诗格律派。1925年10月，徐志摩接编《晨报副刊》，第二年4月，《晨报副刊·诗镌》创刊。围绕《晨报副刊》的徐志摩、闻一多、陆志韦、林徽音、于赓虞、孙大雨、朱大楠、朱湘、饶孟侃、刘梦苇等诗人，开始了新诗的修正与规范化努力。他们认为，浪漫主义诗人对诗的质素根本不懂，"他们的目的只在披露他们自己的原形……以为自身的人格是再美没有的，只要把这个赤裸裸的和盘托出，便是艺术的大成功了"，而写实主义

"要打破诗的音节，要它变得和言语一样"。[1] 新月派理论代表闻一多认为，诗不当废除格律，要根据内容、精神"相体裁衣"，使诗具有"内容与格式"；视觉方面的格律有节的匀称、句的匀齐，听觉方面的有格式、有音尺、有平仄、有韵脚；诗的实力不独包括音乐的美（音节），绘画的美（词藻），并且还有建筑的美（节的匀称和句的匀齐）。他们这么说，也这么做。只不过闻一多的格律诗我们能清晰辨识，而天才诗人徐志摩的，格律往往不露痕迹。

新诗格律派在英美近代诗歌和中国古典诗歌的传统中探索新诗的格律形式，扭转了诗歌散文化的风气和随意的创作态度，有着自己的贡献，但是又带来了新的问题（他们自己也知道）。徐志摩说，我们标榜的"格律"产生了可怕的流弊；"谁都会运用白话，谁都会切豆腐似的切齐字句，谁都会似是而非地安排音节——但是诗，它连影儿都没有和你见面"。[2]

新诗格律派，包括早期白话诗所产生的问题，引发了"象征派"和"现代派"诗人的崛起。象征派诗人李金发、王独清、穆木天、冯乃超等倡导"纯诗"观念，反对白话新诗的"散文化"，"审美薄弱""创作粗糙"，反对诗歌的自然流露，认为"诗的世界是潜在的世界。诗是要有大的暗示能。

1　闻一多：《诗的格律》，《晨报副镌》1926 年 5 月 13 日。
2　徐志摩：《诗刊放假》，《晨报副镌》1926 年 6 月 10 日。

诗是要暗示的，诗最忌说明。"[1] 当然，也反对格律派从外在形式去构建诗意。同时他们也认为，诗歌创作并非天然能得就，而需要学习，包括向世界学习。王独清说："我想学法国象征派诗人，把色与音放在文字中。理想的诗歌模式：（情＋力）＋（音＋色）＝诗。"[2] 作为一个流派，宣扬象征主义诗学"契合论"，力图探索人的内在的潜意识，发掘人的内在生命，追求心灵与世界之间契合的交响，注重诗的暗示性和朦胧性。

象征派的创作与理论主张，是对胡适"作诗如作文"散文化、平民化诗学主张的反拨，同时也是对浪漫主义直抒胸臆诗歌技巧和新诗格律派苦心经营外在形式的反对。但是他们自身带来的问题，同样需要现代派来纠正。戴望舒、卞之琳、何其芳、徐迟等诗人在象征主义基础上，转化波德莱尔、魏尔伦象征主义诗艺，反对浪漫主义直抒胸臆诗风，试图在真实和想象之间找到平衡，既避免过于直白，又纠正李金发初期象征主义过于晦涩难懂的弊病。"象征派的形式，古典派的内容"，试图对接中西诗学，在"亲切""含蓄""象征""暗示"的基础上，把传统纳入现代，同时去寻找源远流长的

1　穆木天：《谭诗——寄郭沫若的一封信》，《创造月刊》1926 年第 1 期。
2　王独清：《再谭诗》，《创造月刊》1926 年第 1 期。

古典文化和诗学背景。现代派开始反思现代化、批判都市文明，反思现代人的生存，主题走向了现代化；同时又寻找传统的美学资源，在冲击刷新旧的审美经验之上，促使中国诗歌开始走向现代。可以说，中国以后的现代主义诗歌思潮都是建立在对早期象征派的借鉴和反驳的基础之上。

新诗如何回应严峻的现实？知识分子在大革命时代何为？中国诗歌会继续和发展了 20 年代后期的普罗诗派的斗争精神，接受了苏联的现实主义和左翼文艺运动影响，以现实性、大众化为主旨。蒲风、穆木天、任均、杨骚这些诗人一开始就自觉与同一时期的后期新月派、现代派诗人相对立，要求诗歌走出自我内心世界，融合进战斗的集体、大我中去，站在无产阶级的立场，及时、迅速地反映时代重大事件，表现工农大众及其斗争，强调诗歌的意识形态化，强调诗歌对实际斗争的直接鼓动作用，开辟了白话新诗的新方向，但弊端也显而易见，七月诗派挺身而出。七月诗派是一个现实主义抒情诗流派，它因《七月》杂志而得名，主要代表诗人有鲁黎、绿原、阿垅、曾卓等。他们继承了 20 世纪 30 年代中国诗歌会的革命现实主义传统，以胡风的文艺理论为依据，以艾青的诗歌为借鉴对象，在创作上坚持革命现实主义原则，主张发扬"主观战斗精神"，要求作者"突进"到现实生活中去，并要表现出主客观的密切融合；强调艺术性而不作唯美的追求，在生活中、斗争中去发现诗意，创造诗美。生活态度与诗人的主体性是七月诗派的基本诗学命题。力与美的统一是其重要主张。绿原被认为是七月派最重要的代表诗人，他的诗歌，将繁复的意象与尖锐的政治性主题结合，配以节奏上的复沓、共振，在朗诵中产生力与美的强烈统一性，他也被称为"政治抒情诗人。"

新诗由白话诗开始，经由了散文化、浪漫化、格律化、现代化、政治化等多个尝试，到了 40 年代末，总体上发展出了向外的、注重现实功用的诗歌和向内在发掘、注重审美创造的诗歌，仿佛印证了文学革命时期关于文学"为人生""为艺术"的宏观预测。能否艺术地为人生？二者有无结合、"综合"的可能？辛笛、穆旦、陈敬容、杜运燮、郑敏等为代表的九叶诗派（"中国新诗派"）开始了尝试。他们倡导综合和现代的诗歌理念，既反对诗歌脱离现实，主张"人的文学""人民的文学"和"生命的文学"，也反对扼杀艺术的唯功利论，在现实和艺术之间争取平衡。一方面，积极探索人的精神世界，关注"人的失落"，与西方现代主义保持了深刻的精神联系，另一方面又在艺术上反对浪漫主义诗风，追求诗歌现实、象征和玄学的融合，既有丰富的感觉意象，又表现出鲜明的知性特征，语言清晰准确而诗意朦胧含蓄。希望通过"暗示"、象征来表现自己现代性情绪和对事物的新感受、新体验，削弱诗的明确性，让读者回味无穷。

九叶诗派"综合"了中国新诗三十年发展的全部经验，但是否穷尽了新诗发展的可能呢？实际上，包括诗歌会、七月诗派在内的整个新诗创作，都是知识分子在写作，在借用世界范围内知识分子写作的资源，并在巩固知识分子的审美体式，而在此之外，仍旧有新的空间等待去开拓，比如新诗的歌谣化、新歌谣体建设等。陕北民间诗人李有源、李增正用"白马调"编的《移民歌》《东方红》，李季、张志民、田间、阮章竟、艾青对民间诗歌的改造而创造的新歌谣，都产生了广泛的影响。

1949 年后，新诗发展生态发生了巨大变化，诗歌写作纳入到国家意识形态建设范畴，现实功能/政治功用需求替代了审美驱动，在相当长的时间内，两种基本的诗体模式占据主流。一是强调从对写作主体的经验、情感的表达，转移到对"客观生活"，尤其是"工农兵生活"的"反映"，而出现的"写实性"的诗；一是直接呼应政治运动的要求，产生了当代的"政治抒情诗"。这两种诗体模式虽有政治需求驱动，但多少在审美上留下了各自的痕迹，如郭小川和贺敬之均发展出了辨识度极高的美学风格。然而，伴随着改革开放的深入，后现代时代悄然来临，新的诗歌观念产生了。被命名为"新生代""后朦胧诗""后新诗潮""当代实验诗""后崛起"等诗歌群体，集体亮相于 1986 年的"现代主义诗歌大展"，他们试图反叛和超越"朦胧诗"，重建一种诗歌精神，反英雄、反崇高、平民化，不再以时代"大我""英雄"自居，自觉放弃意识形态的承担，对诗歌功能的认识停留在"活着，我写点东西"（于坚）的层面。既反对他者的中心（但不是以现成的理性的诗歌的方式去反对外在的理性中心，而是以消解诗歌、消解语言的方式进行，如"感觉还原""意识还原""现象还原"，"超越逻辑""超越理性""超越语法"，"反文化"，回归"语言意识"等，以语言形式的革命进行意识形态的革命），也对自己世俗人生、一介平民、非世界中心的边缘位置有深刻的了解。看待世界不再以自我为中心，而是以物观物，甚至剖析自我；回到普通人庸常的生活，放弃驾驭现世生活、赋予世界意义的倾向。反对理性，放逐人道主义的人文关怀。

"新生代"的反叛并不代表新诗探索的终止，接下来是"下半身写作"反对"上半身写作"，"民间写作"反对"知识分子写作"，"口水诗写作"反对"口语诗写作"等。百年新诗真的山穷水尽、走向无聊了吗？答案是否定的。我们注意到，新诗的发展总是波浪式演进，每一次的演进都有它内在合理性，这个合理性就是针对前期和当下诗歌的存在状况的不足，提出批评与替代性方案。它们的批评非常具体，甚至到了只攻一点，不及其余地步。它们的替代性方案存在价值在于对前一个诗歌运动的反拨与纠偏。当然，每一次以革命的方式驱动，将会带来新的问题。

上述激烈的创新方式我们称之为"先锋"。先锋其实不是自选问题、自选目标，而是针对既定目标、既定问题；不是随意性转移话题，而是创造性解决问题。换句话说，先锋不是一个自选动作，而是一个规定动作。失去目标的先锋是伪先锋，无效的"创新"。我们认为，新诗发展史上，绝大多数的"先锋"都是有效的，有意义的，严肃的，有针对意义的。那么，今天中国诗歌的"先锋"是谁？或者转换一下问题，创新的空间在哪里？当然，问题在哪里，先锋就在何处。

从丛林/穴居、乡村居住到城市居住，人类的生活方式发生了划时代的转折，新的生活形态逐渐形成，而对于新的生活形态的感知也在发生变化。表现这个正在变化的现实并采取相应的审美范式，已经是当代艺术包括诗歌的重要使命和创新点。然而，我们当代诗人绝大多数对这个现实视而不见，见而不知，以至于出现大面积的身在城市、心在乡村，眼见与所写的"灵肉分离"，或者因田园诗、农业文明的审美装置导致明明感受到城市生活的便利，却无法表达状况。这就是百年新诗发展到今天遭遇的新问题，也是中国诗歌千年发展的新问题。

因此，我呼吁更多的诗人去表现已经发生、正在发生的现实，不要对它们视而不见，或者仅仅从田园诗、现代主义角度去批判这个现实，批判很简单。我们不能总是长久地处于灵肉分离的分裂状态，"城市，让生活更美好"，不仅仅是政府和房地产开发商的口号，它是一个现实，将来，它还会是一个乌托邦，我们的灵魂栖息地，人在哪里，心也在哪里。表现这种变化，是当代诗歌发展的新空间；承担这个使命的"城市诗"，就是这个时代的"先锋"。百年新诗的发展，将会沿着农业时代向工业时代、乡村文明向城市文明的线索，发展下去，城市诗承担着新的诗学建设、新的生活理想探索使命。

我们要善待城市诗的存在，并对它抱有持久的信心。

第六节 从"读不懂"现象看诗歌审美的公共空间[1]

诗歌审美的公共空间是诗人与读者建立在文本上的契约，表现在读者对诗歌的文本形式、语言策略、精神气质、价值取向及情感体验的认同，是表达与交流通畅的诗歌话语场。一种诗歌范式的表达程式与阅读程式是和谐、相辅相成的，

---

[1] 原文发表于《飞天》2002 年第 9 期。

后者总能在相同或相似的思想美学体系背景上去领悟文本的主题和意义，破译语言和象征符码，经验诗人的体验、感悟和智力活动。某种权威性的表达范式被肯定下来之后，阅读程式也总能在一定时期内保持相对稳定。如果诗歌的表达程式发生了变化，而读者仍旧用旧的模式去衡量，总会有新的东西装不进原有框框，这样就会自然产生不适、迷惑、疏离感，甚至"读不懂"现象。

由于受西方思想冲击才是近百年的事，因此在漫长的几千年里，中国古典诗歌有充足的时间完善自己。而价值观念、思想与美学体系的稳定，生存经验的类同，时代主题的循环，这些因素使古典诗歌在精神气质、价值追求、文体形式、经验情绪等方面于渐变中保持着恒常性，因而表达与审美形成了自洽的循环体系，创作与阅读因而也畅通无碍，除非个别追求极端风格的文本，"读不懂"现象几乎不可能发生。

现代新诗是在与古典传统断裂的基础上建立起来的，其主要参照系是西方的诗学资源。如果以郭沫若的五四时期诗歌为比较点，我们可以看出五四现代新诗与古典诗歌有多么的不同。郭诗的思想资源是以科学和民主为主要内容的理性，而中国古典诗歌思想与话语体系是包括道家和禅宗的儒家学说，阐释着天人合一观念。在审美取向上，郭诗偏爱反叛、动的力、大我、紧张对立、滥情，而古典诗歌则讲究圆浑、和谐、静穆、节制、中庸；在文体形式上，他们有着更大的不同。这样，现代诗歌和古典诗歌就形成了两套表达话语，二者很难通约。闻一多试图打通二者的关节，创造格律化的新诗，结果不能说成功。刚刚习惯于浪漫主义白话诗的读者，经受不住李金发象征主义的冲击。西化的思维逻辑，外国的个体经验，私人化的象征符码，生涩的汉诗表达方式，对普通读者的阅读形成了挑战，在相当长的时间内，诗人无法通过文本与读者进行正常交流，自然他的诗歌难以被"读懂"，因而他也被称为"诗怪"。但李金发的诗歌毕竟属于现代白话新诗，况且其诗歌所推崇的"象征主义"理念也与中国古典"赋比兴"传统存在着某种精神契合，因而还存在着某种"优化"可能。随后的戴望舒等现代诗人接过了李金发的象征主义"传统"，对之进行了中国化、民族化的改造，清理了创作与接收通道，营造了新的审美空间。他的一些诗作，如《雨巷》《我用我残损的手掌》《元日祝福》《狱中题壁》等，普遍使用了公共的抒情手段，向想象中的群体诉说，表达时代的主流情绪，借用传统的母题和约定俗成的象征，激活读者封存的原型心理、优雅及崇高的主题，介入现实的应有的功利主义等，用套话说是个人性和民族性、时代性的融汇统一，因此他的诗歌大受欢迎，而西方象征主义潮流也在中国落地生根，并形成了新的美学传统。

1949 年后约三十年里，诗歌进入了"共名"时期。由于政治风云统一了时代主题和情绪，规定和规范了诗人与读者的思维、感知方式，诗歌表达与接受程式长时期稳固，所以公共发表的诗歌基本不存在读不懂的问题，甚至读者和诗人身份可以互换，如"大跃进"时的诗歌创作，人人皆诗人。在诗歌中，"青松""红日""巨浪""东方"等流通的象征符码，总是与固定的意义捆绑在一起，读者对诗人的工作心领神会，因为他们知道，诗人向着他们说话，也替他们说话。诗人在创作时也自然轻车熟路，不必另辟蹊径，也不担心知音不赏。

三十余年的革命现实主义加浪漫主义的诗歌训练，对"五四"白话新诗传统偏爱的选择与诠释，使新时期的"朦胧诗潮"的读者遭受了"令人气闷"的折磨。激烈的情绪、反叛的姿态、繁密的意象、一套新的象征体系、层层的心理揭示，给从未习惯过细读的"非常简单的读者"带来了阅读的困惑。但是如果说"朦胧诗"真的不可解读也是夸大其词，毕竟耐心的读者仍然可以找到与诗作共有的审美空间，那就是暂时整齐划一的时代主题，相类似的经历和情感体验，指向明确的意象，熟悉的干预生活的方式，可认同的审美品格，等等。朦胧诗赶走了一批读者，但也培养了一批新读者。随后诗坛就众声喧哗了起来，"后朦胧诗潮"诗人从西方找到了一套又一套"新潮"理论，匆匆忙忙地做起了诗歌试验。此时的读者面临空前的挑战，面对新的诗学观念和诗歌形式，他们既有的阅读程式努力地追赶、迎合新的创作程式，疲惫以至于绝望。除了相关者，大量读者面对一首首新的先锋作品，无法也无力用自己的经验去整合，找不到可以交流的通道，于是，他们走了。

20 世纪 90 年代以后，诗人们开始沉潜下来，诗歌由盲目的实验跨向了对新目标的靠拢。点击一下这个时候的关键词，基本上可以把握时代诗歌脉络。这虽无助于解析某一首具体诗歌，但是可以从外围逼近它，甚至可以俯视它。"个体言说"意味着写作主体将站立在个人存在、边缘的立场，以个人而不是其他任何身份（比如代言人、时代传声筒）进行创作，同时期其创作也不指向某些特定的群体（当然，也存在理想读者）；"私人经验"将作为诗人个体独立存在的生存体验从其他虚假经验、公共经验中区分开来，逼近个人的生命真实。"日常性""叙事性""知性"三者中以"知性"为纲，诗人们不再去关注个人无法接近、与个体生存没有内在关联的东西，而去寻找与发现日常生活中的诗性，赋予生活中"无关紧要"的事件和场景以"存在论的含义"，达到荷尔德林所说的"诗意的栖居"。"纯诗"或"诗性"是中国新诗一直追求但又无暇顾及的终极目标，现在这个时候似乎自然达到了。程尚逊说："90 年代诗歌或许没有去谈论伟大的事物本身，但是它的确将诗歌作为艺术的存在，看作了它的伟大性存在的最为必要的因素。"这就意味着诗歌对现实的干预方式由对抗姿态转向了词语的内部空间，力求在"纠正"现实的同时不使诗歌的美学功能丧失。

并非出于什么时代的呼唤或个人的任意而为，当下诗歌创作是诗歌自身发展规律使之然，也是中西文化融合、汉诗参与国际化潮流的结果。有时仅从诗歌去解释诗歌本身是很困难的，我们必须从"现代性"出发，而不能仍停留在前现代的理性或者更加陈旧的思想上去理解诗歌。打开当下诗歌审美公共空间的钥匙就是"现代性"。帕斯说："现代性不在我们之外，而在我们内部。"或许我们阅读诗歌的目的不在于发现别人或外部什么，而是促使我们意识到自己的存在，在此基础上，我们才有可能梳理和建构起当下诗歌全新的审美程式。但是，表达和交流一旦程式化，写作的困境又开始了。

第七节　叙事的选择与抒情的契机、技巧

诗歌中的叙事与抒情总是结合在一起的，少见单纯的叙事与抒情。根据诗歌的创作动机、文本意图以及在一首诗里叙事与抒情的占比，我们可以将诗歌大致分为叙事诗和抒情

诗，但是呢，叙事诗里也有抒情，抒情诗也离不开叙事成分。

"叙事"与"陈述"或"叙述"不一样，后者单纯交代事实的信息，可以精彩可以不精彩，但前者"叙事"就不一样，它要求有事件，有人物，有变化，有戏剧性，有对比反差。换句话说，有故事，叙事就是讲故事，而不仅仅是交代发生了什么事，有什么等。从讲故事角度讲，叙事就要经过严格题材选择，情节设计，有趣而又有意义。当然这里的"有趣"主要是指阅读的新奇感、陌生化效果，不是滑稽搞笑、喜感，悲伤的事情也会具有戏剧性，提供愉悦的审美感受。

叙事要处理的是事件选择，情节设计，不是所有的事件都适合作为故事素材；而被选中的事件也并非天然就是故事，需要情节设计，将戏剧性放大、最大化，产生更有冲击力的效果。作为诗歌而言，这些处理也恰恰是诗意的主要来源。

抒情就是抒发感情，对一首诗中的感情和感情抒发来说，要注意这么几件事情：一要要求真情实感，虚假的情感可能产生不了深刻的创作动机，也不可能打动阅读者；二是要有共情，能引起广泛的移情，才能不仅是打动自己，而共情的基础是要抒发的是与阅读者能够沟通与理解的普遍情感、时代情感基础之上；三是在一首诗里，情感的抒发要有契机和技巧。

所谓契机，就是情感的抒发要有足够的铺垫，或是在说理足够充分了，或是事实推进足够充分了，这时抒情是水到渠成，喷薄而出，与阅读者的情绪节奏一致。或是情感不单独作为书写对象，而是融入整个的陈述说理当中去，整首诗笼罩着沉浸在某种氛围之中，润物细无声。

所谓技巧，就是对抒情的处理。从心理上说，人总是先关心自己，再关心他人的感受。在阅读者产生共情之前就开始抒情，很容易带来情绪的抵触。因此很多诗歌采取辩证法的方式来处理，比如欲扬先抑，反抒情或者冷抒情。反抒情、冷抒情不是没有抒情，而是诗人对自己情绪的控制，冷静处理。借诗中的人物之口、意象物象意境代为抒情，这也是一种常见的抒情技巧。

在一首抒情和叙事结合的诗歌里，那就要直接处理它们的关系。一般来说，叙事是基础，为抒情铺垫；抒情是预设，引领叙事的展开。叙事基础没有打好，抒情就很突兀；抒情上不去，叙事的目的也就达不到，总感觉差一把火。需要着重指出的是，小说、电影、电视剧等叙事文学中，作者编剧也会饱含感情来抒情言志，表达自己的价值观，但他们的情感抒发必须完全建立在叙事之上，就像鱼不离水、瓜不离秧，混为一体。而有些抒情诗则不一样，比如咏史、借古抒怀、同题翻新等，这些抒情的叙述部分众所周知，属于公共事件、公共知识的一部分，自动成为典故，不用重新讲述，好像不用叙事一样。还有一些公众人物的抒情似乎也有叙事豁免权，或者说他们抒情即使较少有叙事铺垫，我们也能理解，也愿意理解。这是为什么呢，这是因为作为一个特殊的文体，诗歌的作者、隐含作者与叙事抒情者在很大程度上同一，诗歌中所抒发的感情基本等同于诗人现实中本人抒发的感情，而他现实中的感情又基于他现实中的经历，而他现实中的经历也广为人知，因此他们在诗歌中免于叙事或者叙事不足，我们也能理解。而这样的情感抒发换做另一个人，我们就觉得特别奇怪，比如屈原的《天问》《离骚》，岳飞的《满江红》，毛主席的《长征》等。

后 记

这是一个"半拉子"书稿。

"半拉子"书稿的面世，要感谢上海大学文学院上海市高原学科一期计划"城乡文学与新文化建设"的资助。具体要感谢时任中文系主任的陈晓兰教授，她为了这本书操碎了心。

凡事都有两面性，我们在感谢这个项目的时候，内心也忍不住想要抱怨。今天的科研就是这样，凡事都要在规定时间、规定地点完成，处处受限。三年前，我们还雄心壮志，试图做一个中国城市诗的源流探析与当代城市诗创作与诗学探索图景描绘的完整的研究，分"中国城市诗的源流""当代城市诗诗人及流派"与"当代城市诗创作"上中下三编。历时梳理，共时研究，点线面结合，内容更丰富，逻辑上也更严整。但由于不可预料的原因，上编的工作短期内不能完成了，至少在规定时间内无法完成，所以著作才成为现在这个样子，令人遗憾。

出于某种补偿心理，我们还是把上编"中国城市诗的源流"汇报给大家。它分三章：第一章，"古代城市的诗化书写"。这一章试图为中国城市诗寻找一个历史源头，当然，不能因为写了城市，它就是城市诗，凡事"古已有之"不可靠，所以我们用了"城市化书写"来概括。第二章，"现代时期的城市书写"，包括三个部分：一、现代语境下的城市书写，以郭沫若等为研究对象；二、现代派视野下的城市书写，以"现代派"和"象征派"为研究对象；三、生活化视野下的城市书写，以"九叶派"和"中国诗歌派"为研究对象。第三章，"当代城市诗的发展"，包括五个部分：一、现代化建设（政治话语）语境下的城市书写；二、现代主义/先锋语境下的城市诗（城市诗派、撒娇派、海上、活塞等）创作；三、外来者眼中的城市（打工诗歌/北漂诗歌等）；四、城市诗的兴起（"城市人"诗派、上海城市诗人社、新城市诗社）；五、港台城市诗的发展。第二章和第三章想勾勒出一条中国城市诗的创作从自发走向自觉的线索，当然，这是演绎的逻辑，是假设中国现代以来的城市书写都是奔向城市诗的形成。但事实也大致如此，因为在这近百年的诗歌演变中，的确城市诗从城市书写当中脱颖而出，发展出新的审美范式和诗学来。

话又说回来，正是由于书稿的匆匆出版，也为我们的力有不逮留下了辩解的余地。这个课题本身难度非常大，资料、理论与文本批评，都处于万事开头难的境地。那些作为研究对象的诗人、诗派以及诗学理论，在今天依然处于边缘状态，难以获得权威性的支持。为了获得一手的、正面的资料，我们在《雨花·中国作家研究》杂志申请到了一个板块，就城市诗学的探索与建设开辟一个"城市诗研究"栏目。感谢《雨花》常务副主编叶炜兄，他给予了全力支持，要知道，他是中国"新乡土小说"的创作与理论代表人物，开出这样一个栏目需要胸怀。

好的采访需要好的问题和好的回答。因为问题与困惑太多，所以我们准备了十个问题，抛给每一个受访者。感谢铁舞、玄鱼、林溪、徐芳、谭克修等诗人的大力配合，他们给出了自己的回答，提出了各自的见解，对中国城市诗学的探索与建设做出了贡献。这里要着重提到的是谭克修。我们的问题比较尖锐，单刀直入的那种，这些问题得到了诗坛前辈、大家的赞赏，比如耿占春、西渡、向卫国等人的高度肯定，认为它们有"诗学价值"。更重要的是，谭克修回答得漂亮，作为当代诗坛"四大恶人"之一，他的回答精辟、深入，有启发性，显示出了国内一流的诗人、理论家的实力，因此采访结束后，许多刊物闻风而动，要求发表这个采访稿，可见谭克修的实力与人气。饶是如此，谭克修在回答问题后也元气大伤，他公开宣布，再也不接受任何形式的采访！我们感觉抱歉。中间我们也在《诗歌月刊》组织了一个有关城市诗的稿子，但遗憾的是，两个刊物的组稿，"迎战"的诗人与批评家不多。这或许也说明，城市诗研究的确是一个新兴领域。

好的著作永远是下一部。关于城市诗的研究，也应该如此。我们希望有人顺着这个话题研究下去，丰富、修正、覆盖甚至颠覆现有的结论，让城市诗与城市诗学显示出它本来的面目。当然，这个工作，我们更希望自己来做。

2018 年 8 月 8 日

图书在版编目（CIP）数据

城市时代的诗歌与诗学/许道军著.--上海：复旦大学出版社,2025.6.--(城乡文化/文学关系研究文丛). -- ISBN 978-7-309-17946-0

Ⅰ.I207.22

中国国家版本馆 CIP 数据核字第 2025V7P082 号

城市时代的诗歌与诗学

许道军　著

责任编辑/杨　骐

复旦大学出版社有限公司出版发行

上海市国权路 579 号　邮编：200433

网址：fupnet@ fudanpress.com　http://www.fudanpress.com

门市零售：86-21-65102580　　团体订购：86-21-65104505

出版部电话：86-21-65642845

上海四维数字图文有限公司

开本 890 毫米×1240 毫米　1/32　印张 13　字数 227 千字

2025 年 6 月第 1 版

2025 年 6 月第 1 版第 1 次印刷

ISBN 978-7-309-17946-0/I・1453

定价：72.00 元